세상살이와
소설쓰기

세상살이와 소설쓰기

초판 1쇄 발행 · 2023년 6월 30일
초판 2쇄 발행 · 2023년 11월 5일

지은이 · 이동하
펴낸이 · 한봉숙
펴낸곳 · 푸른사상사

주간 · 맹문재 | 편집 · 지순이 | 교정 · 김수란, 노현정 | 마케팅 · 한정규
등록 · 1999년 7월 8일 제2-2876호
주소 · 경기도 파주시 회동길 337-16(서패동)
대표전화 · 031) 955-9111(2) | 팩시밀리 · 031) 955-9114
이메일 · prun21c@hanmail.net
홈페이지 · http://www.prun21c.com

ISBN 979-11-308-2060-6 03810
값 23,000원

푸른사상
산문선

51

세상살이와
소설쓰기

이동하
산문집

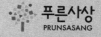

세상살이와 소설쓰기

1. 전쟁과 도시 체험—내 문학의 출발점

1950년 6월 25일에 시작된 한국전쟁이 없었다면 나는 어떤 길을 걸어왔을까? 이따금씩 자문해보지만, 글쎄요, 그래도 소설 쓰는 일에 한사코 매달려 살았을까 조금은 의심스럽기도 합니다. 그만큼 내가 문학의 길로 들어선 데는 전쟁의 영향이 절대적이란 생각입니다. 이는 결코 나만의 경우가 아닐 겁니다. 이 땅에는 지난 전쟁 때문에 작가나 시인이 된 사람들이 많다고 알고 있습니다. 나와 동년배이거나 윗세대 문사들 중에 특히 그런 분이 많은 것 같습니다. 문학의 길은 숙명적으로 주어지는 측면이 강하다는 사실을 방증하는 사례가 아닐까 싶습니다.

전쟁이 터진 것은 내가 여덟 살, 초등학교 1학년 여름의 일입니다. 누나의 손을 잡고 입학식에 간 기억도 생생한 그해 유월의 일입니다.

멀리서 포성이 울리고 밤이면 마을 분위기가 살벌해지기 시작하더니 마침내 피난민의 물결이 밀려들었고, 뒤이어 남루한 몰골의 후송 장정들의 대오가 해종일 마을길을 누비고 지나갔습니다. 흡사 북에서 남으로 흐르는 거대한 강물 같았습니다.

국도와 경부선 철도를 좌우에 둔, 경상도의 조그만 산골마을(경북 경산군 남천면 대명동, 나의 본적지다)은 발칵 뒤집혔습니다. 천지개벽 이래 처음 겪어보는 엄청난 난리였던 거지요. 사계의 변화를 좇아 신명 나게 펼쳐지던 나의 동심의 세계는 풍비박산 나고 말았습니다. 그 대신 혼돈과 공포와 폭력의 세계가 눈앞에 펼쳐졌습니다.

이때 겪은 전쟁 초기의 체험은 등단 작품인 단편소설 「전쟁과 다람쥐」에 잘 드러나 있습니다. 다람쥐 한 마리 때문에 잠을 이루지 못하는 소년 '욱이'는 당시 나 자신의 모습입니다. 서사적 맥락은 물론 허구지만, 인물의 내면을 구성하고 있는 의식과 정서는 그 무렵 나의 것임이 분명합니다. 배경이나 상황 역시 경험적 사실에 기초하고 있습니다. 그러니까, 전쟁 체험의 소설적 진술이 내 소설 쓰기의 출발점이었던 거지요.

첫 장편소설 『우울한 귀향』(1967)이나 중편 3부작 형식으로 발표된 장편소설 『장난감 도시』(1979~1982) 역시 그 연장선상에 있다는 게 나의 생각입니다. 즉, 전쟁 체험에서 출발한 나의 작품 세계는 이향(離鄕)과 도시 체험으로 이어지면서 줄곧 내 문학의 뿌리를 이루었던 거라고 생각됩니다.

그럴 수밖에요. 전쟁 막바지인 1953년 여름에 우리 가족은 고향을

머리말을 대신하여

떠나 대구로 이사를 했습니다. 윗대부터 살아온 고향을 등지고 생판 낯선 도시로 삶의 터전을 옮겨 앉을 수밖에 없는 사정이 생긴 탓이었지요. 전쟁이 나기 전 군에 자원 입대했던 삼촌이 전쟁을 치르면서 몸과 마음이 황폐해진 채로 귀가한 것과 관련이 깊습니다. 위의 두 장편소설과 단편소설 「파편」(1982)을 비롯해 비교적 최근 작품인 단편소설 「감나무가 있는 풍경」(2010)에서도 이때 얘기를 거듭 되새김질하고 있습니다. 생각하건대, 나의 유소년 시절의 체험 중에서 전쟁만큼 충격적인 게 이향과 도시 체험이라면 바로 그 계기를 제공한 인물이 삼촌이었기 때문입니다. 삼촌은 그 시기를 상징하는 문제적 인물로 내 안에 깊이 각인된 까닭입니다.

대구로 이사한 우리 가족이 처음 자리 잡은 곳은 달성공원 앞 천변에 지어진 판잣집이었습니다. 말이 하천이지, 그 무렵 도시의 하천이 다 그랬듯이 심하게 오염된 하수도였습니다. 쪽문을 열고 나서면 바로 한길이고 뒤쪽 창으로는 악취 나는 폐수가 내려다보였습니다. 아버지는 길 쪽으로 나앉아 풀빵과 냉차 장사를 시작했습니다. 하지만 다섯 식구의 호구지책이 되지 못했습니다. 당연지사지요. 난생처음 해보는 장사였으니까요.

일 년을 버티지 못하고 우리 가족은 태평로 난민촌으로 옮겨 앉았습니다. 그때부터 온통 결핍뿐인 전후 도시의 밑바닥 생활이 시작되었고, 만성적인 굶주림과 병고 속에서 필경 어머니를 잃고 맙니다. 나의 10대 중반인 중학 시절, 사회적 소외나 안전망 혹은 최저생계비니

국민복지 같은 말을 들어본 적이 없던 시대의 일입니다. 빈곤과 질병은 가혹하기 짝이 없는 개인적 비극일 뿐 아무 기댈 데가 없었습니다.

나에게 전쟁 체험은 무엇이었나? 그것은, 이 세계에 미만한 폭력성을 충격적으로 발견케 한 의미를 지닙니다. 전쟁보다 더 큰 폭력이 달리 있겠습니까. 인간의 야만성을 그보다 더 적나라하게 드러내 보이는 경우란 달리 없다는 게 나의 체험적 고백입니다. 나에게 도시체험은 무엇이었나? 그것은 무엇보다, 이 세계의 근원적 결핍성을 절감케 하고, 그럼으로써 인생이 지닌 본질적 허무 의식을 짙게 안겨주었습니다. 성장기의 이 원체험들이 얼마나 강렬한 것인지 평생을 두고도 여기서 헤어나지 못하고 있다는 생각이 듭니다. 나의 소설들은 결국 이러한 체험적 진실 곧 내 나름의 비극적 세계 인식을 담아내려는 노력에서 빚어진 것에 다름 아니란 게 나의 생각입니다.

1980년대 중반 한때 내가 몰두했던 연작 단편소설「폭력연구」시리즈나, 실화에 토대를 둔 장편소설『냉혹한 혀』(1992) 같은 작품이 이 세계의 폭력성을 이야기하고 있다면, 장편소설『도시의 늪』(1980)이나 중편소설『저문 골짜기』(1979)는 근원적 결핍성과 허무 의식을 드러내고자 한 작품입니다. 우리 모두가 알고 있듯, 전쟁 이후 지속된 분단 상황이 곧 우리의 일상적 삶의 조건이 되면서 이 세계의 폭력성이나 결핍성은 더 거칠고 다양한 형태로 우리 삶을 지배해왔기 때문이지요.

2. 등단 무렵―문창과 제4강의실

대학을 또래들에 비해 4년쯤 지각 입학했습니다. 이런저런 사정 때문에 학교 가기가 번번이 중단된 탓이지요. 무단결석과 중퇴, 독학과 재입학을 밥 먹듯 하면서 초중고 과정을 대충(그야말로 대충이다) 거치고 대학(서라벌예술초급대학)에 가서 보니 내 나이 약관 스물셋이더라고요.

늦었지만 대학에 가야겠다고 작심하고 딴은 열심히 입시 공부를 할 때만 해도 서라벌예대 갈 생각은 꿈에도 하지 못했지요. 그런 대학에 문예창작과가 있다는 사실도 몰랐으니까요. 장학금 혜택이 많은 대학을 찾아서 막상 입학원서를 구입하는 단계에서야 나는 그런 곳이 있다는 것을 발견하고 즉각 목표 수정을 했습니다. 그때만 해도 국내 유일의 그 대학 문창과에는 당대 소설의 대가 김동리 선생이 주임교수로 계시다는 사실에 나는 무릎을 쳤던 거지요. 옳거니, 여기만 가면 소설가로 입신할 수 있겠구나 확신이 갔습니다. 여기서 잠시 뒤돌아볼 필요가 있네요.

문학에 대한 나의 관심의 단초는 어머니의 죽음에서 비롯됩니다. 중2 시절, 태평로 난민촌에서 어머니를 사별했을 때 나는 세상이 온통 거덜난 줄 알았습니다. 슬픔과 염세에 빠져 몸과 마음을 가누기 힘들었습니다. 이때 쓴 나의 최초의 소설이 「코스모스 피는 마을」입니다. 이 짤막한 단편은 폐병으로 각혈하다 코스모스를 끌어안고 죽는 소년의 이야기입니다. 병적 감상이 흘러넘치는 이 작품을 나는 『학도

주보』(학도호국단 발행)의 전국학생문예 콩쿠르에 투고했는데 어쩌자고 3등 입상을 했습니다. 아마도 이 일이 내가 소설가가 되기로 결심한 결정적 계기가 된 게 아닌가 싶습니다. 그래, 장차 소설가가 되어 나와 우리 가족이 겪은 일들을 이야기하자 하고 단단히 결심한 거지요. 이후 두 번 다시 진로를 회의하거나 수정 유혹을 느낀 적이 없습니다. 말하자면, 그 길만이 삶의 의욕을 되찾게 하는 유일한 길이었던 거지요.

문창과 전용의 제4강의실에는 나와 처지가 비슷한 동급생들이 많았습니다. 시인 김형영, 마종하(작고), 임영조(작고), 박건한, 소설가 김정례, 김청, 극작가 나연숙 등입니다. 한두 해 위아래 학년에는 지금 문단에 나와 활동 중인 재능 있는 선후배들이 많습니다. 강의실 분위기는 늘 뜨거웠습니다. 김동리, 서정주, 박목월, 이범선, 김구용, 손소희 선생 등 당대의 일급 작가와 시인들 앞에서 우리는 곧잘 치열한 진검승부를 펼치곤 했습니다. 이른바 '합평 수업'이 그겁니다.

이 열정적 분위기 덕분이었다고 나는 생각합니다. 온통 신열에 들뜬 채 미아리 캠퍼스 일대를 배회하며 혼자 끙끙 앓던 나는 아무 수확 없이 첫 학기가 지나고 두 번째 학기마저 반쯤 지나 도하 각 신문마다 신춘현상문예작품 공모 사고가 나올 무렵 새로 단편소설 한 편을 탈고하여 겁 없이 서울신문사 문화부로 보냈습니다. 신춘문예 첫 투고인 고로 최종심까지만 올라가주기를 내심 바랐지요. 그런데 천만뜻밖에도 당선 통지가 왔습니다. 단편소설 「전쟁과 다람쥐」가 그 작품입

머리말을 대신하여

니다.

흔히 운 타령을 합니다만 나에게는 등단 문운 같은 게 있었나 봅니다. 1966년도 신춘문예 당선에 이어 다음해에는 단편소설 「인동」(『겨울 비둘기』)으로 공보부 신인예술상 소설 부문 수석에, 그리고 『우울한 귀향』이 문예지 『현대문학』 제1회 장편소설공모에서 당선되는 기쁨을 누렸습니다. 낙방을 거듭한 동급생들이 나에게 '프로'란 딱지를 붙여 주었지요.

3. 사는 일과 쓰는 일 사이에서

첫 직장은 한국문인협회 『월간문학』지 편집국이었습니다. 시인 김형영 형과 둘이서 창간호(1968년 11월호)를 만들었는데 곧 이문구 형(작고)이 보강됐습니다. 발행인은 김동리 선생, 편집국장은 김상일 선생이셨습니다. 월간 문예지가 귀한 때였습니다. 광화문 옛 예총 건물 2층에 있던 문협 사무실은 이래저래 문단 복덕방 구실을 했습니다. 나는 두 해 남짓 편집 일을 하면서 문단 어르신들은 물론 당대 내로라 하는 문사들을, 비록 어깨너머로나마 두루 뵈올 수 있는 행운을 누렸습니다. 하지만 워낙 박봉이라 1970년 가을, 결혼을 앞두고 내가 제일 먼저 편집실을 떠났습니다. 은사님에게 사직서를 내미는 일이 도리가 아니었지만 그럴 수밖에 달리 방법이 없었습니다.

내가 옮겨간 곳은 월간 골프 잡지사였습니다. 월 7천 원을 받던 나는 월 2만 원짜리 봉급 생활자가 되었지만 그 대신 생판 낯선 일이었습니다. 그럴 밖에요. 골프장이라곤 구경도 해본 적이 없었으니까요. 때문에 지겨운 노동의 연속이었습니다. 단박에 문예지 시절이 그리워졌지만, 그러나 별도리 없었지요. 거기서 잠시 밥벌이를 하다가 다시 옮겨간 곳이 월간 양계 잡지사였습니다. 보수가 더 후해진 대신 맨날 닭 사진들만 들여다보는 일 역시 고역이기는 마찬가지였지요. 다시 옮겨 앉은 곳이 월간 『지성』(창간호, 1971.11)이란 잡지사였습니다. 이청준 씨(작고)와 책상을 나란히 놓고 앉아 당대 최고의 지성지를 편집한다는 자부심으로 마음이 한껏 부풀어 오른 것도 잠시, 1년을 버티지 못하고 문을 닫았습니다. 재정난 탓이었지요. 출판사나 잡지사들이 간판 올리고 한 해를 버텨내기가 어렵던 시절이었습니다. 속절없이 실직자로 내몰린 나는 알 만한 얼굴들을 찾아 이곳저곳을 기웃거리고 다니는 신세가 되었지요. 뭐, 나름 각오는 하고 있었지만, 어쨌거나 세상살이의 두려움과 고달픔에 잔뜩 짓눌린 채였습니다. 이러다가 내 식구들이 길바닥으로 나앉는 건 아닌가 싶어 자주 등덜미가 써늘해지곤 했습니다.

하지만 또 그럭저럭 꾸려가지는 게 세상살이인지도 모를 일입니다. 이번에는 평론가 홍기삼 선배의 주선으로 건국대학교 신문사에 자리를 얻었습니다. 내 결혼식 주례를 해주셨던 평론가 곽종원 선생이 총장으로 계신 덕분이었지요.

그렇게 호구지처를 찾고 나자 창작 욕구가 다시 나를 압박했습니다. 단칸방에 애 둘을 데리고 살 때인데, 식구들이 잠든 머리맡에서 밤늦도록 소설을 쓰곤 했습니다. 겨울에는 문을 꽁꽁 닫아건 좁은 방

머리말을 대신하여

에서 연신 독한 담배를 태워댔으니 지금 생각하면 그렇게 야만적일 수 없는 작업 풍경이다 싶습니다. 때로는 다락으로 기어올라가 거기서 작업을 했습니다. 단편「알프스를 넘는 법」(1970),「상전 길들이기」(1976),「모래」(1977), 중편「실종」(1974) 등 1970년대에 쓰인 초기 작품들은 모두 그런 작업환경의 산물입니다.

아시다시피 1970년대는 툭하면 위수령이 발동되곤 하던 이른바 유신시대였습니다. 출판물 검열이 가혹했던 그 시기 10년간을 대학신문 만드는 일을 했습니다. 편집안 기획에서부터 취재, 기사 작성, 판짜기, 인쇄교정에 이르기까지 학생기자들을 지휘 감독하는 게 주된 업무였지요. 다들 살얼음판 위를 걸어가듯 숨죽이고 살아가던 시절, 유독 피가 뜨거운 젊은이들을 부리고 건사하느라 하루도 마음 편한 날이 없었습니다. 학생기자들과 싸우고 구슬리고 해가며 힘겹게 만든 신문을 일절 배부하지 못하고 전량 폐기처분한 적도 여러 번입니다. 그 시절의 일이 아닌가 싶습니다. 느닷없이 경기도교육청을 찾아간 적이 있습니다. 사는 일과 글 쓰는 일 사이에서 시달리던 나는 문득 낙도나 벽촌의 초등학교 선생 자리가 탐이 났던 거지요. 그런 직장이라면 맘 편히 소설을 쓸 수 있으리라 생각했거든요. 사는 일이 절박한 만큼 쓰고자 하는 욕구가 절실했습니다. 인사 관련 담당자에게 내 처지를 얘기하고 임시직이라도 좋으니 보내줄 데가 없느냐 물었습니다. 몇 년만 일찍 왔어도 길이 있었는데 지금은 자격증을 가진 사람들이 줄 서 있는 상황이라고, 그는 동정의 빛을 담아 말했습니다. 그냥 돌아설 수밖에요.

인생은 새옹지마라더니, 그렇듯 신산한 세월을 보내던 중에 목포
대학교 국문과의 전임교수 제의를 받았습니다. 이 일에 다리를 놓은
사람은 후배 작가인 박양호 전남대 교수였습니다. 비록 낯선 곳이었
지만 나는 주저 않고 이삿짐을 쌌습니다. 1981년 2월의 일입니다. 저
광주민주화운동의 기억이 생생하던 때라 경상도 출신인 나를 걱정하
는 친구도 없지 않았습니다.

거기서 또 10년 세월을 보냈습니다. 친지 하나 없는 곳이었지만 대
신 문학을 좋아하는 젊은이들이 있었습니다. 그들을 친구 삼아 즐거
운 나날을 보냈습니다. 주말이면 가족여행을 자주 했습니다. 목포 일
대를 구석구석 둘러보고, 해남을 뒤지고, 신안 앞바다의 섬들을 돌아
다니던 기억들이 아직도 생생합니다. 모처럼 누려보는 여유로운 시간
들이었습니다.

대학에서도 각별한 대우를 받았다고 생각합니다. 국문학과 동료교
수들의 배려로 강의는 물론 그 밖의 짐도 많이 덜 수 있었습니다. 덕
분에 내가 정말 하고 싶었던 일―글쓰기에 비교적 많은 시간을 할애
할 수 있었습니다. 연작 중편 3부작 형식으로 발표한 『장난감 도시』의
2부와 3부를 쓴 것도 이 시기의 일이고, 연작 단편 『폭력연구』 시리즈
를 쓴 것도 이 무렵의 일입니다.

광주 사건 후유증과 '학원의 봄'으로 시작된 민주화 시위로 캠퍼스
는 자주 소란스러웠지만 내 작업에 방해가 되지는 않았습니다. 밤늦

머리말을 대신하여

도록 연구실에 앉아 작업을 하다가 어두운 창밖을 내다보면 광주—목포 간의 텅 빈 도로 풍경이 어찌 그리도 시리게 가슴에 와닿던지…… 지금도 써늘한 느낌이 남아 있습니다. 그런 감정은 무엇일까? 지금도 곰곰 생각해보곤 합니다. 작가는 글을 쓸 때만 이 세계에 대한 가장 명징한 의식과 더불어 자기존재의 충일감을 맛볼 수 있다는 의미가 아닐까 생각합니다.

1991년도 새 학기부터 중앙대학교 문예창작학과로 다시 옮겨 앉았습니다. 건국대에서 나의 30대 10년, 그리고 목포대에서 나의 40대 10년을 보낸 뒤여서 앞으로 10년 뒤인 60세에는 조기 퇴직하고 글이나 써야지 내심 다짐하기도 했습니다. 물론 그러지 못하고 정년을 맞았지요. 사는 일이 어찌 그리 호락호락하겠습니까.

중대 문창과는 작가 지망생들이 대거 몰려드는 곳이라 분위기부터 확 달랐습니다. 국문과의 그들과는 기질도 다르고요. 좋게 말하자면, 문학에 대해서나 시국에 대해서나 엄청 치열하게 반응하는 분위기였지요. 훈장 노릇이 버거웠습니다. 원고지에 코를 틀어박고 시나 소설을 열심히 끄적거리는 녀석들이나 걸핏하면 친북반미 구호를 외치며 밖으로 뛰어나가는 녀석들이나 마찬가지로 가르치고 지도하는 일이 쉽지 않았습니다. 책상 위에는 늘 학생들의 습작 원고가 쌓이고, 토론 수업은 종종 씁쓸한 뒷맛을 남기곤 했습니다.

사정이 그러했으니 나의 글쓰기는 점점 더 힘겨워질 밖에요. 대학으로 간 소설가들 대부분이 비슷한 사정이었으리라 짐작됩니다. 오죽

하면, 대학은 작가의 무덤이란 말이 나왔겠습니까. 10년 넘게 제대로 된 소설 한 편 못 쓴 동료 교수가 하나둘이 아니었고, 지금도 사정이 별반 달라지지 않은 거 같습니다. 사는 일 때문에 쓰는 일을 뒷전으로 밀쳐놓은 결과지요.

작가는 줄광대와 같다는 게 평소 생각입니다. 쓰는 일을 게을리하다 보면 결국 둔해지고 말지요. 나는 이른바 '전직 작가'란 소리를 듣지 않기 위해 안간힘을 썼습니다. 방학 때만이라도 소설 쓰기에 집중하곤 했지요. 하지만 실상 방학이란 것도 빛 좋은 개살구 격입니다. 여름방학은 더위 때문에, 겨울방학은 입시 때문에 그다지 자유롭지 못했습니다. 한사코 매달려야 단편 하나 건질까 말까였습니다. 나는 급기야 저 목포대 국문과로 되돌아가고 싶었습니다. 불편하면 다시 오라던 동료 교수의 말이 귀에 쟁쟁거렸습니다. 하지만 그럴 수야 없지요. 정말 쓰고 싶은 건 나중 퇴직 후에 쓰지 뭐, 이런 식 감언이설로 자신을 달래며 견딜 수밖에요. 창작집 한 권 내놓는 데 10년씩 걸린 사정이 그런 것입니다.

4. 자전적 요소와 일상적 서사—나의 소설 작법

첫 소설 「전쟁과 다람쥐」에서부터 근년의 작품 「사모곡」에 이르기까지 나의 모든 작품에 일관된 이야기가 있다면 그것은 가족사와 관련된 인물과 이야기들이란 사실입니다. 일테면, 첫 소설에서 전쟁 중 젊은 이장으로 등장하는 아버지는 「사모곡」에 이르면 팔순의 치매노인으로 그려져 있습니다. 이런 식으로 흔히 내 소설의 주인공이나 그 가족은 세월의 흐름을 따라 작가와 함께 나이를 먹고 늙어갑니다. 그 까닭인즉, 나의 소설의 인물들은 대부분 나와 세월을 함께했던 주변 사람들이기 때문입니다. 그만큼 자전적 요소가 강한 셈이지요. 소설은 허구를 본질로 하지만 나의 소설 쓰기는 거의 언제나 나의 삶이 놓여 있는 자리를 그다지 멀리 떠난 적이 없습니다.

나의 소설 작법은 항상 개인적 체험에서 출발하고 허구적 요소는 가급적 최소화하는 데 있습니다. 그래서 자전적 요소가 많아졌습니다. 예를 들어보자면 특히 『장난감 도시』가 그러합니다. 인물들이나 사건이 거의 실제적 경험에서 가져온 것들입니다. 전쟁의 포연이 멈춘 1950년대 중반, 대구시 태평로3가(지금은 고성동) 일대에 자리 잡고 있던 난민촌에서 겪은 얘기입니다. 그로부터 30년 가까운 세월이 지난 시점에서 나는 흡사 묵은 앨범을 들춰보듯 기억의 갈피들을 한 장씩 넘겨가며 그 시절 내 이웃의 얼굴들을 찾아내어 스케치하는 기분으로 썼습니다. 단지 미학적 고려 때문에 기억을 재편집하는 수준 외엔, 가급적 허구를 배제하려고 노력했습니다.

'나'에서 출발하되 '우리'의 이야기로 만드는 것, 그것이 내 작법의 요체라고 감히 말할 수 있습니다. 내가 생각하는 문학적 진실이란 다른 게 아닙니다. 그것은 개인적 삶의 구체 체험에서 얻어진 어떤 감동적 세계 인식 내용입니다. 나의 경우 그것은 거의 매번 일상적 삶에서 감동의 형식으로 얻어집니다. 작가로서 내가 하는 일은 이것(감동)을 다시 언어(소설)의 형식으로 재현하는 데 있습니다. 그러니까 독자에게도 의미 있는 각성을 줄 수 있도록 소설의 미학 구조를 짜 맞추는 데에 늘 나의 방법론적 고민이 있는 것이지요.

작업에 임하여서는 투명한 문장을 쓰는 것을 최우선 목표로 합니다. 그런데 이게 쉽지 않습니다. 왜냐하면 우선, 그것(감동적 체험)이 무엇인지 나로서도 잘 알 수 없는 때가 많고, 그리고 간신히 이해하고 나면 다시 언어의 저 엄청난 저항 앞에 마주 서게 되기 때문입니다. 여기에다 천성의 게으름까지 가세해서 결과적으로 과작이 되고 말았습니다.

대부분의 경우, 벽돌을 한 장씩 쌓아 올리듯이 문장을 하나씩 이어가는 방식으로 작업이 진행됩니다. 완전한 스토리를 머리에 넣고 시작해본 적은 거의 없는 것 같습니다. 때로는 시계 제로의 안개 지대를 헤쳐 가듯 밀고 나갑니다. 『장난감 도시』를 구성하고 있는 53개의 삽화들과 그 안의 인물들이 모두 그런 과정을 거쳐 구성되고 태어났습니다.

그러므로 나에게 있어 소설 쓰기란 허구가 아니라 우리의 일상적 삶을 되돌아보는 일이고, 상상의 산물이라기보다 일상적 경험들의 의미 있는 재구성 작업인 셈입니다.

5. 하고 싶은 것과 하지 말아야 할 것 몇 가지

중단편소설집으로는 일곱 번째인 『우렁각시는 알까?』를 간행한 것은 2007년 5월, 정년을 한 학기 앞둔 때였습니다. 그래서 책 끝(작가의 말)에 나는 이런 소망을 피력했습니다.

　　이제 족쇄가 풀리면 먼저, 자유를 만끽하겠다. 그러면서, 필요 때
문이 아닌, 정말 읽고 싶은 글이나 읽고, 그리고 마음 내키는 대로 여
기저기 흘러 다니고 싶다. 무슨 꼭 해야 할 일이 있어 이 세상에 태어
난 건 아니지 싶어서다. 그 다음으로는, 이미 때가 늦었지만 그러나
한두 해만이라도, 이른바 전업작가 기분을 내보고 싶다. (…) 어쨌거
나 지나온 내 삶이 문학에 너무 많이 빚지고 있다는 심정에서다.

　솔직한 고백이고 지금도 그렇습니다. 글쓰기와 생업의 갈등 속에
서 보낸 세월이었습니다. 비로소 원초적 자유를 되찾은 나는 이제부
터라도 내가 정말 하고 싶은 것을 하며 살리라 단단히 작정했던 거지
요. 하지만 그로부터 어느덧 여러 해가 흘러간 지금 나는 그것이 얼마
나 헛된 바람이라는 것을 절감하고 있습니다. 생업 말고도 우리의 발
목을 잡는 덫은 도처에 무수히 많다는 사실을 새삼스레 깨닫고 있는
거지요. 일테면 몇 년 전 느닷없이 폐암 진단을 받은 것도 그런 덫의
하나인 거지요. 수술과 약물 치료와 섭생을 통해 그럭저럭 건강을 회
복해가고 있음을 다행으로 생각합니다. 급기야 나는 생각을 수정하기
로 했습니다. 하고 싶은 것을 하기보다 하지 말아야 할 짓거리나 저지
르지 말자고.

　영화 〈버킷 리스트〉에서 잭 니콜슨은 이렇게 익살을 떱니다. 늙어
가면서 꼭 주의해야 할 일이 있다는 거지요. 첫째, 화장실을 그냥 지

나치지 말 것. 그랬다간 곧 낭패를 당한다는 거지요. 둘째, 섹스를 피하지 말 것. 매사 지레 겁먹고 포기하지 말라는 거죠. 셋째, 아무 데서나 방귀를 뀌지 말 것. 노추가 된다는 거지요.

그렇다면 작가가 늙어가면서 잊지 말아야 할 것도 있을 법합니다. 지금 내가 생각하는 것들은 이런 겁니다. 첫째, 같은 말, 했던 이야기를 되풀이하지 말 것. 둘째, 인생을 달관한 듯 도사연하지 말 것. 셋째, 언어의 긴장과 탄력을 끝까지 놓지 말 것.

하지만 이 또한 지난한 일이 아니겠습니까. 채워지지 않은 글쓰기의 욕망과 날로 무디어지는 필력과의 갈등 속에 나는 지금 서 있는지도 모를 일입니다.

(2015)

머리말을 대신하여

2부 허기진 책 읽기와 어리석은 기대

3부 묵은 정을 가꾸는 마음

4부 일상의 작은 기쁨들

행복한 글쓰기

나는 왜 문학을 하는가?

소설을 써야겠다고 작심한 것은 아마도 중학교 2학년 무렵이었지 싶다. 직접적인 동기는 어머니의 죽음이었다. 그때를 생각하면 지금도 뜨거운 것이 목구멍을 밀고 올라온다.

1950년대 중반, 낯선 도시의 빈민촌, 가장(家長) 부재(不在)의 극한 상황 속에서 당신은 마흔의 수(壽)도 미처 채우지 못하고 타계하셨다. 훗날 나는 이 무렵의 궁핍한 삶을 중편 3부작 『장난감 도시』에 썼다. 지금 읽어보면, 내가 왜 중2의 나이에 '소설을 쓰겠다'는 결심을 그처럼 독하게 품었는지 실감된다. 문학을 알아서가 아니었다. 소설이 무엇인지 알고 있었던 것은 더더구나 아니었다. 그랬다. 나는 단지 내 이야기를 하고 싶었던 것이다. 이 비정한 세계에서, 감수성이 가장 예민한 성장기에, 나와 내 가족들이 겪어야만 했던 그 가혹한 체험들을 세상 사람들에게 이야기하고 싶었고, 이야기하면서 가슴속에 고여 있는 울음을 퍼내고 싶었고, 그렇게 함으로써 위로받고 상처를 치유받고 싶었던 것이다.

　이런 사정은 다른 동년배 작가들에게도 공통적인 게 아닐까 생각한다. 지극히 개인적인 이 동기와 소박하지만 강렬한 이 욕망은, 두말할 것 없이 6·25전쟁의 소산이다. 어머니의 죽음 뒤에는 전쟁이 있었고, 전쟁의 배후에는 폭력적인 이 세계가 있음을, 골방에서 오직 소설 쓰기에만 코를 박고 사는 동안 조금씩 깨쳐갔던 것 같다. 대학 재학 중에 쓴 단편소설 「전쟁과 다람쥐」가 등단 작품이 될 수 있었던 것도 그래서 가능했다고 믿는다. 이 난폭한 세계에서 우리의 삶이 얼마나 하찮게 망가지고 있는가를, 다람쥐 한 마리의 운명을 빌려 말하고자 했던 것이다.

　전쟁처럼 엄청난 폭력은 없다고 생각했다. 모든 전쟁은 한결같이 절대적인 명분을 치켜들기 때문에 더 지독하다. 대량살상도, 무자비한 인종 청소도 그래서 정당화된다. 지난 70~80년대에 이르러 연작소설 『폭력연구』를 쓰면서 나는, 인간 집단에 의해 자행되는 폭력이 인류 최대의 재앙이란 생각을 했다. 마침 폭압적 권력이 우리 사회를 숨 막히게 지배하던 시기였다. 폭력은 폭력을 확대 재생산하고, 마침내는 인간성 자체를 황폐하게 만든다는 데 생각이 미쳤다. 말하자면, 지배 이데올로기나 대항 이데올로기나 폭력성을 드러내고 있기는 마찬가지가 아닌가 하는 회의와 전율을 어쩌지 못했다.

　문학의 언어가 꼭 사랑을 담아야 한다고 고집하는 것은 아니다. 사랑이 떡 먹듯 그렇게 쉽지 않다는 것을 나 역시 알고 있다. 그렇다고는 해도 증오나 원한의 언어일 수는 없다고 생각하는 것이다. 구호와 시는 어떻게 다른가? 편을 가르고 담을 쌓고 완전무장을 요구하는 언어가 구호라면, 시는 서로 어깨를 겯고 담을 허물고 무장해제를 호소하는 언어이다. 왜 문학을 하는가? '오직 사랑을 위해서'라고 말할 자신은 없다. 대신, 오늘 우리들이 일용할 양식처럼 너무나 흔하게 중독되곤 하는 그 증오와 원한의 수렁으로부터 헤쳐 나오기 위해 나는 소설을 쓰고 있노라고 믿고 싶은 것이다.

이렇게 말하고 본즉, '왜 문학을 하는가'라는 물음에 대해 너무 거창한 소리들을 늘어놓은 듯싶다. 굳이 의미를 붙여 말하라면 그렇다는 얘기일 뿐이다. 내친김에 고백하자면, 내가 굳이 소설에 매달리게 된 데에는 아주 단순하고 분명한 또 하나의 이유가 있다. 소설을 쓰는 일은 이 세상에서 그나마 내가 할 수 있는 거의 유일한 작업이라는 자각이 그것이다.

저 50년대의 극한적 가난 속에서 어머니를 잃은 다음부터 나는 삶의 근원적인 허무 의식 못지않게 생존의 위기 의식에 심하게 내몰렸었다. 어쩌면 나와 내 가족들이 졸지에 엄동설한의 길바닥으로 나앉게 될지도 모른다는 식의 강박증에 늘 시달렸던 것이다. 손이 어설퍼서 어릴 적부터 딱지 한 장 제대로 접지 못했고, 팽이 한 개 깎을 줄 모르던 얼뜨기였다. 평소 못 한 개 야무지게 박지 못하는 내 손을 가지고는 이 험한 세상을 살아내기가 도무지 가당찮아 보였다. 세상 사람들과 다부지게 맞서지 못하는 심약한 마음이 나를 책 속으로 숨게

했고, 망치 따위 일상적 도구조차 제대로 부리지 못하는 무력한 손이 원고지를 붙잡게 만들었다고도 생각된다. 어쨌거나 그것들 속에 코를 박고 있는 동안만은 저 도저한 허무 의식으로부터도, 그리고 저 생존의 불안감으로부터도 조금은 놓여날 수 있었던 것이다.

그러므로 소설을 써낼 수 있는 재주란 어쩌면 결핍에서부터 얻어지는 게 아닌가 하고 나는 종종 생각한다. 남들은 흔히 가지고 있는 생활 능력 같은 것을 제대로 갖추지 못한 채 등을 떠밀려 세상에 나왔거나, 아니면 천방지축 어설프게 굴다가 일찌감치 엎어먹었거나, 그래서 결국은 달리 대책 없는 그런 사람들 처지 말이다. 이런 이들에게 소설은 대리만족과 함께 약간의 보상을 얻기도 한다. 나는 중2 이래 단 한 번도 진로를 두고 고민해본 적이 없다. 문학에 대한 신념이 그만큼 대단해서가 아니었다. 나로서는 선택의 여지가 없었던 탓이었다. 그나마 내가 매달려볼 수 있는 유일무이한 일이 소설 쓰기였던 것이다. 나라고 왜 다른 길에 대한 호기심이 없었겠는가. 자기가 할 수 있는 일에 매달릴 수밖에 없다는 점에서 보면 소설 쓰는 일이란 것도 생업을 위한 다른 일들, 일테면 농사를 짓거나 운전을 하는 일들과 그다지 다를 게 없다는 생각이다.

그래서 한 번 더 솔직하게 고백하자면, 30년 넘게 작가로서의 삶을 살아오는 동안 나는 서로 대립되는 두 가지 감정에 늘 부대껴온 듯싶다. 열등감과 자부심이 그것이다. '나는 왜 남들처럼 당당하게 살지 못할까?'라는 열등감과, '그래도 덜 속물 아니냐'라는 자부심 사이를

세상살이와 소설쓰기

아슬아슬하게 줄타기해왔던 셈이다. 그런 중에도 오늘까지 나를 지탱해준 것은 후자이다. 소설을 쓰고 문학을 한다는 행위가 별나게 의미심장한 것은 아니라고 치자. 그래도 정신적 가치를 소중히 하는 사람 아니냐, 순수를 추구하는 사람들 아니냐 하는, 그런 자부심을 껴안고 살아온 셈이다. 하지만 이제는 그런 믿음도 잃어버린 듯싶다. 자신을 돌아보면 어느새 저 젊은 날의 문학적 열정도 순수도 다 잃어버린 채 빈 껍데기만 남아 있는 기분이다.

이순(耳順)의 나이가 의미하는 것은 무엇일까? 요즘 들어 종종 자신에게 던져보곤 하는 물음 중 하나다. 불혹(不惑)과 지천명(知天命)을 지나온 나이가 그것이라면, 이순이란 어떤 말에도 감정을 거스르지 않는다는 뜻이지 않는가. 하지만, 이순의 문턱을 넘어서고 본즉 거기 가려져 있던 다른 의미가 알밤처럼 또렷이 만져진다. 그렇게 되도록 노력하라는, 다시 말해 당위를 가르치고 있다는 깨달음이다. 나이를 먹는다는 것은 다른 게 아니다. 시야가 좁아지고 고집이 세지며, 분별력은 떨어지고 낯가죽은 두꺼워지는 것이란 생각이다. 그래서 마음대로 되지 않으면 곧잘 벌컥벌컥 화를 터뜨리곤 한다. 자신을 돌아볼 줄도, 적절히 제어할 줄도 모르게 되는 것, 그것이 늙음이라면 '이순'의 교훈은 바로 "순해지고 또 순해지라!"는 죽비소리가 아니겠는가 싶다. 돌아보면 나의 소설은 전쟁의 상처였고, 이 폭력적 세계에서 내가 탄 추위였다. 그것은 또, 생존의 불안과 강박증의 산물이었고, 한심하고 초라한 자화상 그리기였다.

다시 한번 스스로에게 묻는다. 나는 왜 문학을 하는가? 예나 지금이나 문학은 자기 삶을 돌아보는 작업이다. 특히 고통스러운 경험들을 곰곰 되새김질함으로써 자아와 세계를 성찰하고자 소망하는 것이다. 내가 몸담고 있는 이 세계는 여전히 난폭하고 비정하며, 나는 또 너무나 자주 그리고 깊이 상처받고 전율한다. 문학에 대한 열정도 순수도 거덜난 지 오래지만, 그럼에도 불구하고 내가 지금도 한사코 소설에 매달릴 수밖에 없는 까닭이다.　　　　　　　　　　　(2004)

우리에게 문창과는 무엇이었나?

문예창작과 전용의 제4강의실에서 200자 원고지 두어 권씩을 지급받은 게 1965학년도 1학기 개강 첫날이었는지 다른 날이었는지 분명치 않다. 어쨌거나 김동리 주임교수가 주재하였고, 40명 정원 전원이 출석한 자리였다. 원고지 아래쪽 여백에 '서라벌예술대학 문예창작과 원고지'란 글씨가 찍혀 있어 비로소 글쓰는 학과에 들어왔다는 실감이 가슴팍을 으스스하게 파고들었다. 나만의 느낌이었을까?

꼭 그런 것만은 아니라는 사실을 나는 곧 깨달았다. 동기생들의 얼굴을 차차 익혀가면서, 그리고 그들이 빚어내는 강의실 안팎의 분위기에 속절없이 빠져들면서, 나는 금방, 그네들의 내면에 뜨겁게 타오르고 있는 열정을 간파했던 것이다. 그것은 두말할 것 없이, 글쓰기에 대한 거의 절대적인 집착과 치열한 욕망이었다. 그게 가장 두드러지게 드러나 보이는 때가 이른바 합평 시간이었다. '시창작실기' 또는 '소설창작실기'가 그것으로 나는 예나 지금이나 그 시간이 가장 문창과다운 수업시간이라고 믿고 있다.

시는 미당 선생님, 소설은 동리 선생님 담당이셨다. 이분들이 누구신가? 명실 공히 한국 문단을 대표하던 두 기둥이었다. 그런데, 복사기가 없던 시절이라 요즘과는 사뭇 다른 수업 풍경이었다. 일테면, 시 합평 시간에는 발표자가 시작 노트를 들고 나가 분필로 직접 판서를 하고 나서 한 차례 낭송까지 했다. 그리고 나면 미당 선생이 그 특유의 음색과 가락으로, 그러면 어디 한 말씀씩 해보시게나, 하고 운을 뗌으로써 드디어 합평이 시작되었다.

소설은 또 다른 풍경이었다. 장르의 특성상 칠판에다 죄 판서할 수가 없기 때문에 이런 식으로 합평 수업의 막이 오르곤 했다. 먼저 동리 선생이 들고 온 단편소설 원고 한 권을 낭독 잘하는 여학생에게 건네준다. 학기 초에 우리가 제출한 습작 단편소설(또는 콩트)들 중에서 선생이 골라온 터라 이번에는 누구 작품일까 일순 긴장한다. 낭독자에 의해 이윽고 제목과 이름이 밝혀지고 나면 분위기가 잠시 술렁거리게 마련이다. 택함 받은 사람은 마치 동리 선생으로부터 예비 작가로 공인받은 분위기라 일거에 부러움과 시샘의 대상이 되었다. 하지만 곧 본문 낭독이 시작되면 다들 눈을 감고 침묵 속으로 가라앉는다. 정신을 온통 귀로 집중한 채 열심히 메모도 한다. 90분 단위로 두 시간씩 이어져 있는 강의 시간 중 절반은 그렇게 낭독을 듣는 것으로 후딱(또는 느릿느릿) 지나가버린다. 생각하건대, 그처럼 소설을 집중해서 감상한 적이 그때 말고 또 있었던가 싶다. 요새같이 미리 받은 복사본을 버스나 전철 안에서 두 번 세 번 뒤적거렸을 때보다 오히려 더 효과적인 읽기였다고 생각된다.

낭독자 곁에 책걸상을 바짝 당겨 앉은 채 내내 원고를 눈으로 좇으며 더러 메모를 하시곤 하던 동리 선생은 읽기가 끝나고 나면 먼저 원고지 쓰기나 잘못된 문장들을 일일이 지적하셨다. 그런 연후에야 비로소 학생들의 소감을 물었다. 하지만 시 쪽에 비해 합평 열기가 훨씬 저조하지 않았나 싶다. 무슨 까닭이었는지는 분명치 않다. 장르의 특성 탓인지, 시 지망생과 소설 지망생의 기질 차이 탓인지, 아니면 미당과는 다른 동리 선생만의 분위기나 스타일 탓인지 지금 생각해봐도 모를 노릇이다.

소설 합평 수업과 관련하여 먼저 떠오르는 얼굴은 낭독 전문가였던 김정례, 노금선 씨다. 그 무렵 알려진 바로는 두 사람 다 방송국과 인연이 있다고 했고, 노금선 씨는 졸업 후 지방(대전) 방송국에서 근무하기도 했다. 귀에 잘 스며들던, 그래서 서툰 문장마저 유려하게 느껴지던, 부드럽고 따뜻한 음성이었다. 나연숙 씨도 기억난다. 콩트가 아니었나 싶은데, 그때까지만 해도 드러내놓고 말하기가 좀 민망스럽던 단어(콘돔?)를 거침없이 구사한 문장을 보고 나는 내심 충격을 받았다. 나처럼 미적지근한 자세로는 소설이고 뭐고 될 턱이 없다 싶었다. 나중 생각이지만, 아마도 현대문학 정신의 한 특성인 '당돌함' 또는 '발칙함'을 충격적으로 깨달은 순간이 아니었나 싶다. 귀공자로 불리던 조달현 형도 기억난다. 거칠고 직정적인 합평 언어들 속에서 단연 논리와 품위를 갖춘 발언을 자주 하여 제4강의실 평론가로 인정받았다. 해병대 출신의 김수년 형, 정보부대 출신으로 백령도에서 근무했다는 이중범 형도 생각난다. 두 사람 다 소설가 지망생이었고, 나처

우리에게 문창과는 무엇이었나?

럼 서너 해씩 지각하여 대학에 온 처지였다. 우리는 습작 동인 활동도 잠시 함께했는데 합평 수업을 포함, 발언 빈도수에서 김 형이 적극적이었던 데 비해 이 형은 대체로 말을 아끼는 편이었다고 기억된다.

첫 학기가 다 끝나도록 나(이용)는 이 합평 시간에 말 한마디 보태지 못했다. 할 말이 없었던 건 아니다. 천만에! 뱉어버리지 못한 말들로 내 속은 매양 시끌시끌하였다. 하지만 워낙 소심한 데다 진작 분위기에 짓눌린 상태라 입도 뻥긋할 수 없었다. 오직 동리 선생이 내 소설을 택해주시기만 오매불망 기다렸으나 그도 불발이었다. 이런 상황은 두 번째 학기에서도 변함이 없었기 때문에 나는 조금씩 맥이 풀렸다.

시 합평 시간의 분위기는 매번 뜨거웠다. 일주일에 한 번 있는 수업으로 두세 사람에게 발표할 기회가 주어졌다. 오늘은 누가 나설까? 발표의 욕구와 그에 따른 부담감으로 시작부터 긴장감이 깃들게 마련이었다. 학기 초가 더 그랬다. 문창과에 온 작자라면 적어도 자기 동네서는 나 좀 쓰노라고 다들 자부하는 터였다. 자기 과시 욕망이 앞으로 나서도록 부단히 부추기지만 자칫 합평이라는 미명하에 몰매를 맞을 위험성이 컸다. 사실이 그랬다. 학기 초에 습작시를 올렸던 친구들은 거의 다 작살이 났다. 미당 선생 말고, 동기생들에 의해서였다. 좋게 말해 그만큼 우리들의 가슴은 열망으로 뜨거웠던 데 비해 정작 우리가 서 있었던 기반은 여러모로 척박했달 수밖에 없으리라. 급기야는 "그것도 시냐? 고민 좀 더 해야겠다!"식 막말이 튀어나올 정도로 발표자와 그 작품이 가히 초토화되기까지 미당 선생은 저 부처님 닮은 미소를 얼굴 한가득 짓고만 계셨다.

　이 시간과 관련하여 떠오르는 얼굴들이 여럿 있지만 그중에도 마종하 형이 단연 돌올하다. 우리는 미처 그의 작품을 엿볼 기회가 없었음에도 불구하고 그의 말은 미당 선생 다음으로 권위가 섰다. 시 작품에 대한 그의 언급이 그만큼 날카롭고 세련되었기 때문이다. 마 형과는 절친이었던 정봉익 형도 그런 동기 중 하나다. 나하고는 하숙방을 같이 쓴 적이 있던 그는 입학할 때 백일장 상장들을 한 아름 안고 와서 문예 장학생이 되었다는 소문이었다. 그의 발언은 투박한 부산 사투리로 거의 직설투여서 발표자들은 꽤 상처를 받았으리라. 그런가 하면, 장발에 금테 안경을 쓴 김형영 형은 그 무렵 엄청 난해한 시들을 쓰고 있어서 제4강의실 주류 비평가(?)들로부터는 제대로 평가받지 못한 처지였다. 하지만 정작 동료들의 작품에 대해서는 그다지 까다롭지 않았다고 기억된다. 대천 출신 임세순 형을 빼놓을 수 없다. 스포츠형 머리에 늘 단정한 차림새로 누구와도 쉽게 말문을 트곤 하던 그는 비판보다 칭찬을 더 많이 하는 편이었다.

　어찌 이들뿐이랴. 다른 건 몰라도 시 작품에 대해서라면 다들 할 말이 있다는 분위기였으므로 시 합평 시간은 시종 드라마틱했다. 한 사람이 깨지고 나면 다음 사람이 나서고, 그 역시 만신창이가 되어 물러나면 또 다른 사람이 나서는 식으로 참으로 숨 가쁘게, 그리고 내내 뜨거운 열기 속에서 진행되었던 것이다. 수업이 끝나고 나면 당연히 후유증이 따랐다. 더러 격분한 언성이 터져 나오기도 하고, 눈물바람 하는 여학생도 없지 않았다. 하여, 이래저래 기가 꺾이고 상처 입은

우리에게 문창과는 무엇이었나?

자들이 끼리끼리 어울려 캠퍼스 주변 술집이나 밥집으로 기어드는 것으로 하루를 마감하지 않았나 싶다. 기억난다. 그런 자리에서 우리는 또 얼마나 열띤 토론을 벌였으며, 얼마나 많은 문사와 그 작품들을 입에 올렸는지! 시간과 술값이 늘 턱없이 모자랐다.

해가 바뀌어 1966년도를 맞았다. 신년벽두, 『서울신문』 신춘문예를 통해 65학번 중에서는 내가 제일 먼저 등단함으로써 이동하란 필명을 얻었다. 당선작은 단편소설 「전쟁과 다람쥐」이다. 이해에 『조선일보』 신춘문예 시 당선자는 권오운 형이었다. 학번은 우리보다 앞서나 곧바로 입대하는 바람에 제대 말년을 맞아 제4강의실을 자주 들락거리던 때였다. 또 『대한일보』 신춘문예 소설 당선자는 한 학번 위의 유광우(유광선) 형이었다.

이 같은 신춘문예 결과는 우리의 제4강의실에 상당한 충격파를 불러일으키지 않았나 생각된다. 재학 중 등단이 준 충격파였다. 시인 작가가 된다는 게 막연한 꿈이 아니라 눈앞의 현실임을 깨닫게 해준 것이다. 글쓰기에 대한 열정이 등단에의 욕망으로 구체화된 결과일까? 어쨌거나 합평 수업 분위기는 더 뜨겁고 더 치열해져서 흡사 마카로니 웨스턴 영화의 한 장면처럼 때로는 살벌하고 또 때로는 적막하기도 했다. 어쨌거나 그 당연한 열매이리라. 그해 안에 김형영 형이 문예지 『문학춘추』 신인상으로 시인이 되고, 또 학번은 앞서지만 군복무를 마치고 복귀한 박건한 형이 문예지 『문학』을 통해 시로 등단하였다. 이듬해(1967)에는 김형영과 이동하가 공보부 신인상 시와 소설 부문에서 나란히 수상했고, 이동하는 문예지 『현대문학』 장편소설 공모에 당선(『우울한 귀향』)하기도 했다. 그리고 1968년도 신춘문예에서 마종하 형은 『동아일보』와 『경향신문』 두 곳에서 시로 동시 당선의 영예를 안았다.

물론 그것으로 끝이 아니다. 65학번 제4강의실 출신의 시인 작가들은 그 후로도 꾸준히 등단의 길을 열었다. 임세순 형이 1970년 문예지 『월간문학』과 이듬해 『중앙일보』 신춘문예를 통해 시로 등단함으로써 비로소 시인 임영조란 이름을 시단에 올렸다. 또 나연숙 씨가 드라마 작가로 등단(KBS, 〈사랑의 훈장〉)한 건 1972년의 일이다. 이어 김청 형이 1974년 문예지 『한국문학』에 소설로, 그리고 김정례 씨가 1977년도 『한국일보』 신춘문예에 소설로, 이구재 씨가 문예지 『시문학』에서 시로 등단함으로써 문사의 길로 들어섰다. 또 1980년에는 박문재 형이 문예지 『현대문학』에서 시로, 두 해 뒤에는 박성웅 형이 역시 문예지 『한국문학』에서 시로 등단했고, 김수년 형은 1989년 소설로 등단(『문학공간』)했다. 이들 외에도 더 있을 테지만 입력된 정보가 없어 안타깝다.

만화가 강철수 형과 신삼랑 형도 특기해야 할 동기생이다. 뒷날 「발바리의 추억」으로 대단한 인기를 누린 강철수 화백, 『강원일보』의 오랜 시사만화가 신삼랑 화백은 재학 중에 이미 유명세를 쌓아가고 있었다.

그리고 세월은 흘러갔다. 그것도 반세기 가까운 세월이다. 미아리

우리에게 문창과는 무엇이었나?

캠퍼스를 나와 사회로 흘러든 우리는 저마다 주어진 자기 몫의 삶을 살아내느라 그 시절을 내내 잊고 살았다. 그러다 문득 이마를 쳐들고 주위를 둘러본즉 장강의 하류 어디쯤에서 자맥질하고 있는 오늘의 모습을 발견하는 것이다. 많은 부분들이 기억에서 지워졌지만 어떤 순간들은 손에 잡힐 듯 지금도 생생한 느낌이다. 그만큼 우리 안에 깊이 들어앉아 있는 아름다운 시절의 기억들이기 때문이다. 그것이 아름다운 까닭은 그때만큼 뜨겁고 순수했던 삶이 다시는 없었기 때문이다.

65학번 모두에게 나는 묻고 싶다. 우리에게 문창과는 무엇이었나? 문학이라는 이름 아래 가장 뜨겁고 순수한 열정으로 함께 부딪치고 함께 타올랐던 자리, 우리 생의 황금 마디가 아니었던가! 그 밖의 삶은 지리멸렬하였다. 하지만 그 시절, 그 순수 열정의 세례를 받음으로써 우리는 저마다 진정성 있는 자기 삶을 살아낼 수 있었다고 나는 믿는다. 그에 비하면 정작 우리가 쓰는 시나 소설은 더없이 가벼울 뿐. 어쩌면 한갓 허접쓰레기에 지나지 않는지도 모른다.

그리운 얼굴들이 너무 많다. 이미 고인이 되신 김동리, 서정주, 박목월, 김구용, 손소희, 이범선, 이형기 선생님. 말투며 몸짓 하나하나 잊을 수가 없다. 우리들은 작품 못지않게 그 어른들을 좋아하고 따랐던 것 같다. 이미 우리 곁을 떠난 동기들도 있다. 올해 10주기를 치른 임영조 형, 그리고 몇 해 전 타계한 이중범 형, 마종하 형(2009)이 그들이다. 아버지(소설가 박상지 선생)의 뒤를 잇고자 했던 박혜옥 씨는 너무 일찍 세상을 떠났는가 하면, 해병대 중사 출신의 의혈남 김수년 형은 불과 두어 달 전(5월)에 갑자기 타계했다. 세월의 무정함이여!

이미 우리 곁을 떠난 이들이야 아무리 그리워한들 어찌 다시 만나랴. 아직 이승에 남아 있는 이들이라면 언젠가 얼굴 대할 날도 있으리라 기대하며 엉성하고 어정쩡한 문예창작과 65학번사를 여기서 맺는다.

(2015)

결핍의 정서와 촌닭 의식

나의 젊은 날을 관류한 것은 결핍의 정서와 촌닭 의식이다. 스물셋의 나이로 대학에 발을 들여놓고 본즉 자신의 모습이 흡사 꽁지 빠진 촌닭 같은 꼴이던 것이다. 그런 자의식은 곧 열등감을 부채질하였고, 열등감은 다시 오기를 불러일으켰고, 그리고 그 오기 때문에 나는 이를 갈며(?) 한사코 글쓰기에 매달렸던 게 아닌가 생각된다.

미아리 돌산 위에 있던 서라벌예술대학의 제4강의실은 나를 주눅 들게 만들었다. 문예창작과 전용이던 그 방에서 먼저 나를 압박한 것은 여학생들이었다. 사오십 명쯤 되는 동급생들 중 반수 이상이 여자였던 것이다. 단지 그 사실만으로도 나는 당장 기죽을 수밖에 없는 사람이었다. 왜냐하면 그때까지 내가 가까이할 수 있었던 여자라고는 세 사람밖에 없었는데, 그녀들이란 내 어머니와 두 분의 누님이었던 까닭에서다. 갑자기 여자들과 함께 어울리고 떠들어야 하는 일이 나로서는 몹시 난감하게 느껴졌다.

사내들도 나를 기죽게 만들기는 마찬가지였다. 습작품을 발표하고 합평하는 시간마다 백가쟁명이요 군웅할거의 장면이 연출되곤 했다. 때로는 매우 고압적인 정서와 폭력적인 언어가 마구 횡행하기도 하여 나같이 심약한 사람은 아예 목을 움츠리고 죽은 듯 앉아 있을 수밖에 없었다. 시나 소설 나부랭이를 엮어내는 일이라면 내 앞에 누구 나와 보라고 그래! 말하자면 그런 분위기였던 것이다.

그뿐인가. 교수님들의 위광과 그 도저한 자세 앞에서도 나는 매번 숨을 죽이곤 하였다. 그럴 수밖에! 김동리, 서정주, 박목월—모두 교과서에서 보던 이름들이 아니던가. 그런 분들이 책 속에서 걸어 나와 매주 우리 제4강의실로 들어서곤 했던 것이다. 세 분 선생 외에도 손소희, 이범선, 김구용 선생, 나중에는 김수영, 이형기, 이동주 선생도 뵈올 수 있었다. 하지만 단연 돋보이는 분은 역시 앞의 세 분이셨고, 특히 미당 선생의 도저한 언사는 우리를 압도하기에 충분하였다. 선생 특유의 화법—남도 가락으로 뒤를 낭랑하게 잡아끄는 그런 어투로, "이 점에 대해서는 엘리엇 군과 나의 생각이 같지." 운운하실 때면 나는 진실로 깊이 이마를 조아리곤 하였던 것이다. (이 대목을 쓰면서 새삼 세월의 무상함을 깨닫는다. 그분들 중 이미 여럿이 우리의 곁을 떠나셨기 때문이다. 그리고 보면, 그 무렵 그분들의 연세가 지금의 내 나이와 얼추 비슷하다는 생각이 들어 새삼 부끄럽다.)

어쨌거나 이래저래 주눅 든 채 나는 제4강의실을 드나들 수밖에 없었다. 꽁지 빠진 촌닭같이 비칠 게 분명한 나의 행동거지에 대해 늘 타인의 시선을 의식하면서 말이다. 혼자서 얼굴을 붉힌 적이 많았다. 언젠가는, 수업 중에 내가 벌인 해프닝으로 하여 동급생들이 온통 폭소를 터뜨리기도 했었다. 손소희 선생 시간이었다. 선생은 나를 지목하여 단지 독후감을 물었을 뿐인데 그에 대한 나의 반응이 너무 엉뚱했던 것이다. 자리에서 엉거주춤 일어서기까지는 했으나 목구멍이 그만 얼어붙어버려서 말이 나오지 않았다. 그것만도 아니다. 얼굴은 열꽃이 피어 시뻘게지고, 사지는 겨울 나목처럼 와들와들 떨리고…… 여기저기서 웃음소리가 터져 나왔다. 태풍 같은 폭소를 들으면서 나는 결국 만사를 포기하고 그만 털썩 주저앉고 말았는데, 그 시간이 끝날 때까지 고개를 푹 꺾고 있으려니 그렇게 참담할 수가 없었다. 사춘기 소년도 아닌, 나이 스물셋에 이 무슨 못난 꼴인가 싶었다. 한바탕 웃기는 했지만 동급생들이라고 마음이 개운했을 리가 없다. 나와 얼굴을 마주 대하기가 꽤나 민망하고 거북스러웠으리라. 나는 그들이 다 퇴실한 다음에야 비로소 몸을 일으킬 수가 있었다.

자취방으로 돌아와 배를 깔고 엎딘 채로 곰곰 생각한 끝에 얻은 결론은 간명하였다. 열등감이 그 원인이었다. 또한, 그 열등감은 나에게 있어 이미 뿌리가 깊은 것으로 그것은 나의 성장 환경과 적빈의 가정에 근거를 두고 있었다. 나의 문학에 대한 관심도 어쩌면 거기서 비롯했는지 모른다. 하여간 낯선 환경과 부딪치면서 그 열등 의식은 그런 식으로 나를 억압했던 것이다.

사실이 그랬다. 내가 느끼는 것은 늘 결핍의 감정이었다. 나의 동료들이라고 뭐든 다 넉넉해 보이는 것도 아닌데 나는 그들 앞에서 매양 초라함을 느끼는 것이었다. 굳이 물질적 외형적인 것만도 아니었다. 나는 저들보다 책도 덜 읽었다, 생각도 깊지 못하다 식으로 정신적인 것들까지도 나는 빈약한 느낌이어서 매사 전전긍긍하는 심사였던 것이다. 그 당연한 결과로서 나의 행동거지는 더 굳어지게 마련이었고, 또 굳어지는 만큼 더 촌스러워질 수밖에 없었다.

나는 밤새워 시 한 편을 썼고, 다음 날 미당 선생 시간에 감히 합평에 올렸다. 일종의 오기였다. 말하자면, 이처럼 못난 나에게도 한 구석 쓸 만한 데는 있다는 점을 시위하고 싶었던 것이다. 못난 사람의 못난 오기일 터이다. 그러나 어쨌건 나의 의도는 어느 정도 성공한 셈이어서 그날 이후부터 제4강의실 주역들과 그런대로 어울릴 수가 있었다. 지금 생각해보면 그 무렵 글쓰기에 열심히 매달릴 수 있었던 것은 바로 그 오기 덕분이 아닐까 싶다. 그럼으로써, 촌스러운 일상을 글쓰기에서 보상받고 싶었던 것이다. 세상사는 일의 어설픔에 비한다면 원고지 앞에서는 훨씬 더 당당할 수 있었던 때문이다.

스스로를 생각해보면 지천명의 나이에도 나는 별로 달라진 게 없다. 내면의 뿌리 깊은 두 기둥, 곧 결핍의 정서와 촌닭 의식은 여전히 완강하게 내 안에 버티고 있다. 꿈속에서도 나는 늘 초라하고, 타인 앞에서는 여전히 당당하지 못하다. (1994)

첫 소설 「전쟁과 다람쥐」

대학에서의 첫해가 어영부영 끝나가고 있었다. 1965년 10월쯤의 일이다. 미아리 돌산 위의 교정엔 바람이 차고, 문예창작과 전용이던 제4강의실의 주인들은 슬슬 보따리들을 챙기며 학기를 마무리해가던 무렵이었다. 그뿐인가. 서울의 6대 일간지들은 또, 연례행사 격인 신춘문예 작품 모집 사고들을 연일 1면 박스로 내보내고 있는 중이기도 하였다. 바야흐로 천하의 문학 지망생들에게는 열병의 계절이 시작되었던 것이다.

이래저래 심란해진 나는 강의실 찾는 일까지도 심드렁해져서 종일 하숙방에 죽치는 날이 많아졌다. 이때의 내 기분을 '심란하다'고 일단 말은 하였지만, 실상 그렇게 간단한 것이 아니었다. 나로서는 참으로 어렵사리 단행한 '서울 유학'이었다. 그나마 동갑내기들에 비해 서너 해나 늦어서 말이다. 게다가 내가 적을 둔 곳은 2년짜리 초급 과정이었다. 입학 첫해엔 당연히 신입생이지만 다음 해엔 곧장 졸업 예정자로 급전직하하는 신세였던 것이다. 따라서 대학의 한 해가 나로선 도무지 예사로울 수가 없는 노릇이었다. 한데, 그 금쪽같은 첫해가 별 볼일 없이 어영부영 저물어가고 있지 않는가. 나는 더없이 허전하였다. 그리고 꽤나 불안하고 초조하였다. 또, 얼마나 추위를 탔던지 노상 어덜어덜 떨고 다녔다.

도봉동 버스 종점 부근 하숙방에서 가까운 우이동 숲이나 육당묘원 같은 곳을 하릴없이 배회하는 일이 잦아졌다. 낮 동안은 아직 온기가 남아 있는 햇살을, 저녁시간엔 한결 차게 느껴지는 달빛이며 별빛들을 한참씩 동무하였다. 내가 꿈꾸고 열망하던 것은 무엇인가? 실은 분명한 아무것도 없었다. 다만 온통 안달하는 마음뿐. 그런 나의 마음밭에 작고 귀여운 다람쥐 한 마리가 느닷없이 불쑥 뛰어든 것은 어느 저녁의 숲속 산책길에서였다.

그런 때 그런 곳에서라면 다람쥐 따위야 얼마든지 눈에 띌 수도 있으리라. 그럼에도 불구하고 그 순간의 나에겐 몹시 경이로운 느낌이었다. 설사 커다란 코끼리가 우이동 숲길에서 불쑥 나타났다고 하더라도 그처럼 충격적이지는 못했으리라. 암중모색, 그때까지 내내 몸살만 앓고 있던 나는 무언가 강한 빛 한 줄기를 붙잡은 심경이었던 것이다. 곧장 하숙방으로 돌아온 나는 베개를 가슴에 고이고 엎드린 채 한사코 거기에 매달렸다. 눈앞이 아득히 열리면서 뭐라 형언할 수 없는 감동 속에서 저 유년의 기억들이 낱낱이 떠올랐다. 그것들은 어린 나이로 고향마을에서 경험했던 저 전쟁(6·25)의 잔상들이었다. 그중에도 유독 생생한 기억으로 떠오른 것은 우리의 등하굣길이기도 한 비포장의 1번 국도 위로 전쟁물자와 낯선 이국 병사들을 실은 유엔군

첫 소설 「전쟁과 다람쥐」

차량들이 흙먼지를 일으키며 꼬리를 물고 북진하는 광경이었다. 그리고 해종일 마을로 밀려들던, 굶주리고 남루한 후송 장정들의 물결이었다.

비교적 짧은 기간에 단편 하나를 탈고하고 「전쟁과 다람쥐」란 제목을 붙였다. 저 유년의 체험에다 소설적 픽션을 보탠 이야기였다. '전쟁'의 체험 쪽이 모두 개인적인 사실 소재라면 '다람쥐'와 관련된 부분은 모두 상상의 산물인 셈이다. 어쨌거나, 탈고하는 즉시 동급생이자 동숙자인 J에게 보였다. 그 역시 내 옆에서 배를 깔고 엎드린 채 신춘문예에 투고할 시 쓰기에 골몰하던 중이었다. 그는 시작 노트를 잠시 덮어두고 내 원고를 읽기 시작하였다. 그가 원고의 마지막 장을 넘긴 것은 자정을 넘어선 시각이었다. 밤의 무게에 짓눌린 채로 흡사 최종 선고를 기다리듯 목을 늘이고 있는 나에게 J가 뱉은 첫말은 이랬다.

"야, 이거 상금 타면 양복 한 벌씩 사 입자!"

나는 멍해졌다. 그가 다시 말하였다.

"당선은 내가 보장할 테니까 넌 그거나 약속해!"

J의 표정은 진지했다. 그 순간의 감정을 표현하기란 쉽지 않다. 형언키 어려운 어떤 열기가 나를 온통 사로잡아버려서 도무지 뭐라 대꾸조차 할 수가 없었다. 그날 이후, 적지 않은 소설들을 썼지만 그때만큼 뿌듯한 성취감을 느낀 적은 다시없다고 생각된다. 나는 정성껏 다듬어 투고하였고, J의 장담대로 신춘문예 당선의 행운을 안았다.

뒷날, 심사위원의 한 분이셨던 최정희 선생님을 뵈었더니 이런 말씀을 들려주셨다. 최종심에 올라온 세 편 중 결격 사유가 큰 두 편을 제하고 보니 「전쟁과 다람쥐」만 남더라고. 한데, 당선작으로는 좀 약한 듯싶어 가작으로 밀까 했는데 함께 심사를 맡았던 전광용 선생님이, 괄괄하기로 호가 난 성격 그대로, 당선이면 당선이고 아니면 말지 어정쩡하게 가작이 뭐냐, 그냥 당선작으로 하자더라고…… 그러니까 문운이 따랐던 셈이다.

생각하면 우이동 숲속 산책길에서 다람쥐를 만난 것부터가 행운이었다. 그 작고 귀여운 동물이 바로 그날 내 산책길에 불쑥 뛰어들지 않았더라면 나는 과연 그 무렵에 당선작을 쓸 수 있었을까? 장담할 수 없다. 어쨌든, 축하를 제일 먼저 해준 이도 J였다. 그러나 나는 그와의 약속을 지키지는 못했다. 1966년도 『서울신문』 신춘문예 당선 소설 상금은 일금 3만 원정—다음 학기 등록금부터 챙기고 보니 '양복 한 벌씩'이란 생각조차 할 수 없었다. J 쪽에서도 물론 약속 이행을 강요하진 않았다. 그 대신, 우리는 남은 돈으로 술깨나 좋이 마셨다고 기억된다.

각설하고, 왜 하필이면 양복이었는지는 아직까지 물어보지 못했다. 그 시절, 우리 입성이 그만큼 남루했던가? 하기야 삶이 온통 남루했다고도 생각된다.

(1987)

나의 대표작, 『장난감 도시』

　이게 대표작이라고 선뜻 치켜들기가 스스로 민망스러운 느낌이 크다. 아직 그럴 만한 작품을 내놓지 못했다는 자격지심 때문이다. 그러므로 진짜 대표작은 앞날의 과제로 하고 어쨌거나 여기서는, 지금까지 쓴 작품들 중에서 그나마 골라보란 뜻으로 연작 중편 3부작인 『장난감 도시』를 꼽겠다.

　제1부 「장난감 도시」를 쓴 것은 지난 1979년의 일이다. 제2부 「굶주린 혼」은 1980년에, 그리고 제3부 「유다의 시간」은 1982년이다. 그러니까 네 해에 걸쳐 200자 원고지로 대충 900장 분량으로 쓰인 소설이다. 월간지 『신동아』 『한국문학』 그리고 『문학사상』 등에 각각 발표한 것을 문학과지성사에서 단행본으로 묶은 게 1982년의 일이다.

　나의 기억으로는 초판과 재판을 합쳐 모두 3천 부를 찍은 것으로 절판된 지 오래다. 이따금씩 그 책을 찾는 문의 전화를 받기도 한다.

이미 오래전 이야기지만, 내 서가에도 없음을 알고 출판사에 직접 부탁을 했더니 그 며칠 후, 창고에서 두 권을 찾아냈다며 우편으로 보내주었다. 반품이어서 때가 타고 구겨지기는 했을망정 나로서는 그나마 다행스러웠다. 나중에 서점을 드나들며 요행히 몇 권을 더 확보할 수 있었다. 그러다가 동아출판사판『우리시대 우리작가 전집』(1987) 제7권에 전편이 수록되어 비로소 마음을 놓았다.

단행본으로 재발간하자는 권유도 더러 있고 내 쪽에서도 필요를 느끼긴 하지만, 첫 장편『우울한 귀향』을 재간한 바도 있는 터라, 젊은 작가가 신작은 내놓지 못하고 재탕만 한다는 자책감 탓에 아직까지 유보하고 있다.

『장난감 도시』는 내가 열서너 살 나이로 겪었던 전후 1950년대의 판자촌 이야기다. 그곳에서의 삶의 양태나 풍속이 고향에서의 그것과는 너무나 이질적인 것이었으므로 나에게는 흡사 커다란 장난감 마을—소꿉장난과 닮았다는 의미에서—같이 느껴진 데서 붙여진 이름이다. 당연히 뿌리 뽑힌 사람들의 가난한 삶의 이야기이다.

그렇다고 이른바 가난의 문학은 아니다. 가난의 사회적 · 심리적 병리 현상을 캔다거나 또는 전쟁이 남긴 정신적 · 물질적 궁핍상을 고발한다는 의식은 없었다. 오히려, 가난의 삶을 결코 누추하게는 쓰지 않겠다는 생각이었다. 이를테면, 물질적 궁핍이 정신의 자존을 부단히 일깨워주기도 한다는 사실을 이야기하고 싶었던 것이다.

대충 세 부류의 작가가 있다고 한다. 자기 이야기만 주로 쓰는 작

가, 남의 이야기만 대변하는 작가, 그리고 둘 다 쓰는 작가 등이 그것
이다. 기왕의 작품들을 되돌아볼 때 나는 첫 번째 부류에 속한다고 판
단된다. 지금도 그렇지만, 특히 초기 작품들을 두고 말하자면, 나는
소설의 제재를 늘 개인적 체험의 영역에서 찾곤 하였다. 『장난감 도
시』야말로 대표적인 경우이다.

　내가 초등학교 4학년 때 우리 가족은 고향 시골 마을을 떠나 이웃
도시 대구로 옮겨 앉았다. 그래서 정착한 곳이 문제의 판자촌이었다.
그러니까『장난감 도시』는 저 50년대 중반, 전후의 폐허 속에서 보냈
던 나의 성장기의 서사인 셈이다.

　형식의 특징을 지적하자면, 일관된 이야기 구조를 지니고 있지 않
다는 점이겠다. 200자 원고지로 짧게는 대여섯 장에서 길어봤자 열대
여섯 장 길이의 토막 이야기들로 구성되어 있다. 1인칭 화자의 가족
―어머니, 아버지, 누나―을 중심으로 수다한 이웃들이 등장한다.

　사과 궤짝 같은 방을 걸핏하면 부수었다가 다시 짓곤 하는 모주꾼
목수 주씨, 오밤중에 곧잘 계집과 잠자리 투정을 벌임으로써 이웃들
의 잠을 깨워놓곤 하는 똘과부네 딸과 사위, 아이들에게 매섭게 매질
을 하면서도 회초리를 들 수밖에 없는 거친 환경을 괴로워하는 피난
학교 선생 등……. 나의 기억 속에서 도무지 잊히지 않는, 그 시절 그
장난감 같은 마을에서 만난 내 이웃들의 초상과 그리고 눈물겨운 그
들의 일상적 삶의 삽화들이다.

　「장난감 도시」는 제1부의 제목이면서 연작 전체를 가리키기도 한

다. 어느 날 갑자기 도시의 판자촌으로 이사 온 소년인 '나'는 새로운 도시적 환경 앞에서 온통 이물스러운 느낌에 빠져든다. 눈에 띄는 모든 사물들이 죄다 낯설고 기이하게 비치는 것이다. 지금까지 살아왔던 세계와는 너무나 다른 환경이어서 나는 쉽게 적응하지 못할뿐더러, 이때부터 뿌리 뽑힌 자의 소외 심리를 평생 지니게 된다. 흙을 만지며 살아온 아버지는 새로운 도시적 삶의 터전에서는 철저하게 무력한 존재가 되고 만다.

제2부 「굶주린 혼」에서는 생존의 극한으로 떠밀린 가족의 모습을 집중적으로 다루었다. 극단적인 굶주림 속으로 내던져졌을 때 오히려 청정한 의식과 정서를 체험하게 되는 순간들을 이야기하였다. 내 어머니의 순결한 죽음과, 그로 인한 비극적 세계 인식이 내 안에 뿌리 깊게 들어앉은 때도 이 시기다.

제3부 「유다의 시간」은 그 무렵 우리 또래들이 경험했던 폭력 심리를 주제로 하였다. 밤마다 '인간사냥'을 나섰던 그 살벌하고도 가슴 뻐근했던 기억들은 이후 나의 삶을 끊임없이 위축시키는, 이 세계의 억압 구조의 한 상징 기호처럼 자리 잡고 말았다. 희생양에 대한 우리의 갈증이 너무나 혹심한 것이어서 '나'는 누나마저 끝내 먹이로 내던져버린다. 좌절이 너무 깊었던 까닭에서다.

이 작품과 관련하여 두 가지 에피소드가 기억난다. 하나는 은사이신 김동리 선생님의 말씀이다. 제1부를 발표하고 난 뒤였는데 우연히 선생님을 뵈었더니 이렇게 촌평을 하셨다. "재미는 있더라. 그렇지만 그런 식으로 계속 쓰지는 못할 거다. 누구나 한 번쯤 해보는 거지……."

말씀의 뜻인즉, 그런 식으로 계속 이어갈 생각은 말고, 정석적 방법으로 뒷이야기를 써보라는 조언이셨다. 그 편이 훨씬 쉽고 승산이 있다는 뜻으로 새겨졌다. 2부와 3부를 쓰면서 나는 선생의 말씀을 자주 떠올리곤 했었다.

다른 한 가지는, 어느 독자의 항의였다. 누나를 왜 그런 식으로 만들어서 읽는 사람의 마음을 아프게 하느냐는 것이었다. 나는 물론 적절한 해명을 드리지 못하였다. 오누이의 남다른 사랑을 꼭 그런 식으로밖에는 결말 지을 수 없는가에 대해 나 역시 갈등하고 있었기 때문이다. 절판된 이 책을 올해 재간행을 하면서 나는 이 부분을 삭제했다. 나 또한 극단적인 결말 구조가 싫었던 탓이다. (1994)

못질하기

1. 나의 손

생업에는 도무지 어울리지 않는 손이다. 작고 허약하고 어벙하다. 그런 손으로 해낼 수 있는 일이 있을 것 같지 않다. 나약하기 때문에 노동은 힘겹다. 재바르지 못하므로 주판알을 잘 튕길 수도 없다. 그림을 그린다거나 피아노 건반을 두들기는 일 같은 건 숫제 상상해보지도 않았다. 거기다 꼼꼼하지 못하기 때문에 무슨 계획서를 작성하고, 서류 뭉치를 뒤적이고, 말끔하게 정리하는 작업 따위도 기대하기 어렵다. 그 어벙한 손으로 어떻게 밥을 벌어먹을 수 있을까? 내 스스로 들여다봐도 문득문득 용하다는 생각이 들곤 한다. 그게 가능했다면 그건 확실히 요행수였으리라.

K는 손재주를 타고난 친구다. 그가 지폐에 찍혀 있는 이승만 대통령의 초상화를 아주 쏙 빼어 닮게 그려서 내게 보여준 것은 초등학교

에 다닐 무렵의 일이었다. 몇 권의 만화를 출간한 것은 고교 때의 일이고, 지금은 쇳덩이를 다듬어 몇 톤짜리 직물 기계를 제작해내고 있다. 진작부터 나는 그의 손이 만능이라고 믿어버렸다. 연필을 쥐면 삽화가이고 망치를 들면 훌륭한 공작인이다. 그의 손은 미장이의 일도 척척 해내고, 전기기사나 도안사, 간판공, 목수, 정원사, 요리사 등등의 작업에도 결코 서툴지 않기 때문에 적어도 그가 세상 사는 일에 대해서는 도무지 걱정할 게 없다고 생각했었다.

그 만능의 손을 나는 자주 빌려 썼다. 자주 빌려 쓴 정도가 아니라 소싯적에는 거의 매일처럼, 그리고 거의 온종일 함께 얼려 다녔기 때문에 나의 손이 해야 할 일을 거의 전부 그의 손이 도맡아 처리했던 셈이다. 예를 들면, 썰매나 팽이 등 놀이 기구를 만드는 일부터 나의 방에 못질을 하거나 도배를 하는 일에 이르기까지 그의 손은 온전히 나의 것인 양 착각이 들 정도로 수고를 했다.

당연한 결과로서, 나의 손은 내내 버림을 받았다. 제대로 길들일 겨를이 없었으므로 그나마 잠재해 있을지도 모를 능력을 발휘해볼 기회마저 없었다. 손의 주인인 나는 일쑤 중얼댔다. "넌 안 돼. 어벙하기 짝이 없단 말이야." 작업에 열중하고 있는 K의 손 앞에서 나의 손은 언제나 부끄럽고 무력했다. 비단 나만이 아니다. 다른 친구나 내 가족도 마찬가지였다. 무슨 일거리가 생길 때마다 그들은 곧잘 나에게 말했다. "K 어디 갔니? 그 친구 손을 빌리지 그래?" 그러면 나는 금세 기가 죽었다. 일거리를 감히 손에 잡았다가도 슬그머니 놓아버릴 수밖에 달리 재간이 없었다.

지금도 마찬가지다. 어쩌다 못질이라도 해야 할 일이 생기면 그 친구부터 먼저 생각한다. 저 양반은 친구 없으면 못 하나 제대로 박지 못한다는 핀잔을 아내로부터 일쑤 받게 마련이다. 때로는 아내가 소매를 걷어붙이고 나선다. 사정이 그쯤 되고 보면 더 이상 뭉개고 앉아 있을 도리도 없다. 하는 수 없이 연장을 찾아들고 덤벼보지만 역시 자신이 없다. 시작하기도 전에 엉성한 작업 결과가 눈에 보이는 듯한 것이다. 땀을 흘리며 무수한 시행착오를 거듭하고 있는 내 꼴을 지켜보며 아내가 말한다. "당신 같은 사람도 처자식 굶기지 않고 살아가고 있다는 사실이 도무지 믿어지지 않네요."

아무렴. 옳은 지적이라고 나는 매번 수긍한다. 정말이지 이 어병한 손을 가지고도 살아갈 수 있다니, 이놈의 세상 사는 일이라는 것도 엔간히는 엉성한 놀음인가 보다고 나는 생각한다.

이렇듯 어병하고 엉성한 기분!

생활을 하다 보면 자주 벽 같은 것과 맞닥뜨리곤 한다. 우리네의 저 빤한 일상 속에도 군데군데 함정들이 숨겨져 있기 마련이다. 사람일 수도 있고 업무상 문제일 수도 있고, 또 정체가 모호한 어떤 것일 수도 있다. 어쨌든 나와 맞닥뜨린 그 벽 앞에서 내가 일쑤 느끼는 감정은 바로 자신의 어병함이다. 면벽한 채 속수무책으로 서 있는 자신이 그렇게 어병하고 무력해 보일 수가 없는 것이다. 낯익은 모든 사물들이 나와 안면을 바꾸고 돌아앉은 기분이다. 온통 낯설다. 목을 움츠리고 어깨를 늘인 채 나는 생각해본다. 내가 처한 상황이 당연한 것 같기도 하고 전혀 맹랑한 일 같기도 하다. 따라서 결과가 어느 쪽으로 자빠지든 하나도 이상할 게 없다는 기분이 든다.

2. 몰취미에 대해

몰취미가 나의 취미다. 더 정직하게 말한다면, 몰취미까지도 나의 취미가 되지 못하고 있다. 즉 어정쩡한 것이다. 삶이 또한 그렇듯이.

단 한 편의 영화를 보기 위해 대구에서 서울까지 완행열차를 타고 혼자서 원정했던 기억도 없지는 않다. 소싯적 일이다. 한때나마 선배 작가를 따라 낚시를 다닌 일, 이른바 조깅을 한 철, 테니스를 한 달쯤 하다 집어치운 일―내게는 고작 그런 기억밖에 남아 있지 않다. 술은 족보에도 없으니 애당초 늘 턱이 없고, 바둑은 시간만 축내는 일 같아서 첫걸음 배우다 팽개쳤다…….

그러나 이런 일들이야 아무래도 무관하다. 생각나면 다시 시작해볼 수도 있고 영영 외면해버린다고 해서 아쉬울 것도 없다. 단지 내가 찬탄해 마지않는 것은 우표딱지 한 장, 성냥갑 한 개의 수집에도 자기의 상당 부분을 내던질 수 있는 사람들의 그 순수한 열정이다. 어째서 그게 가능할까? 내게는 거짓 없는 하나의 경이이다.

쓰잘데없는 혹은 하찮은 것이라고는 말할 수 없을지 모른다. 그러나 나로서는, 소인 찍힌 우표딱지 한 장, 쓰고 버린 성냥갑 한 개에 대단한 의미나 가치를 부여할 수는 없다. 옛날 서화나 골동품 같은 목록이라 해서 별반 다를 게 없다. 물론 전자에 비해서는 보다 공인된 가치가 있음은 인정된다. 어떤 문화적 가치, 혹은 돈으로 환산되는 의미에서의 현실적 가치 등.

그렇다고는 해도 내게는 역시 그들의 열정이 이해되지 않는다. 능력의 문제가 아니다. 이것은 다분히 관심의 문제다. 내게는 한결같이 무덤덤한 대상일 뿐인 것이다. 나의 일부를 던져 넣는 건 고사하고, 극히 한때의 관심조차도 기울이고 싶지 않은 그런 사물들인 셈이다.

사랑의 결여 같은 것을 종종 생각해본다. 아무것에도 투신할 수 없는 마음—그것이 어떤 결함 때문이라면 그 결함이란 혹 사랑의 부재는 아닐까? 하찮은 어떤 사물에 대해, 자신의 삶과 이 우주에 대해. 모를 일이다. 단지 한 가지 사실만은 분명하다고 생각된다. 즉 이름 모를 풀 한 포기, 볼품없는 돌멩이 하나에도 이렇다 할 만한 흥미를 찾아내지 못하는 사람이라면, 그가 자기 존재의 전부를 내걸고 몰두할 수 있는 대상 역시 어디서도 찾아낼 수 없으리라는 사실 말이다.

무료한 낮잠에서부터 문득 깨어나는 순간마다 이마를 차갑게 스치는 의식은 시간의 흐름에 대한 것이다. 즉 나이를 문득 실감한다. 내게 주어진 그 빤한 시간 중에서 기왕에 사용해버린 부분과 남아 있을 법한 것을 대비해본다. 갈 길은 아득한데 해는 기울고 호주머니는 거의 바닥나버린 여행자의 기분이다. 지금까지는 참 그럭저럭 해왔다고 나는 생각한다. 사는 일이나 하는 일이나 다 엉성하고 어정쩡하고 뭐, 그랬던 거다. 이제부터라도 좀 열심히, 뜨겁게, 코피 나게 살아봐야할 텐데……, 좋은 소설도 쓰고, 모험도 하고……

하지만 그런 순간이 오래 지속될 수는 없다. 이마를 차갑게 식히던

못질하기

그 의식은 일상의 그 탁하고 뜨뜻미지근한 것에 금방 뒤섞여버리고 만다. 세상사 죄다 쥐뿔같다. 굳이 몸을 일으키고 싶지도 않아진다.

3. 완전함에 대해

한 달에 한 번쯤 아내를 따라 교회당엘 가본다. 두 아이 녀석들이 앞장을 선다. 무구함, 그 작고 때 묻지 않은 마음들이 어쩌면 나를 잘 인도해줄 것 같다. 그들 속에 좀은 쑥스럽고 좀은 엉성한 자세로 끼어 앉은 채 삶과 죽음의 문제를 잠시 생각해본다. 전혀 소득이 없진 않다. 일상의 폐쇄회로에서부터 내 의식은 잠시 벗어난다. 부담 없이, 그다지 심각하지 않게 혼의 나들이를 즐기는 거다.

완전한 것에는 도무지 견디지 못하는 어떤 심성 같은 것이 인간 안에 내재해 있는 건 아닐까 하고 생각해보는 것도 이런 순간이다. 혹은, 어떤 부류의 사람들에는 확실히 그런 일면이 있는데, 나의 경우도 그쪽에 속해 있는 것 같다는 기분이 든다. 예컨대 종교란 예외 없이 완전한, 완벽한 내세를 제시하고 있다. 아무런 문제도 생기지 않고 고민할 일도 없는 세계라면 따라서 살맛도 없을 것 같다. 완전한 내세, 그것은 곧 완전한 무의미란 생각도 든다.

어딘가 엉성하고 불완전하고 공허하며 무질서한 것—이것이 아침 저녁으로 내가 만나는 현실이다. 그 세계는 때로 견고해 보이고 또 때로는 더없이 엉성하고 헐겁게 느껴진다. 당연히 있어야 할 것이 제자리에 놓여 있기도 하고, 조금은 엉뚱하다 싶은 것들이 엉뚱한 곳에 버

것이 버티고 있기도 하다. 꼭이 그럴 수밖에 없는 일도 일어나지만, 아무래도 엉터리 같은 일 역시 얼마든지 일어나고 있다.

사물이 존재하는 모든 곳에는 한결같이 엄청난 개연성이 엿보인다. 거의 아무런 확신도 얻어낼 수 없다는 점에서 그것은 참으로 엄청나다. 10년 이상 한솥밥을 먹은 사람이 어느 날 갑자기 결별을 선언할지도 모른다. 아무도 보장할 수는 없다. 한 생애를 투자하여 쌓아올린 작업이 마지막 순간에 무너질는지도 모른다. 이것 또한 도리 없다. 당하면 당하는 것으로 우리의 삶은 끝난다.

그렇다고는 해도 현실은 현실이다. 그것은 차갑고 단호하게 내 일상적 삶을 규제한다. 터럭 한 올도 무시할 수가 없다. 자로 재고, 무게를 달고, 철근과 시멘트로 단단하게 굳어져 있는 세계인 것이다. 어느 구석이 엉성하고 어설프다는 말인가? 바늘 하나 꽂을 데가 없이 그 거죽은 견고하다. 필연만 지배하는 세계이다.

어쨌거나, 내게 오는 이 상반된 느낌 때문에 나는 도무지 당당할 수가 없다. 매사에 어정쩡하고 서툴고 엉성하다. 소심하게 주저하고 어설프게 덤볐다가 시행착오만 거듭한다. 산다는 일이 도무지 요령부득이며, 내 삶의 무대가 장터라면 내 꼴은 외수없이 촌닭 주제인 것이다.

피장파장인 셈이다. 엉성하기로는 나나 이 세계의 존재 양식이 말이다. 그러므로 양자의 만남에서 이루어지는 삶이라는 것도 엉성한 것일 수밖에 도리 없는 노릇인 거다. 도무지 엉성하고 어설프고 서툰 나, 혹은 나의 삶—이것을 어디든 단단히 못질을 해야겠다고 나는 종종 생각한다. 낮잠에서 깨어난 순간처럼 때로는 불안하고 다급하기까지 하다. 그러나 어디에다 못질을 할 것인가? 어디에다 내 전부를 걸어볼 것인가?

한 편의 소설을 쓴다. 혹은 분만하려고 낑낑대며 온통 몸살을 앓는다. 그러면서 은근히 자신에게 윽박지른다. 뭐 하는 거야? 꾸물대지 말고 빨리 어디든 꽝꽝 두들겨 박으라구. 단단하게, 너와 너의 삶이 다시는 흔들리지 않게. 하지만 펜을 쥔 나의 손은 더없이 어설프기만 하다. 저 삶의 현장에 서 있을 때처럼.

(1980)

두 권의 『소설작법』

장차 소설가가 되겠다고 작심한 것은 중2 때였다. 1950년대 후반, 전후의 폐허 속에서 너나없이 누더기 같은 삶을 이어가던 시절이었다. 이향, 도시 생활, 굶주림 등 고통 속에서 나는 어머니를 잃었고, 그것은 감당하기 어려운 상실감과 허무 의식을 내게 안겨주었다. 당신이 없는 이 세상에서 더는 아등바등하며 잘 살고 싶은 생각이 없어졌다. 대신에 나의 슬픔, 나의 속내를 누군가에게 털어놓고 싶어졌던 것이다.

「코스모스 피는 마을」이란 제목의 단편소설을 쓴 것은 그 얼마 뒤의 일이다. 난생처음 써본 소설이었다. 나는 이것을 『학도주보』(당시 학도호국단 발행 주간지)의 전국 학생 문예작품 모집에 투고했는데 결과는 3등 입상이었다. 지금 생각이지만, 이 일이 나를 혼란 속에 빠트렸다. 정말 소설가가 될 성부르다는 자신감을 얻은 대신에 역설적으로, 그런데 정말 소설 공부는 어떻게 해야 하나 싶어 부쩍 몸이 달아올랐던 것이다. 말하자면 이 일이, 내가 소설 작법에 대해 처음으로 관심을 가지게 된 계기였다.

책이 귀하던 시절이었다. 학교 도서관을 포함하여 공공 도서관 출입을 모르던 때였다. 그럴 수밖에 없는 게, 초등학교 4학년 과정을 끝으로 나는 학교 가기보다 더 많은 시간을 골방이나 거리에서 보냈기 때문이다. 동네 대본집을 드나들며 정음사나 을유문화사판 세계문학전집 따위를 닥치는 대로 읽어치우곤 하던 어느 날 나에게 색다른 책 한 권이 눈에 띄었다. 야시장 난전의 헌책들 속에서 정비석의 『소설작법』을 발견했던 것이다. 이런 책도 있었더냐 싶어 나는 얼른 그것을 챙겼다. 그러고는 밤을 새워 독파했다. 그 무렵 내가 잡은 책들 중 가장 난해한 저서였다. 그럴밖에. 우선, 한자투성이라 연신 옥편을 뒤져야 했다. 그렇게 간신히 읽어낸다고 해도 무슨 말인지 이해가 쉽지 않았던 것이다. 머리를 싸매고 열심히 읽었지만 나에게 소설 작법은 여전히 오리무중이었다.

하지만 내 마음을 뒤흔들어놓은 책임은 분명했다. 특히 속표지를 장식한 저자의 육필 원고와 '저자 근영'은 나로 하여금 소설가에 대한, 무한히 신비한 환상에 젖게 만들었다. 정비석 선생 특유의 필체와 주름살 많은 얼굴, 그리고 책상 위에 높이 쌓아놓은 선생의 저서들이 나를 온통 압도하고도 남았던 것이다. 이 책에서 받은 감동은 훗날 김동리, 이범선 선생이나 서정주, 박목월 선생을 직접 뵈었을 때보다 훨씬 강렬했다고 생각된다. 소설 공부가 지겹거나 절망적일 때마다 나는 불쑥불쑥 이때의 감동을 되새기곤 했다.

이무영의 『소설작법』을 손에 넣은 것은 그로부터 대략 1년쯤 뒤였다. 역시 야시장 난전에서였다. 계진문화사가 단기 4282년(1949)에 간행한 것으로 내가 입수한 것은 단기 4290년(1957) 5판째였다. 한 번에 몇 부씩 찍은 건지는 모를 일이나 8년 만에 5판이라면 웬만한 소설 작품보다 많이 팔린 셈이다. 그때나 지금이나 소설 쓰기에 대한 사람들의 관심이 나로서는 그저 놀랍기만 하다. 도대체 무슨 영화를 기대해서일까. 어쨌거나, 나는 이 책도 열심히 읽었다. 옥편과 국어사전 따위를 부지런히 뒤져가면서 정말 열심히 읽고 또 읽고 한 다음, 참 거짓말처럼 말갛게 잊어버렸다. 오랜 세월 동안 내용은 물론 이 책의 존재마저도!

중고교 시절 두어 해에 걸쳐 열심히 뒤적거렸던 이 두 『소설작법』을 그 뒤 한참 잊고 살다가 다시 내 서가에서 찾아낸 것은 1980년대 들면서였다. 그러니까 줄잡아 스무 해가 지나서다. 어쩌다가 대학 강단에서 소설 창작 강의로 밥벌이를 하게 된 나는 갑자기 그런 류의 책들이 필요해졌던 것이다. 시중에 나와 있는 그 많은 작법서들을 이리 뒤적 저리 뒤적 하던 나는 내 10대에 그리도 감동적으로 읽고 또 읽었던 저 두 권의 책을 문득 기억해냈다. 결혼 초의 잦은 이사에도 불구하고 그 책들은 고맙게도 서가 한 귀퉁이에 숨어 있었다. 표지가 나달나달 해지고 속장들이 누렇게 삭아 있을망정 내 손때가 고스란히 묻어 있어 저 젊은 날의 숨결과 혼이 그대로 느껴지는 기분이었다. 시중의 그 많은 다른 작법서들은 죄다 밀쳐놓고 나는 그 두 책에 빠져들었다. 이번에는 술술 잘 읽혔다. 군소리 없이 간명한 서술들이어서 따로 메모하고 자시고 할 것이 없었다. 소설에 대한 내 평소의 생각들과 어찌나 잘 부합하는지 속이 다 시원할 정도였다. 이후 정년퇴직할 때까지 내가 강단에서 그럭저럭 버틸 수 있었던 것도 아마 이때 얻은 자신감에 뿌리를 둔 게 아닐까 생각된다. 소설이란 사물의 온전한 모습이 비로소 내 안에 분명하게 들어앉았던 것이다.

그리고 다시 4반세기가 넘는 세월이 흘렀다. 지난달에 『문학사상』의 원고 청탁을 받고 나서 나는 새삼 등 뒤를 돌아보는 마음이 되었다. 나를 작가로 만든 책이 있다면 그게 무엇일까? 곰곰 생각하던 끝에 나는 위의 두 책을 다시 기억해냈다. 이무영의 『소설작법』은 금방 눈에 띄었다. 그러나 유감스럽게도 정비석의 『소설작법』은 찾을 수가 없었다. 빈약한 내 서가를 샅샅이 뒤져보았지만 역시 보이지 않았다. 골똘히 생각해본즉 언젠가 내버린 기억이 났다. 앞뒤 표지가 떨어져 나가고 속장들도 상당량 뜯겨나가 더 이상 책 구실하기가 어렵다고 판단했던 것 같다. 게다가 또, 내가 언제 다시 이런 책을 뒤적거리랴 속단했던 것도 같다. 그렇게 속이 짤 수가 없었다. 책(장서)이란 그런 거 아니냐, 없어져도 그만일 듯싶지만 살다 보면 생각나서 다시 찾게 되는 그런 거 아니더냐, 새삼 깨닫고 자책했다. 박수동의 만화를 연상하게 하는 선생의 독특한 필체와 유독 주름살 많던 '저자 근영'이 몹시 보고 싶었지만 달리 도리가 없었다.

서운한 마음을 접고 나는 이무영의 『소설작법』을 펼쳐 들었다. 적지 않게 훼손된 상태여서 책장을 조심스레 넘겨야 했다. 선생은 무슨 이야기를 하셨던가? 문득 자문해보았지만 내용은 전혀 기억나지 않았다. 하기야 적은 세월인가. 그것과 맞설 만큼 성능 좋은 두뇌의 소유자도 못 된다. 새 책을 읽는 기분으로 나는 서문부터 읽었다.

내 자식에게는 절대로 문학을 시키지 않겠다는 것이 현재 문학 생활을 하는 사람들의 대부분의 의사인 것 같다. 그러나 나는 정반대의 의사를 갖고 있다. 다소의 소질만 있다면 딸이고 아들이고 미완성의 나의 문학생활을 계승시킬 생각이다. 내가 이런 책을 만드는 것도 오로지 그런 뜻에서이다.

이렇게 시작된 서문은 금방 나를 부끄럽게 만들었다. 아들 하나 딸 하나를 둔 나는 그들의 글재주를 은근히 자랑은 했을망정 아비의 업을 계승해주었으면 하는 욕심 같은 것은 별로였던 것이다. 이런 속내를 잘 안다는 듯이 자식들도 이 길을 비켜 갔다. 사족이지만, 지난해에 나는 소설집『우렁각시는 알까?』(현대문학, 2007)로 이무영문학상을 수상하는 영예를 얻었다. 그래서일까. 문학에 임하는 선생의 열정과 의지 앞에서 더 많이 부끄러워졌는지도 모른다.

선생은 또, '대학에서 강의한 노트를 중심으로 체계화'한 저서임을 밝히고 있어 나로 하여금 거듭 자괴를 느끼게 만들었다. 나는 어떤가? 지난해 2월 퇴직을 하면서 서랍 정리를 하다 보니 30년 가깝게 강의하며 남긴 자료가 적은 양이 아니었다. 그냥 내버릴까 하다가 혹 시간은 남아돌고 소설은 써지지 않는 날이 오면 한번 뒤적거려보자 싶어 덮어두기만 했을 뿐 그새 손도 대지 못했던 것이다. 밤낮 소설만 붙잡고 있었더냐 하면 그것도 아니었다. 책임의 반은 게으름에 있고 나머지 반은, 무슨 쓸 만한 얘기가 있으랴 싶은 자격지심 탓이었으리라. 그렇다면 그 짧지 않은 세월 동안 나는 강단에서 도대체 무슨 이야기들을 주절댔더란 말인가? 새삼 부끄러움과 함께 문득 자문하고 싶은 기분이었다.

그런데 본문을 읽어가면서 나는 쉽게 그 의문을 해소했다. 예컨대, 선생은 '거짓말과 참말'을 분석하여 소설적 허구의 참뜻을 해명하는 것으로 서론을 삼고 있는 바 이는 내가 소설창작론 첫 시간에 흔히 주절대던 이야기였다. 뿐더러, '테―마론고'나 '풀롯연구' 같은 장의 사정도 대체로 그랬다. 그러니까 나는 선생의 책에 깊이 영향 받고 있던 것이다. 그러면서도 평소에는 까맣게 잊고 있었음을 깨닫고 몹시 놀랐다. 분명코 정비석의『소설작법』도 마찬가지리라. 다시 읽어보면, 지난 세월 내내 내가 잘난 듯이 주절댔던 그 많은 담론들이 실은 오래전, 내 문학의 여명기에 무작정 읽고 또 읽었던 이런 책들로부터 빌려온 것임을 나는 다시 한번 확인했던 것이다.   (2008)

행복한 글쓰기

1. 영화 〈워낭소리〉

관객수가 지난 주말로 200만 명을 넘어섰다는 보도다. 다큐지만 진한 감동을 담고 있는 작품이다. 할리우드식 영화에 식상한 사람들에게 〈워낭소리〉는 참으로 소박하고 진솔한 감동을 준다. 300억이 넘는, 아시아 영화사상 최대 제작비를 들였다는 〈적벽대전 2〉와 비교할 때 총제작비 2억을 들인 이 영화의 감동을 생각해보면 새 서사미학을 추구하고 있는 소설 지망생들에게도 시사하는 바가 많다. 엽기적 상상력 과잉의 소설들, 또는 몰가치적 성 탐닉에 빠진 소설들이 점점 많아지고 있는 현상을 염두에 두고 하는 말이다.

2. 가수 조용필과 어느 도백의 대화

조용필 데뷔 40주년 기념 공연이 가는 곳마다 매진되는 것을 보고

모 도지사가 그(조용필)를 초대한 식사 자리에서 이르기를; 정치인의 연설회는 공짜인데도 사람들이 안 오는데 조용필 씨의 공연은 10만 원을 받는데도 왜 만원사례인가? 이를 주제로 솔하 간부들과 장시간 토론을 했지만 정답을 찾지 못했노라고 했다. 이 말을 전해들은 기자의 지인 왈; "그거 간단하지. 감동의 유무 아냐?"라고 명쾌하게 정리했다.(허엽 칼럼, 『동아일보』, 2008.9.26)

'감동'이란 말을 유식하게 바꾸면 '미학'이 된다. 물론 대중가요의 감동과 소설의 감동이 같은 것일 수는 없다. 그렇다고 우열을 가리자는 말이 아니다. 인간의 미적 욕구는 다양하므로 분별이 중요할 뿐이다. 대중가요에 담을 것과 본격소설에 담을 것을 분별하는 일, 제 그릇에 담아 제자리에 놓는 일이 중요할 뿐, 그 점을 전제하고 하는 말이다.

내가 사는 분당의 탄천 다리 밑에서 이따금씩 즉흥 독주회가 열린다. 혼자서 트럼펫이나 색소폰 같은 악기를 들고 나와 대중가요를 연주하는데 산책객들이 더러 발을 멈추고 박수를 치기도 한다. 곡목은 주로 흘러간 옛 노래들로, 신문지를 깔고 앉아 잠시 귀 기울이고 듣노라면 매번 마음에 잔잔히 와닿는 감동이 있다. 그때마다 문득 생각한다. 내가 쓰는 글들이 독자들에게 이만한 감동도 주지 못하는 건 아닐까? 그렇다면 작가는 설 땅이 없다. 감동이 없다면 역겨운 정치 강연과 다를 게 없기 때문이다.

3. 그러나, 소설의 감동은 쉽게 빚어지는 게 아니다

미셸 투르니에의 말(『푸른 독서노트』)을 음미해보자.

"나는 책 한 권을 쓰는 데 5년은 족히 걸린다. 1년에 한 권씩 출간하는 작가들은 지극히 예외적인 경우다."

"첫 책을 낸 것은 마흔두 살 때다…… 나는 엄청난 반추동물이다. 내가 마침내 작업을 할 수 있기 위해서는 내 소설과 콩트의 주제들이 몇 년 동안 내 안에서 무르익어야만 한다."

특히 다음 말은 모든 작가 지망생들이 마음 판에 깊이 새겨둘 명언이다. "작가가 갖춰야 할 가장 중요한 자질은 인내심이다."

미셸 투르니에는 1924년 파리에서 태어나 번역가, 방송국, 출판사 등을 거친 후 1967년 첫 소설 『방드르디, 태평양의 끝』을 출간하여 아카데미 프랑세즈의 대상을 수상했다. 그는 이 작품을 1974년에 『방드르디, 원시의 삶』으로 개작하여 출판했는데, 프랑스에서만 600만 부가 팔리고 35개 국어로 번역되었다. 자신의 성격적 특징을 '느림'이라고 말하고 있듯, 느리지만 폭넓은 감동을 담아낸 것. 그의 소설이 지닌 감동의 폭과 깊이는 바로 그런 느림의 산물이 아닐는지…….

나의 경우, 『우렁각시는 알까?』에 수록된 단편 중 특히 「남루한 꿈」, 「사모곡」, 「담배 한 대」는 오랜 시간 끝에 비로소 형상화, 즉 소설의 몸을 얻은 작품들임에 비해 「너무 심심하고 허무한」이나 「우렁각시는 알까?」는 비교적 짧은 시간에 쓰였다. 나는 종종 그것들 사이의 미학적 차이를 따져보곤 한다. 시간은 어딘가에 반드시 흔적을 남기는 법이다.

4. 하루키는 암반을 뚫는 노력을 요구한다(달리기를 말할 때 내가 하고 싶은 이야기)

그는, 재능이 풍부한 작가는 별 노력 없이도 자유자재로 쓸 창작의 샘이 솟지만 자신은 그런 부류가 아니라고 고백하고 다음과 같이 말하고 있다. "괭이를 손에 쥐고 부지런히 암반을 깨고 구멍을 깊이 뚫지 않으면 창작의 수원에 도달할 수 없다."

그는 또 달리기를 말하면서, 이틀 이상 휴식하지 않는다고 했다. 며칠 쉬면 근육의 긴장이 풀어져 도루묵이 되기 때문이라고. 소설 쓰기도 마찬가지, 오래 쉬면 창작 능력이 신체 시스템의 기억에서 사라져버린다고 했다. 그래서 매일 오전 4~5시에 일어나 서너 시간 집중해서 소설 쓰기를 30년간 지속해왔다고 한다. 끈기와 느림의 실천을 본다.

나는 소설 쓰기를 곧잘 줄타기 광대에 비유한다. 마음(정신)은 늘 줄 위에 서 있어야 하는 것. 땅을 탐하면 금방 무너지고 만다.

5. 그러나, 늘 긴장 속에서 살 수는 없다. 그러면 어떻게 할 것인가?

자메이카의 육상선수 볼트의 말에 공감한다. 지난 베이징 올림픽 100미터, 200미터 달리기와 400미터 계주에서 우승하여 3관왕이 된 그는 기자회견장에서 누가 훈련 비결을 묻자 이렇게 답변했다. "첫째, 느긋해지라. 둘째, 달리기 자체를 즐겨라. 셋째, 더 열심히 달려라."

그렇다. 좋은 작가들은 글쓰기 자체를 최상의 즐거움으로 생각한다. 르 클레지오나 그리파리가 그렇다.

르 클레지오는 2008년 노벨문학상 수상 작가다. 그의 이름 앞에는 흔히, 가장 아름다운 프랑스어를 구사하는 작가란 수사가 붙는다. 그는 한 대담에서 "당신에게 글쓰기는 고통인가, 기쁨인가? 그렇게 쓰고도 또 쓸 것이 남아 있나?"라는 물음에 명쾌하게 답변하고 있다. "글쓰기는 항상 즐거움이고, 쓸 게 여전히 많다".

그리파리(1925~1990)는 프랑스 작가이고 시인이다. 「착한 꼬마 악마」, 「피포왕자 이야기」 등으로 유명한 그는 이렇게 말한다; "이야기를 하는 것보다 더 아름답고, 더 훌륭하고, 더 중요한 것은 이 세상 어디에도 없다. (…) 나는 나귀 가족, 백설공주, 신데렐라 이야기를 만들어낸 무명의 천재들을 구텐베르크와 파스퇴르보다 훨씬 높게, 인류의 은인 중 제1열에 위치시킨다."(『푸른 독서노트』)

6. 글쓰기란 무엇인가?

나의 삶을 통해 발견하고 검증한 감동적 진실을 진술하는 행위다. 그런 의미에서 클레지오가 한 여전히 쓸 게 많다는 말은 작가의 성실한 삶의 자세를 주목하게 한다. 그러므로 두 가지 전제가 요구된다.

첫째는, 내가 말하고자 하는 나의 진실이 가치 있는 것이라는 확고한 자기 믿음.

둘째는, 글쓰기 그 자체에서 가장 큰 즐거움 또는 의미를 느끼는 감정.

한 편의 소설을 쓰는 작업은 맨 무릎으로 돌밭을 기어가는 일과 흡사하다고 누가 말했듯 지난한 과정이다. 그러므로 자기 믿음과 행복감 없이는 끝까지 '무릎으로' 기어갈 수가 없다.

> 인생은 살기 어렵다는데
> 시가 이렇게 쉽게 씌어지는 것은
> 부끄러운 일이다
>
> ─윤동주, 「쉽게 씌어진 시」 부분

쉽게 글이 쓰이는 것은 오히려 부끄러운 일이다. 더군다나, 세속적 출세나 지적 허영에서 온 조급증은 마땅히 경계해야 할 일!

"행복이란 아주 간단한 거다."라고 위의 투르니에는 말한다. "그러나 절대적으로 필요한 조건이 딱 한 가지 있다. 뭔가를, 혹은 누군가를 열정적으로 사랑하는 것."

그러고 나서 그는 고백한다. "난 널 열렬히 사랑했다. 넌 나에게 그 백 배를 돌려주었다. 고맙다, 삶이여!"

여기서 투르니에가 말하고 있는 '삶'이란 두말할 것도 없이 '글 쓰는 삶'이다.

7. 당신은 새로운 소설미학을 꿈꾸는가? 그렇다면:

먼저, 문학을, 소설을, 순수하고 뜨겁게 사랑할 것.

그런 다음, 느긋한 마음으로 쓰는 일 자체를 즐기면서, 더 열심히 읽고 쓸 것!

그러면 설사 뼈를 깎고 피를 찍어 쓰면서도 당신은 행복할 수 있다.

(2009)

단편소설 미학의 한 전범
— 오영수의 작품 세계

1. 뛰어난 단편소설 미학, 「화산댁이」

모든 작가는 자기만의 왕국을 꿈꾼다. 다른 작가들과는 다른 자기만의 작품 세계를 구축하고자 욕망하는 것이다. 이 점에서 선생은 분명하게 꿈을 이룬 작가이다. 등단 작품인 「남이와 엿장수」(1949, 나중에 「고무신」으로 개제)나 두 번째 작품인 「머루」(1950)에서부터 확연히 드러나고 있듯이 반도시적·반문명적 소설 공간과 순박한 전근대적 인물들을 중심으로 선생 특유의 빼어난 단편 미학을 성취함으로써 독자적인 작품 세계를 보여주고 있기 때문이다.

선생이 왕성한 창작 활동을 펼쳐 보이기 시작한 1950년대는 전쟁 또는 전후 문학이 주류를 이루던 시기였다. 따라서 동시대 동년배 작가들 대다수가 보여준 세계는 비정한 살육의 현장이거나 전후의 황폐한 도시의 이야기이다. 그에 반해 선생의 작품 세계는 「화산댁이」(1952), 「윤이와 소」(1952), 「갯마을」(1953), 「메아리」(1959) 등으로 이어지면서 도시보다는 시골을 무대로, 자의식 과잉의 근대적 시민보다는 토착적이고 순응적인 인물들이 확고한 중심을 형성했던 것이다. 때문에 사회성이나 현실 의식의 결여 또는 도피라는 일각의 비판을 받기도 했다. 그러나 그것은 그렇게 간단히 재단될 수 있는 문제는 아니다. 선생의 소설은 그때나 지금이나 놀라운 생명력을 지닌 채 여전히 읽히고 있는 까닭에서다.

선생은 또 뛰어난 단편 작가이다. 30여 년의 창작 활동을 통해 200여 편의 단편소설을 남기면서도 장편소설은 단 한 편도 쓰지 않았다. 여기에는 선생 나름의 확고한 장르 의식이 뒷받침되고 있음을 다음 말에서 확인할 수 있다.

"내 생각엔 하나의 예술품을 담는 그릇으로선 장편보다 역시 단편이 더 적당하지 않나 하는 생각을 해요. 내가 긴 소설을 쓰지 않고 단편만을 줄곧 발표해오는 이유도 거기에 있습니다."(대담, 『문학사상』 1973.1)

장편소설이 사회적 문제를 담아내는 데 적당한 양식이듯이 단편소설은 예술적 의도를 성취하기에 더 적당하다는 의견이다. 흔히 단편소설을 가리켜 예술소설이라고 부르는 사정을 감안하면 쉽게 동의할 수 있는 말이다.

단편소설은 분량이 짧은 만큼 단일한 구조를 요구한다. 인물도, 갈등도, 주조적 정서도 단일하기 때문에 그 미학성이 한결 강렬하다. 장편소설이 역사를 닮고자 한다면 단편은 서정시를 지향하는 것이다. 선생의 작품 세계의 특성 중 하나가 서정성에 있는 것도 자연스러운 결과이다.

그러므로 뛰어난 단편소설은 단일한 구조를 통해 많은 것을 이야기한다. 선생의 작품 중에서 「화산댁이」가 그 한 예가 될 수 있다. 1952년에 발표된 이 소설은 작게는 모자 간의 이야기지만 크게는 근대/반근대의 대립 갈등의 담론이기도 하다. 따라서 선생의 작품 세계를 관류하고 있는 중심 주제를 다루고 있는 작품이다.

이 소설에서 가장 인상적인 대목의 하나는 주인공 화산댁의 초상을 그린 다음 대목이다.

> 반나마 흰머리에 보슬비가 거미알처럼 얹혀 흰머리가 더욱 많아 보이고 대추씨 같은 눈꼬리에는 째엘 눈물이 괴었다. 가로 퍼진 짚세기가 축축이 젖어들어 아슬아슬 춥기도 했다. 낡은 삼베 보퉁이를 갓난이처럼 가슴패기에 추켜 올리고 후줄그레한 베치마를 처녀 모양으로 꼭두머리에 뒤집어쓰고는 한 손으로 턱 밑에 꼭 잡았다. 초라한 행색이 나위없는 얻어먹이다.

몇 해를 두고 벼른 아들네 집을 찾아가는 화산댁의 모습이다. 나는 이 대목을 읽을 때마다 매번 명치에 와 박히는 세찬 감동을 느낀다. 그것은 어디서 온 것인가? 우리의 누님, 어머님, 또는 할머니의 모습을 매양 발견하기 때문이다. 그러고 보면 화산댁은, 이제는 우리 곁을 떠났지만 그러나 우리의 기억 속에는 생생하게 살아 있는, 옛 여인의 초상이고 모성의 원형이다. 선생이 소설 속에서 그려 보이는 인물들은 대체로 그런 존재이고, 때문에 그런 인물들과의 만남은 늘 잊고 있던 과거를 돌아보게 한다.

어렵사리 도시의 아들네 집을 찾아간 화산댁은 '밤을 새워도 모자랄 쌓이고 쌓인 이야기'를 나누지도 못한 채 겨우 하룻밤을 '쓸쓸히' 새우고 다음 날 아침 도망치듯 귀로에 오른다. 그녀의 생각과는 달리, 사람들도 그 세계도 온통 낯설었기 때문이다. '자식도 강보에 자식'이라고 화산댁은 체념하지만 그러나, 이 상처의 근원은 결코 그런 데에 있지 않다는 것을 독자로 하여금 통렬히 깨닫게 하는 데에 이 소설 미학의 탁월함이 있다.

이 작품의 내부 구조는 매우 치밀하게 설계되어 있다. 인물이나 환경의 대비적 묘사가 그 한 예이다.

(1) 그것은 언젠가 산소를 다녀간 김의관네 맏며느리 바로 그대로였다. 일테면 곱다랗게 낭자를 하고, 쑥색 치마에 흰 저고리를 입었다. 옥양목 버선을 옥색 고무신에 송편처럼 담아 신고…… 그리고 한뒷베기(핸드백)를 살포시 꼈다.

(2) 화산댁이가 믿고 있는 한 막내며느리는 첫째 머리부터가 아니었다. 불에 그을린 삽사리같이 저런 흉참스런 머리가 아니었다. 옷만 하더라도 남정네들이나 입는 샤쓰에다 폭도 말도 없는 몽당치마를 두르고 함부로 문 밖을 나다닐 그런 본데없는 며느리가 아니었다.

(1)은 화산댁이 4년 동안 보지 못한 막내며느리에 대한 일방적인 상상이고 (2)는 정작 대문 앞에서 맞닥뜨린 막내며느리의 실제 모습이다. 상상과 실제 사이의 낙차가 큰 만큼 화산댁의 충격도 크다. 치밀하게 계산된 묘사다. 마찬가지로 시골집과 아들집의 묘사도 의도적인 대비가 드러난다. 먼저 아들집 묘사부터 보자.

(3) 다다미방도 어색했지만, 눈이 부시도록 번들거리는 의롱이 두 개나 놓였고, 그 옆에는 앉은키만 한 경대도 놓였다. 벽에는 풀기 없는 무색 옷들이 쭈르르 걸렸다. 모든 것이 낯선 것들이었다. 모든 것이 손도 못 댈 것 같고 주저스럽고 조심스럽기만 했다. 우선 어디가 구들목이며 어디 어떻게 앉아야 할지, 마치 종이 상전 방에 불려온 것처럼 앉을 자리부터가 만만치 못했다.

모처럼 별러서 찾아온 아들네 집에서 도무지 '바늘방석'에 앉은 것처럼 편치 못한 화산댁의 마음은 '어느새 오리나무숲 사이로 황토 고갯길을' 넘게 된다. 다음이 그녀의 머릿(마음)속에 있는 시골집 정경이다.

(4) 보리밭이 곧 마당인 낡은 초가집이다.
빈대 피가 댓잎처럼 긁힌 토벽, 메주 뜨는 냄새가 코를 찌르는 갈자리 방에 아랫도리 벗은 손자들이 제멋대로 굴러 자고, 쑥물 사발을 옆에 놓고 신을 삼고 있는 맏아들, 갈퀴손으로 누더기를 깁고 있는 맏며느리. 화산댁이는 그만 당장이라도 뛰어가고 싶다.

사물의 묘사가 인물의 내면을 거울처럼 잘 드러낸다. 어느 것 하나 허투루 놓여진 게 없이 꽉 짜여진 구조다. '짚세기', '도토리떡', '밥상' 등 이야기를 구성하는 모든 요소들이 긴장된 구조 속에서 작가의 미학적 의도를 빈틈없이 실현시킨다. 그래서 아들네 집에 온 화산댁은 자꾸만 쓸쓸해지고 왈칵 서러워진다. 이에 반해 아들은 어머니란 존재가 '넘세시럽다'고 언짢아하고 일찌감치 잠이나 자라고 내쫓는다.

플롯의 결구를 이루는 '똥' 소동은 일견 엉뚱한 듯하면서도 작가의 주제의식을 강하게 드러내는 사건이다. 이 대목에 이르러 화산댁의 위신은 쓰레기통에 버려진 짚세기만도 못한 처지로 전락한다. 도시인에게 똥은 냄새나고 더러운 사물일 뿐이다. 그런 사람들로부터 "이거 무신 똥이 시꺼먼노. 사람 똥가 소 똥가?"라고 힐문당한다. 게다가 "이 집하고 어째 되오?"란 물음에 정직한 답변을 못한다.

> 화산댁이는 목구멍까지 나온 말을 되삼켰다.
> "아들이오 딸이오?"
> "아무것도 앙임더. 그저 아는 사람인데 볼일이 있어 왔다가……"
> 남정네는 갑자기 말이 거칠어졌다.
> "그래, 촌 늙은이는 똥이 더러운 줄도 몰라?"
> "예, 어찌겠능교, 늙은 것이 망녕이 들어서……."

아들의 체면을 생각하고 모자 관계를 부인한 것이다. 그러나 여기에는 작가의 날카로운 메시지가 숨어 있다. 두 인물 또는 두 세계 사

단편소설 미학의 한 전범

이에는 이미 혈연의 정으로도 뛰어넘을 수 없는 깊은 장애가 있음을 섬뜩하게 드러내 보인 것이다.

실인즉 시골사람들은 똥을 '끔찍이' 안다. 그래서 '똥을 주무르다시피 살아온 화산댁'은 반문한다. "똥이 그렇게 야단일 바에야 어째 뱃속에 넣고 견디는고? 똥으로 키운 푸성귀는 어찌 묵는고?"

그러니까, 모자간의 이야기가 시골/도시의 이야기로 확장된 것이다. 이를 다시 말하자면, 「화산댁이」를 통해 선생은 농촌 중심의 토착적인 삶의 풍속과 근대적 도시 중심의 새로운 삶의 풍속 간의 충돌과 불화를 뛰어난 단편소설미학으로 형상화하고 있는 것이다. 이처럼 빼어난 기법과 단편미학의 성취는 선생의 다른 작품들—예컨대 「머루」, 「갯마을」, 「박학도」, 「후조」, 「메아리」 등에서도 얼마든지 확인할 수 있다. 우리 소설사에는 뛰어난 단편 작가들을 여럿 보여준다. 그러나 30년 넘게 한결같이 단편소설에만 전념한 작가가 선생 말고 달리 또 있는지 나는 알지 못한다.

2. 토속적 문체미학

선생의 소설을 읽는 재미의 태반은 토속적 문체가 주는 감흥에 있다.

우선 문체가 간결 소박하다. 문장이 한정 없이 까다로우면서도 정작 진술 내용은 애매모호하기 짝이 없는 경우가 흔한 요즘 소설을 대하다가 선생의 소설을 읽으면 머리가 다 개운해지는 기분이다. 그만큼 군더더기 없고 투명한 진술 문장이기 때문이다. 때로는 좀 지나치다 싶을 정도로 단순화한 문장도 없지 않다.

> 아이를 X—이런 식으로 해 업고…… (「박학도」)
> 기러기 한떼가 (뒤집은) V꼴로 정연히 열을 지어…… (「후조」)

선생의 문체미학은 사투리와 더불어 토속적 어휘의 풍성한 사용에서 온다. 첫 작품인 「남이와 엿장수」에서부터 그러하다.

> 남이는 그제야 낯을 씻고 제가 일상 쓰던 물건들을 챙겼다. 크림통과 가루분통이 하나씩, 그리고 한쪽 모가 떨어져 삼각이 된 거울이 한 개, 얼레빗과 참빗, 그 밖에 숫본, 골무, 베갯모, 색헝겊, 당새기, 허드레옷 해서 그것도 한 보퉁이가 실하다.

위의 문장에서 보이는 일상용품의 목록은 결국 그 인물이 속해 있는 시대와 그 삶의 풍속을 드러내준다. '콩주머니/앙살/눈잼/저지레/옥색 고무신/앙감질' 등 어휘들과 함께 그 언어들은 독자로 하여금 아련한 기억들을 자극한다. '컴퓨터/휴대폰/MP3' 등을 잊고 과거로의 시간여행을 떠나게 하는 것이다. 이런 어휘들은 선생의 소설에서 얼마든지 찾아볼 수 있다.

> 귀주머니/애둥소/써레/갈이질/호박순애기/푸수/피음새/보닥솔 (「머루」)
> 후리꾼/짓/보재기딸/미역바리/모자기/톳나물/가스레나물/파래

(「갯마을」)
　　사기호롱/서캐/소두엄/열중이(닭)/두릅/취/물팔매(「메아리」)
　　뺨질/골미창(「은냇골 이야기」)
　　망개떡/자빠뿔이/두풀내기/포천소(「오지에서 온 편지」)

　이상 어휘들이 전통적인 농경사회의 풍경들을 구체성 있게 떠올리게 한다면 아래의 사례에서 보이는 어절 차원의 언어들은 그곳 사람들의 생활상을 훨씬 더 선명하게 그려낸다.

　　뜨분한 생각(「머루」)/한 담배참씩이면(「남이와 엿장수」)/보리쌀 삶을 즈음 해서(「남이와 엿장수」)/한풀 반내기 누렁 암송아지(「머루」)/재피(산초)눈을 하고(「머루」)/개 물밥그릇 핥듯(「박학도」)/짚불에 타는 구렁이 모양으로(「명암」)

　선생의 소설 문장은 특히 자연 묘사에서 빼어난 문체 미학을 보여준다. (1)은 「남이와 엿장수」, (2)는 「메아리」에서 보이는 예문들이다.

　　(1) 밝은 물기 먹은 초열흘달이 희붓한데, 남이는 설거지를 마쳤는지 부엌은 조용하다. 어디서 아낙네들의 웃음 소리가 먼 듯 가까운 듯 들려 오고 밤은 간지럽게 깊어 갔다.

　　먼 산은 선잠 깬 여인의 눈시울처럼 자꾸만 선이 희미해 오고 수양버들은 아지랑이가 간지러운 듯 한들거렸다.

분이는 밑이 추지도록 웃었다.

두견새 울음이 매끄러워지면 못 견디겠다는 듯이 어느 산골이고 밭두둑이고 길가고 할 것 없이 진달래가 활짝 핀다.

(2) 간간이 산이 쩡— 하고 울 때가 있다. 하루에 한 번쯤, 어쩌면 한 달에 몇 번쯤—산골이 깊으면 깊을수록 산은 자주 운다. 먼 지축에서나 울려 나오듯 은은하면서도 맑고 중후한 그런 울음이다.

산은 너그럽고 허물이 없어 좋다.

옻나무는 성급히도 서둔다 했더니 어느새 신나무도 불이 타듯 물이 들었다. 아침마다 된 서리가 차북히 내리고 먼 산등성이는 날로 엉성해간다.

이윽고 어느 골짜기에서 컹컹 짖어대는 북술이 소리가 쩡쩡 산을 울려 오고, 메아리는 또 물팔매처럼 골짜기로 골짜기로 까물어져 갔다.

이상에서 보듯 자연 묘사가 빼어나다. 두드러진 특징은 '밤은 간지럽게 깊어간다'거나 '두견새 울음이 매끄러워 못 견디겠다는 듯이' 같은 의인법의 잦은 구사이다. 수사법 중에서 의인법은 가장 오랜 것으로서 인류의 원시적 상상력을 환기하는 힘을 지니고 있다. 도시적 환

단편소설 미학의 한 전범

경 속에서 살아가고 있는 오늘의 독자에게 그것은 잃어버린 자연의 신비감을 문득 되살아나게 한다. 또한, 그런 문장들은 단순히 계절에 따른 자연의 변화만을 말하고 있지 않다. 그것들은 인물의 내면과 밀접한 관련을 지니고 있다. 즉 일차적으로는 원시적 자연을 떠올리게 하면서 아울러 인물의 내면을 효과적으로 드러내는, 이중적 환기력을 발휘하고 있다.

선생의 소설 속에서 가장 아름답게 읽히는 문장들은 이처럼 인물과 자연이 동화되어 있는 경우이다. 선생의 작품 세계가 궁극적으로 보여주는 감동 역시 거기에 있다는 생각이다. 즉 인간과 자연의 깊은 교감이 그것이다. 이런 감동은 자연에 동화된 삶을 살아가는 선생의 인물들이 아니고서는 드러낼 수 없는 미학이다. 「머루」에서 석이의 몸짓 하나에도 '밑이 추지도록' 웃는 분이나, 「메아리」에서 송이를 따다가 '너그럽고 허물이 없는' 산에서 아내와 정사를 치르는 동욱 같은 인물들이 지니고 있는 자연과의 근원적인 친화력이 빚어내는 아름다움인 것이다. '간간이 산이 쩡 — 하고' 우는 소리나, 복술이가 컹컹 짖어대는 소리가 골짜기에서 골짜기로 '물팔매처럼' 메아리치는 것을 독자들도 소설 속 인물들과 함께 듣고 있는 듯한 감동을 불러일으킨다. 선생의 소설 미학이 성취해내는 감동이 아닐 수 없다.

3. 인간과 자연에 대한 깊은 믿음

선생의 작품 세계를 굳건히 떠받치고 있는 정신은 인간과 자연에 대한 그 깊은 믿음이다. 이 믿음 때문에 선생은 만년에 홀연 낙향함으로써 허구의 영역에서 실천적 생활 영역으로 옮겨 앉는 결단을 보여주기까지 하지만, 어쨌거나 선생은 인간이 근본적으로 선량하며 정이 많고 평화를 사랑한다고 믿고 있다. 선생의 중심 인물들이 거의 다 그런 심성의 소유자들이기 때문이다. 그들은 남을 미워하거나 폭력 같은 것을 행사할 줄 모른다. 「머루」의 석이나 분이는 '인민공화국 수립을 위해서 투쟁'한다는 빨치산들의 출현으로 하루아침에 모든 것을 잃어버리지만 증오나 복수심은 보이지 않는다. 단지 '석이도 울고 분이도 울고 모두 다' 울었을 뿐이다. 「후조」의 구두닦이 소년 구칠이도 마찬가지다. 훈육 선생에게 도둑으로 의심받아 혹독한 매를 맞았지만 이를 갈거나 하지 않는다. 누나와 같이 '자꾸 울기만' 했다고 말한다. 저항의 몸짓이라곤 단지, 훈육 선생이 사과의 뜻으로 개장국을 사 먹으라고 주는 돈을 거절한 것뿐이다.

그러고 보면, 선생의 소설에서 근대적 자의식으로 인해 갈등하는 인물은 별로 보이지 않는다. 대체로, 주어진 운명을 순순히 받아들이고 착하게 열심히 살아가는 그런 인물들이다. 「머루」의 석이 엄마가 그렇다.

일찍 둔 맏딸이 경풍에 죽고, 다음 맞아들은 해방 한 해 전에 일본서 뼈가 나왔다. 여섯 살 먹은 석이와 젖먹이 연이를 안고 마흔둘에 과부가 되었다. 십 년이 넘도록 오뉘를 업고 끼고 악으로 살아오느라고 손톱 발톱이 길 새가 없었던 석이 엄마였다.

단편소설 미학의 한 전범

질병과 일제와 그리고 가난만이 적이 아니다. 남편은 '썩다 남은 솔괭이'에 발이 찔려 죽고, 가뭄과 기근으로 인한 '부증' 때문에 시아버지가 죽는 등, 석이 엄마가 처한 삶의 환경은 지극히 척박하다. 그럼에도 불구하고 오누이를 잘 키워 '쟁기와 써레를 가뜬히 지고' 사립을 나서는 아들을 '장한 듯' 바라본다. 기쁘고 꿈같은 마음이다. 그러니까, 척박한 환경에도 불구하고 건강한 모성이 조금도 훼손되지 않은 것이다. 「박학도」의 주인공도 마찬가지다. '볏백이나 좋이 가리고 행세깨나 한다는 박참봉의 막내아들로서 귀염둥이'로 큰 학도지만 지금은 곤궁하기 짝이 없는 처지다. 때문에 곧잘 냉대 받고 봉변을 당하지만 매양 헛웃음을 짓고 만다. 마침내 '양갈보'로 전락한 아내가 흑인 병사를 따라 가버리는 지경까지 이르지만 그는 여전히 '씨익' 웃고 만다. 단지 '여느 때와는 다른 자조적인 그런 웃음'일 따름이다. 너무나 착하고 순한 인물인 것이다.

성선설에 기초한 선생의 인물들은 단순히 그런 심성에만 머물지 않는다. 「메아리」의 박 노인 같은 인물은 인간에 대한 선생의 믿음이 결코 단순한 차원의 것이 아니며 또한 궁극적으로 무엇을 지향하는지를 생각하게 만든다.

나는 사람이 싫고 사람을 믿을 수가 없어서 산으로 들어와 벌써 이십 년 가까이 사는데 그게 앙입디더. 역시 사람은 사람끼리 이렇게 살아야 귀천이 있겠십디더.

이렇게 말하는 박 노인은 원래 목수였으나 '나이 어린 아내'의 불륜을 목격하자 불을 지르고 그길로 입산했다. 지금은 '이 산속에 딱 하나 남은 빨갱이'를 데리고 목기를 깎으며 살고 있는데 그 빨갱이가 바로 한때 아내의 정부였던 사내다. 그를 위해 과부(명숙이 엄마)를 데려오자는 동욱 내외의 말을 듣고 박 노인은 '며느리나 보는 것처럼' 기뻐한다. 그뿐만 아니라, 여러 날 걸려 동욱 내외가 살 집을 지어주고도 품삯에는 관심이 없다. 그동안 '입살았으면 그만'이라는 것이다. 그러니까 박 노인은 본능적·물질적 욕망에 뿌리를 둔 온갖 인간적 갈등을 넘어선 어떤 달관의 경지를 보여주는 인물이 아닐 수 없다.

이 같은 인간의 착한 심성의 근거로서 선생은 아마도 자연의 품성을 마음에 두고 있는 듯싶다. 자연 속에서, 즉 자연에 순응하며 살면 그렇게 될 수밖에 없다는 믿음을 도처에서 발견할 수 있기 때문이다. 특히 「메아리」나 「은냇골 이야기」에서 그 점이 잘 드러나 있다.

'복술이'는 중개가 다 됐는데도 좀체 짖지 않는다. '산속에서는 개도 마음이 너그러워지는' 거라고 동욱의 아내는 생각한다. '사람은 산골에 살아봐야' 사람이 귀하고 소중하다는 걸 알게 된다고 박 노인은 말한다. 이런 말의 뒤에는 근대적 삶의 조건인 도시에 대한 강한 거부감과 비판 의식을 느낄 수 있다. 「오지에서 온 편지」의 발신자는 '서울이란 도시가 내게 있어서만은 지옥'이었다고 말하고 있다. 그래서 '한 인간의 파멸이냐 구원이냐의 심각하고 절박한 위치'에서 낙향을 선택했다고 말한다. 이는 근대에 대한 선생의 저항과 성찰의 결과이다.

그러나 자연이 인간에게 언제나 친화적인 것은 아니다. 가뭄이나 기근, 추위나 홍수 등 적대적인 경우도 없지 않다는 것을 선생의 소설은 보여준다. 그럼에도 불구하고 우리가 궁극적으로 돌아가야 할 곳은 역시 자연밖에 없음을 거듭거듭 강조한다.

인간이란 결국 자연에 적응되게 마련이고, 인간 본연의 생활이란 역시 자연과 자연의 섭리에의 적응에서만이 찾을 수 있지 않을까 해.

자연과 조화된 생활─여기에서만이 인간 본연의 생활이 있고, 과학과 기계의 피해와 잃어버린 인간을 되찾을 수 있지 않겠는가.

근대적 삶의 질곡에서 벗어날 수 있는 대안으로서 선생이 소설을 통해 그려 보이고 있는 세계는 결국 현대인이 잃어버린 신화적 세계인지도 모른다. 「메아리」나 「은냇골 이야기」가 보여주는 삶의 모습은 근원적이고 원형적인 것이다. 자연은 때로는 두려운 대상이지만 그러나 모든 생명의 근원이며 인간 삶의 영원한 터전이다. 그러므로 인간은 결국 자연의 아들인 것이다. 선생의 소설은 우리의 조상들이 근원적 고향으로 체험한 자연의 신성한 깊이를 담고 있다. 그러므로 선생의 소설이 주는 감동의 밑바닥에는 도시적 삶의 질곡 속에 발목 잡혀 있는 우리에게 무한히 원시적이고 근원적인 본향에의 향수를 강력하게 일깨워주는 힘이 내장되어 있다.

우리는 이미 우리가 자라고 지녀온 모든 것을 상실했다고, 선생의 소설 속 화자는 말하고 있다. 뿐만 아니라, 인간은 달(자연)에 대한 시

(꿈)를 잃어버린 대신 핵을 머리 위에 이고 있다고 지적한다. 30년도 훨씬 전에 내려진 이 진단이 가공할 만한 확신으로 굳어지고 있는 현실을 돌아볼 때 선생의 소설이 주는 감동은 목가적이기는커녕 때로는 경세적이기까지 하다는 생각이다. 「메아리」의 결구에서 만나는 감동, 즉 어느 골짜기에서 컹컹 짖어대는 복술이의 울음소리가 우리의 황폐한 마음의 골짜기로 물팔매처럼 퍼져나가는 것을 매양 느끼게 되는 것이다. 그것이 선생의 소설 미학이 성취한 힘이다. (2006)

『장난감 도시』와 가난의 문화

1. 가난의 문화

저에게 이런 자리*를 마련해준 두 나라의 관계자 여러분과 그리고 오늘 자리를 함께 해주신 모든 분에게 먼저 감사를 드립니다.

가난의 문제는 한국소설의 중심 제재 중 하나였다고 생각합니다. 한국 현대소설사의 관점에서 보면 크게 세 시기를 통해 중점적으로 이 주제가 다루어졌습니다.

첫 번째 시기는 1930년을 전후한 일제 시대입니다. 최서해 「탈출기」, 조명희 「농촌 사람들」 등 일군의 작가들이 소작농 또는 유민(간도 등)의 궁핍한 삶을 그리면서 그 고통의 근원이 봉건체제의 모순과 열강(제국주의)의 수탈정책에 있음을 강조하고 있습니다.

---

* 2009년 요르단대학 주관 『장난감 도시』(아랍어판) 독후감상문대회.

두 번째 시기는 1950년대로, 전쟁의 재앙으로 인한 가난의 이야기들이 주류를 이루고 있습니다. 하루아침에 삶의 터전을 잃어버린 피난민들의 궁핍한 삶을 당대 소설들은 핍진하게 보여주고 있습니다. 손창섭「잉여인간」, 이범선「오발탄」 등 많은 작가들이 극단적인 가난에 내몰린 개인들의 고통을 그리면서 전쟁을 촉발한 이데올로기의 폭력성을 고발하고 성토합니다.

세 번째로는 1970년대의 소설입니다. 이 시기에는 주로 유랑 노동자 또는 도시 빈민들의 가난을 다룬 소설들이 주목을 받았습니다. 황석영「객지」, 조세희『난쟁이가 쏘아올린 작은 공』, 윤흥길「아홉 켤레의 구두로 남은 사내」 등 제씨의 소설에 등장하는 인물들은 이른바 근대 산업화 과정의 희생자들로서, 작가들은 경제적 소외자들의 분노와 계급 의식을 집중적으로 그려내고 있습니다.

이런 사정은 아마도 가난의 역사 또는 현실을 지닌 나라의 소설에서 공통적으로 발견되는 현상이 아닐까 싶습니다. 그런 점에서 언어의 장벽만 넘어서면 쉽게 소통하고 공감할 수 있는 작품 세계라고 생각됩니다. 약소 후진국, 또는 개발도상국에는 가난의 문제가 항상 삶의 중심에 있었고, 당연히 문학 특히 서사문학의 중심에 있었다고 생각됩니다. 한국문학 역시 특히 서사문학에서 현실주의 문학이 득세할 수밖에 없었던 까닭도 이러한 배경에서 찾을 수 있을 것입니다.

그런데 이 세 시기 소설문학의 공통점의 하나는 문학정신의 경직성입니다. 일과 밥과 집의 문제, 즉 각박한 생존 차원의 문제의식이 우선한 결과이지요. 그러다 보니 사랑, 자유, 꿈 같은 것은 아예 사치

품처럼 치부되기까지 하지 않았나 싶습니다. 가난의 책임을 개인이나 자연환경보다 당대 사회구조에 묻고 저항한 것은 당위성이 충분합니다. 그러나 문학정신의 경직성은 세계관의 지나친 단순화를 초래했다고 저는 생각하고 있습니다. 그리고 그 단순화는 현실 참여를 내세운 1970년대 한국문학의 경우 빈곤 계층의 분노와 증오를 부추기고 확대 재생산하는 결과로 이어짐으로써 필경엔 문학이 추구하는 참된 세계 인식과는 거리가 멀어지고 말았다는 게 저의 생각인 거지요. 저는 특히 1970년대의 한국문학에서 그런 현상을 강하게 느끼고 있었던 것 같습니다. 때문에 우리의 중요한 역사적 체험인 가난의 문화가 너무 경직되게 그려지고 있지 않나 싶었던 것이지요.

2. 작품을 쓰게 된 계기

『장난감 도시』는 중편 연작 세 편으로 이루어져 있습니다. 1부를 발표한 게 1979년입니다. 소설의 무대는 1950년대 중반, 내가 10대의 상당 기간을 보낸 지방 도시(대구)의 한 피난민촌입니다.

내 문학의 근원에는 이향과 도시 체험이 있습니다. 고향인 시골마을을 떠난 이후 내 성장기의 중심 공간이었던 그 도시의 난민촌을 그 무렵, 그러니까 20년 이상의 세월이 흐른 뒤에 다시 찾았던 거지요. 난민촌은 옛 모습 거의 그대로 거기에 있었습니다.

그러나 나는 거기서 뜻밖의 신선한 풍경을 발견했습니다. 미로처럼 길고 비좁은 판자촌 골목 여기저기에 내놓은 크고 작은 화분들이 먼저 눈에 띄었습니다. 판자촌 사람들이 베고니아며 러브체인 등 그 시절만 해도 흔치 않던 화초들을 가꾸고 있었던 거지요. 그런데 그것 만도 아니었습니다. 아침 햇볕을 받으며 골목 여기저기에서 소년소녀 들이 쏟아져 나왔습니다. 책가방을 멘 초등생에서부터 흰 칼라를 빳 빳하게 세운 여학생들까지! 가난으로 찌든, 남루하기 짝이 없는 동네 에서 그것은 너무나 환한 한 폭의 삶의 풍경화였습니다.

그 순간 가슴 벅찬 감동이 왔습니다. 그랬다고 나는 혼자 머리를 끄덕거렸습니다. 내가 살아온 전후 50년대의 저 혹독한 가난—GNP 67달러 시대—속에서도 우리에게는 일상적 삶의 기쁨이 있었고, 특 히 우리 아이들의 마음속에는 사랑과 꿈과 희망이 있었던 것을 기억 해냈습니다.

아무리 지독한 가난도 결코 인간의 고귀한 품성을 통째로 훼손시 키지 못한다는 뒤늦은 깨달음이 내 마음을 뜨겁게 했습니다. 소설『장 난감 도시』는 그런 감동에서 시작되었습니다. 그러니까 한국의 1970 년대 계급주의적 시각의 소설은 가진 자/못 가진 자의 대립 갈등 투 쟁의 이야기에만 관심을 둔 나머지 인간과 사회를 너무 단순화하고 있지 않나 하는 내 나름의 생각과 각성에서 출발한 셈입니다.

전쟁이 막 끝난 1950년대 중반, 난민촌 사람들이 처한 삶의 환경은 김현의 지적(작품 해설)처럼 지극히 척박하였습니다. 만인을 위한 최 소 공간(공동 화장실)이나 궤짝 같은 방, 굶주림과 구걸 행각, 도둑질과 만성적인 폭력 등에 아이들이 일상적으로 노출되어 있던 환경이었지 요. 그러나 우리의 삶이 누추한 것만은 아니었습니다. 우리 난민촌 사

『장난감 도시』와 가난의 문화

람들 모두가 다 초라한 짐승처럼 살았던 것은 더더구나 아니었지요. 눈물과 더불어 웃음을, 분노와 더불어 사랑을, 절망과 더불어 희망을 품고 나누며 살았던 것이지요. 『장난감 도시』에서 나는 그런 가난의 문화를 그려내고 싶었습니다.

한국어에 '절량농가'라는 말과 함께 '보릿고개'라는 말이 있습니다. 지난날, 절량농가가 속출하던 춘궁기를 가리키는 말이었습니다. 그러나 오늘의 젊은 세대는 이 말의 뜻을 잘 이해하지 못합니다. 지난 역사와 문화가 너무 쉽게 잊혀지고 있는 거지요. 이는 결코 한국만의 현상은 아닐 듯싶습니다.

가난의 삶, 가난의 문화에도 아름답고 소중한 것이 많다고 나는 생각합니다. 물질적 풍요가 넘치는 사회일수록 정신적 병리 현상이 더 심각해지고 있는 잘사는 나라들을 볼 때 그런 생각이 더 절실해지곤 합니다. 오늘 내가 가난의 문화를 새삼 화제로 삼는 까닭도 거기에 있습니다.

보잘것없는 작품을 읽어준 독자들, 이 행사를 주관해주신 요르단 대학 당국, 양국 관계자 여러분, 그리고 자리를 함께 해주신 귀빈 여러분에게 진심으로 감사의 말씀을 올립니다.

아울러, 수상자들께 축하의 박수를 보냅니다. 먼 나라 코리아의 소설, 그것도 반세기 전 옛이야기에서 작은 감동이나마 느끼셨다면 그것이야말로 두 나라 사람들을 하나로 묶어놓는 문학의 진정한 힘이 아닐까 생각합니다. 감사합니다. (2009)

2부

허기진 책 읽기와 어리석은 기대

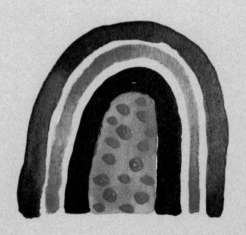

신춘문예 응모 소설, 어떻게 쓸 것인가?

천하의 문학 지망생들이 몸살을 앓고 있는 때이다. 신춘문예 마감일을 코앞에 두고 있기 때문이다. 스물대여섯 해 전에 나 역시 겪었던 일이다. 단편 「전쟁과 다람쥐」로 신춘문예에 당선한 게 1966년도의 일인 것이다.

오늘의 안목으로 이 소설을 들여다보면 엉성한 구석이 많이 눈에 띈다. 그럼에도 불구하고 당선의 영예를 차지할 수 있었던 것은 일단 행운이었다고 말해야 하리라. 그 점을 전제하고서 이야기한다면, 나는 다음 두 가지를 거론할 수 있다고 생각한다.

첫째는, 나의 체험에 뿌리를 둔 이야기라는 사실이다. 무엇을 쓸 것인가의 문제와 관련하여 이 점은 참으로 중요하다. 주제적 면에서 보면, 문학은 자기 진실의 고백 또는 표현에 지나지 않기 때문이다. 사랑의 얘기라 하더라도 그것은 자기만이 경험하고 상상하는 사랑의 얘기이다. 자기 진실만이 오히려 남을 감동시킬 수 있는 법이다. 소재적 측면에서 볼 때도 마찬가지다. 배경, 주요 인물, 소도구 등 모든 요소들이 경험 영역 안에서 취하는 게 바람직하다. 눈을 감고도 그 사물들의 디테일이 분명하고도 구체적으로 눈앞에 떠올라야 하는 것이다. 그것 없이 실감 있는, 그리고 개성적인 묘사는 기대하기 어렵다. 자신의 체험적 요소들을 하나의 소설적 의도에 맞추어 재구성하는 작업이 어쩌면 소설 쓰기의 실상인지도 모른다. 초기 작품, 특히 응모 작품은 되도록 이 점을 명심해야 하리라고 나는 생각한다. 나의 이야기에 익숙해진 연후에야 비로소 남의 이야기도 쓸 수 있는 것이다.

둘째로는, 어떻게 쓸 것인가와 관련하여, 서두 쓰기의 중요성을 지적하고 싶다. 첫 문장에서부터 읽는 이의 관심을 끌어들일 수 있어야 한다. 서너 장을 넘겨도 선자의 관심을 붙잡아둘 만한 무엇이 없으면 곧장 버려지고 만다.

「전쟁과 다람쥐」의 서두를 나는 이렇게 시작했다. "욱은 걱정이 되어서 잠을 이룰 수가 없었다. 그래서 방을 나와 댓돌 위에 웅크리고 앉았다." 이 짧고 소박한 두 개의 문장이 나로서는 썩 마음에 들었고, 그래서 내처 써 내려간 끝에 비교적 수월하게 탈고했던 것이다.

동인이나 빙허의 소설에서 보듯이, 단편소설은 목표 지점을 향한 최단거리 코스를 선택해야 한다. 다시 말해, 첫 문장에서부터 갈등의 핵을 제시해야만 읽는 이의 마음을 긴장시킬 수 있는 것이다. 서두 쓰기의 중요성이 여기에 있다. 이야기를 어디서 시작할 것인가 하는 문제야말로 특히 현상 응모 작품의 경우, 어디서 끝낼 것인가 보다 더 중요하다.

그러나 서두 쓰기의 중요성은 그보다, 시점 선택의 문제와 문체 때

문에 더 그러하다. 사람의 목숨조차 하찮게 치부되는 살벌한 전쟁의
재난 가운데서 보잘것없는 한 마리 다람쥐의 생사 문제로 애를 태우
는 한 소년의 이야기가 「전쟁과 다람쥐」의 내용이다. 나는 이 이야기
를 소년의 시점에서, 그리고, 바로 그 소년의 어투로 이야기하고 싶었
던 것이다. 위의 서두 문장이 나의 마음에 들었던 까닭이 이것이다.
비극적 세계상을 바라보는 한 소년의 시선과, 그리고 그다운 화법이
그런대로 잘 드러나 있다고 느껴졌던 것이다. 제재와 언어가 잘 맞아
떨어질 때 허구로서의 소설은 비로소 리얼리티를 획득한다.

자신감과 회의가 무시로 교차하면서 문학적 역량은 성숙된다. 스
스로 천재인 듯한 자부심과 절망적인 무력감 사이에는 아무런 근거가
없다. 그러므로 소설 쓰기를 끝까지 포기하지 않고 맞서는 집념도 당
선작을 낳는 필수불가결한 요소임을 덧붙인다. (1981)

글쓰기의 즐거움

글재주란 타고나는 것이라고 생각하는 사람들이 의외로 많다. 이런 사람들은 글 얘기를 꺼내기만 해도 질겁한다. 나더러 글을 쓰라고? 무슨 엉뚱한 주문이냐는 거다.

이런 고정관념은 물론 잘못된 것이다. 글재주란 선천적으로 타고난다기보다 오히려 후천적 노력을 통해 얻어지는 것이기 때문이다. 천재가 아주 없는 것은 아니지만 그것은 어디까지나 예외적 소수에 지나지 않다. 대부분의 시인 작가들은 각고의 노력을 통해 비로소 글쓰기에 익숙해진 것이다. 천재성을 들먹이는 사람들은 흔히 이 수련의 과정을 등한시하고 있는 셈이다.

달리 생각해보자면, 시나 소설 등 순수 창작인 경우에는 어느 정도 천부적 재능을 인정할 수도 있으리라. 그러나 수필이나 일기, 감상문, 여행기 등 생활문의 경우라면 더 말할 것이 없다. 이런 글을 쓰는 데 요구되는 능력이란 후천적으로 습득되는 것이지 결코 천재성에 기댈 그런 것이 아니다. 어쩌다가 서너 장짜리 산문 하나 쓸 일만 생겨도 금세 마음이 무거워지는 사람들은 잘못된 고정관념의 희생자들임이 분명하다.

또, 그럴 정도는 아니라고 해도 일반적으로 글쓰기란 말하기에 비해 역시 부담스러운 일인 것만은 사실이다. 왜 그런가? 대체로 글쓰기에 대해 느끼는 심리적 부담감은 다음과 같은 데에 근거를 두고 있다.

첫째는, 문자 체계에 서툴기 때문이다. 말과 글은 의사 표현의 도구라는 점에서는 동일하나 그 사용 방법에서는 서로 질서를 달리한다. 흔히 말의 사용에는 익숙해져 있지만 문자를 부리는 일에는 서툰 것이다. 글은 훨씬 논리적이고 구성적이어야 하며, 문법적 체계와도 맞아야 한다. 서툰 일은 당연히 부담스럽기 마련이다.

둘째는, 타인에 대한 의식이 장애가 된다. 현장성 일회성을 가진 말에 비해 글은 기록성 역사성을 갖는다. 따라서 누가 그 글을 읽게 될지 알 수 없는 노릇이므로 타인의 시선이 의식되지 않을 수가 없고, 따라서 이런 의식은 마음에 부담으로 작용하게 마련이다. 밤을 새워 썼다가도 다음 날 아침에 구겨버리는 일이 그래서 생긴다.

글쓰기란 자기 마음을 탐구하는 일이다. 이런저런 사물에 대해 경험적으로 알게 된 어떤 진실, 곧 자기만의 생각이나 감정을 찾아내어 그것이 진실로 무엇인가를 음미하고 확인하는 행위인 것이다. 다시 말해, 글쓰기를 통해 이 세계를 주체적으로 이해하려는 노력인 것이다. 대다수 사람들은 자신의 일상적 체험들을 무심히 흘려 보내버리지만, 그러나 다른 한편의 사람들은 늘 생각하는 삶을 살고자 한다.

조금이라도 글쓰기를 해본 사람이라면, 가장 섬세하고 명료하게

글쓰기의 즐거움

사고하는 방법이 바로 글쓰기라는 사실을 진작 깨달았을 것이다. 인간의 사고란 원래 언어를 매개로 이루어지는 것이지만, 이를 좀 더 정확하게 지적하자면 특히 문장을 통해 구체화된다. 마치 조적공이 벽돌을 쌓아올리듯 문장을 하나하나 이어가면서 사고를 발전시키고 논리화하는 것이다. 단편적인 메모만으로는 불완전하다. 완전한 문장의 형태로 드러나지 않는 생각이나 감정은 머지않아 사라지고 말 안개 같은 것에 지나지 않다. 때문에 명제는 반드시 완전한 문장의 꼴을 요구하며, 진리는 언제나 명제의 형식으로 말해진다. 또한, 우리가 문장 하나를 쓰기 위해 노심초사하는 까닭도 거기에 있다. 즉 경험의 엄밀한 인식과 그것의 적확한 표현을 얻어내기 위해서인 것이다. 이렇듯 가열한 긴장 속에 글쓰기의 즐거움이 숨어 있다.

글쓰기란 자기의 마음을 탐구하는 일이라고 했다. 그러므로 글쓰기의 가장 큰 의미는 자기 자신에게 있다. 즉 글쓰기를 통해 자신의 경험을 보다 심화시킴으로써 더 성숙된 세계 인식을 얻고자 하는 것이다. 전달은 그 다음의 문제다. 그렇다면 굳이 타인을 의식할 필요가 없다. 전문적인 글쓰기가 아니라면 더 그러하다. 그러므로 자신의 경험에 충실할 것이 요구된다. 적어도 다음 두 가지 의미에서 그렇다.

첫째는, 솔직하게 자신을 드러내는 일에 충실해야 한다. 잘 다듬어진 거짓말보다 비록 서툴지만 진솔한 말이 사람을 감동시키는 법이다. 둘째는, 자기 경험을 신뢰한다는 의미에서의 충실이다. 즉 자신의 생각과 감정이 옳고 이야기할 만한 가치가 있다고 믿어야 하는 것이다. 그것이 설혹 세상 통념에 벗어나거나 어리석은 것이어서 비난받을 염려가 있다고 하더라도 자신의 경험적 진실이 가르쳐준 것이라면 담대하게 말할 수 있는 자기 신념이 요구되는 것이다. 되풀이하는 말이지만, 글쓰기란 다름 아닌, 자아와 세계를 구체적으로 새롭게 발견하고 이해하려는 노력이기 때문이다. 아무리 사소한 글이라고 하더라도 자기 진실을 위해 수난당할 각오를 전제하지 않는다면 그것은 한갓 낙서에 지나지 않을 뿐이다.

일본의 노벨상 수상 작가 오에 겐자부로가 수상 소감으로 한 말 중에 참으로 감명 깊은 대목이 있다. 사람은 자기 안에 있는 어떤 것(예컨대 어떤 커다란 슬픔의 덩어리 같은 것)을 드러내기 위해 끊임없이 표현을 쌓아 올리는 과정을 통해 그 삶이 심화된다는 것, 또한 표현 행위 그 자체에는 치유하는 능력이 있노라고 그는 말했던 것이다.

글쓰기란 기능적 작업이 아닌, 자신의 삶 전체를 아우르는 행위이다. 일상의 와중에서도 서너 줄의 문장을 쓰면서 문득 가슴이 더워지는 경험을 한 사람이라면 그는 이미 글쓰기의 진정한 즐거움을 맛본셈이다. 그렇다. 글쓰기의 기쁨, 즐거움, 보람은 일견 하잘것없어 보이는 일상적 삶 가운데서도 진지하게 의미를 묻고 찾아 나서는 데서 얻어지는 그런 것이다.

우리의 속된 삶과 의식에도 불구하고 문득 글을 가까이하게 하는 계절이다. 저 맑은 가을볕에 마음을 헹구고, 그리고 자신을 새롭게 돌아보는 글 한두 줄이나마 진솔하게 써볼 일이다. (1996)

글쓰기의 즐거움

삶의 공간과 소설의 공간

    당신이 어쩌다가 우연히, 또는 불가피한 어떤 사정으로 남도의 끝 목포(木浦)에 들를 기회를 가진다고 해도 그러나, 삼학도(三鶴島)가 어디냐고 묻는 일은 지극히 어리석은 짓이 될 것이다. 이난영의 노래로 너무나 잘 알려진 그 전설적인 섬들은 이제, 과거의 공간 속에 떠 있기 때문이다.

    단편소설 「삼학도」의 서두 문장이다. 내가 이 소설을 쓴 것은 1982년 봄으로 기억된다. 그리고 문제의 삼학도를 내가 처음 본 것은 그보다 한 해 앞선 1981년 봄의 일이다. 이때의 느낌을 위의 서두문장이 담고 있는 셈이다.
    나의 30대 10년간을 몸담아왔던 직장(건국대 신문사)을 그만두고 그 대신 목포대학교 국문학과에 전임교수 자리를 얻어 이사를 한 덕분이었다. 막상 삶의 터전을 바꿔놓고 보니 나에게 목포란 생판 낯선 고장이었다. 대구 바닥에서 10대를, 그리고 서울에서 20~30대를 살아온 나에게 남도 끝 항구도시 목포는 여러모로 인상 깊었다. 종잡을 수 없이 불어대는 바닷바람, 모든 공간 속을 가득 채우고 있는 소금기, 날림으로 지어진 목조 한옥들, 버스 한 대만 지나가도 꽉 차 보일 정도로 좁은 거리들, 남도 사투리가 한결 더 찰지게 들리는 부두풍경 등…… 어느 한 가지도 무심히 지나칠 수가 없었다.

나는 무시로 이곳저곳을 기웃거리고 다녔다. 때로는 혼자서, 또 더러는 식구들과 함께. 유달산도 여러 번 오르내렸다. 이난영의 노래비(碑)와 중턱의 유선각, 그리고 정상의 마당바위 등을 관심 있게 살피고 다녔다. '사공의 뱃노래'로 시작되는 〈목포의 눈물〉 노랫말이 새겨져 있는 노래비 앞에서는 매양 가슴이 뭉클해지곤 하였다. 대중가요가 우리의 정서 속에 얼마나 깊이 뿌리를 내리고 있는가를 새삼 깨닫게 하는 경험이었다. 원래는 목조였으나 '세월의 풍화를 견디지 못해' 이제는 숫제 콘크리트 구조물로 만들어버린, 유서 깊은 정자 유선각은 그 현판 글씨가 뜻밖에도 해공 신익희 선생의 것이어서 지난 정치사를 잠시 회상하게 만들었다. 뿐만 아니라, 마당바위에서 내려다본 고하도 일대의 저녁 풍경은, 그때까지 바다를 가까이해본 적이 없던 우리 아이들로 하여금 거의 외경스러운 감동을 맛보게 한 듯싶었다. 용두암(龍頭岩)이 이름 그대로 일몰의 바다를 가르며 꿈틀꿈틀 움직이고 있는 듯한 느낌이던 것이다.

그러나 노적봉은 나를 실망케 하였다. 그것은 공원 초입에 볼품없이 삐죽 서 있는 바위에 지나지 않았다. 그나마 낡은 건조물들이 앞뒤로 들어서 있어 더한층 초라한 풍경을 연출하고 있었다. 하지만 나를

삶의 공간과 소설의 공간

정말 놀라게 만든 것은 삼학도였다. 이난영의 노래를 통해 은연중 상상해왔던 그런 섬의 모습은 이미 남아 있지 않았다. 바다를 메꾸어 땅을 만드는 과정에서 뭍과 이어져버렸던 것이다. 게다가, 세 개의 봉우리 중 하나는 까뭉개진 채 화물 하역장으로 쓰이고 있는 듯 거대한 기중기들이 여기저기 엎디어 있었다. 세 마리의 학이 날개를 접고 내려앉은 형국이라 하여 이름 지어진 그 삼학도는 이제 온전히 전설적 공간 속에서만 떠 있는 셈이었다. 멀리 영산강 하구의 거대한 시멘트 구조물이 세상의 엄청난 변모를 웅변하고 있는 듯싶었다.

목포 땅의 태반이 매립지라고 한다. 그렇다고는 해도 문화 의식이라고는 전무한, 무차별적 불도저식 개발 정책의 한 상징물을 보는 느낌이어서 몹시 삭막한 기분이었다. 봄철의 바닷바람처럼 사람의 얼을 빼놓는 것이 또 있을까. 희뿌연 먼지바람 속을 헤치며 나는 유달산을 내려왔고, 그리고 곧장 부두로 나갔다. 길게 늘어선 횟집들 중에 '대구집'이라는 간판이 보였다. 나중에 물어 안 일이지만, 주인남자가 대구 사람이라고 했다. 어쩌다 목포로 흘러 들어와 이곳 여자를 만나 주저앉게 되었고, 이제는 예순을 넘은 그 주인남자는 매일 낚시로 소일하며 산다고 했다.

그 '대구집' 뒤창을 통해 탁한 바다와 거기 옹기종기 정박하고 있는 배들이 내다보였고, 그리고 그 뒤로 벌거숭이 민둥산이 마주 보였다. 그것이 바로 삼학도였다. 기중기들, 기름탱크들, 그리고 여기저기 야적된 화물들—그런 것이 오늘의 삼학도 모습이었다. 어느 구석에도 전설과 환상이 끼어들 여지란 없는, 지극히 삭막한 풍경이었다.

그해 내내 나는 목포가 나에게 심어준 첫인상의 의미를 되새김질하며 살았다. 그러면서 조금씩 친숙해져갔다. 일테면, 하행선은 없고 단지 상행선뿐인 열차 시간표, 목포에만 있는 세발낙지, 유독 많은 부랑아 및 행려병자 수용 시설, 프로야구에 대한 열렬한 관심, 우리나라에서 제일 비싼 수도요금, 집집마다 가게마다 흔하게 볼 수 있는 분재, 수석, 서예, 한국화 등…… 말하자면 어쩔 수 없는 변방의식과 소외감, 정체성 등과 더불어 뿌리 깊은 예향(藝鄕) 의식도 접할 수 있었던 것이다. 단편 「삼학도」는 이런 과정에서 은연중 싹을 틔워갔던 것이리라. 다음 해(1982) 봄에 탈고했다.

나의 40대 10년간을 정붙이고 살았던 목포를 떠나 다시 서울 쪽으로 직장을 옮긴 게 올봄의 일이다. 그래서 소설 「삼학도」는 대목 대목마다 만감을 느끼게 한다. 나의 소설 공간을 보다 확장시킬 수 있으리라는 기대감과 함께.

(1991)

삶의 공간과 소설의 공간

낮잠 자기

별스럽게 남의 눈에 띌 만한 무슨 버릇 같은 것이 내게 있는지부터가 우선 의심스럽다. 자신의 일상적 언행에 대해 새삼스레 따져보아도 이거다 싶게 선뜻 내세울 만한 것이 나로선 도무지 없는 듯해서 하는 말이다. 오해 마시기 바란다. 그만큼 세련되었다거나 혹은 원만한 성품의 소유자란 뜻이 아니다. 적어도 다른 사람과는 다른, 나만의 개성적인 면모를 드러내 보일 만한 '동하표' 행동 양식이 없다는 얘기일 뿐이다. 이 시대 보통 사람들의 삶의 모습이 흔히 그렇듯이 나라고 무슨 별스런 데가 있으랴. 남들처럼 그렇게 일하고 쉬고 먹고 마시고 할 따름인 것이다. 그런 푼수에 감히 드러내서 떠들고 자시고 할 만한 무슨 건덕지가 있으랴.

하도 막연한 노릇이어서 필경은 식구들에게 넌지시 물어보기도 하였다. 그랬더니 대충 이런 점들이 지적되었다. 하루에 수십 번씩 손을 씻는다, 안경알을 자주 닦는다, 말할 때 코를 매만지거나 코털을 잘 뽑는다, 밤에 아이들이 잠든 방을 여러 차례 들여다본다, 화장실에 앉아 있는 시간이 길다 등등. 하지만 이런 따위야 아무리 나열해보았자 의미가 없다. 이 또한 지극히 평범한 생활인의 면면에 지나지 않기 때문이다.

버릇이란 곧 개성의 강도를 드러내는 요소이기도 하다. 개성이 강하기로는 작가들도 빠지지 않는다. 그래서 집필 버릇도 각양각색이다. 멀리 다른 나라까지 갈 것도 없이 우리 주변만 둘러봐도 실감된다. 지금은 어떤지 모르나 이문구 형은 한때는 본즉 시끌벅적한 사무실 같은 데서 곧잘 소설을 쓰곤 했다. 드나드는 사람들과 인사도 주고받고 옆 사람들의 화제에 잠깐씩 참견도 해가며 대학노트 같은 데다 꾸준히 소설 초고를 써가는 것이었다. 조용한 곳에선 오히려 정신 집중이 안 된다는 소리였다. 몇 년째 『태백산맥』을 쓰고 있는 조정래 형은 매월 하순 열흘쯤은 잠적해버린다. 원고지를 싸 들고 근교의 어느 수도원(?)으로 숨어버리는 것이다. 그러고는 목표한 분량만큼 쓸 때까지 그 격절된 공간 속에 칩거한 채—이는 그 자신의 표현인 바—'악을 악을 쓰며 버틴다'는 얘기였다. 최일남 선생은 연전 어느 문학상을 수상한 자리에서 고백하시기를, 자신은 지금도 배를 깔고 엎드린 자세로 글을 쓰노라고 하였다. 무더운 여름날 같은 땐 땀이 원고지 위에 뚝뚝 떨어져 번지게 마련인데 그런 순간엔 문득, 그것이 눈물이나 피 같이 느껴지더라는 고백이었다. 한 번쯤 상상해볼 일이다. 그렇듯 힘겨운 자세로 그분의 그 많은 소설들이 세상에 나왔던 것이다. 그 밖에도, 한 사나흘쯤 술에 절었다가 깨어나야 비로소 시동이 걸린다는 작가가 있는가 하면, 발 내키는 대로 여러 날 동안 무작정 떠돈 후에야 원고지와 차분히 마주할 수 있다는 작가도 있다. 낮 시간엔 하는 일 없이 빈둥거리기만 하다가 남들이 다 잠든 오밤중에야 비로소 정신을 챙기고 앉아 무슨 야행성 동물처럼 은밀히 작업을 시작하는 작가들도 적지 않은 것으로 알려져 있다.

그러나 이 대목에서도 나의 경우는 얘깃거리가 별로 없다. 일하는 모양 또한 밋밋해서 도무지 집필 버릇 운운할 거리가 없는 것이다. 나는 남들이 잠잘 때 나 역시 자고 남들이 일어나 일할 때 나도 일한다는 식이다. 그러다 보니 글쓰는 시간도 낮, 그것도 오전이 가장 좋다. 집필 장소는 물론 내 방이다. 창밖 날씨가 맑고 환하게 밝은 날은 능률적이기까지 하다. 만부득이한 경우가 아니면 주말엔 원고지를 가까이하지 않는다. 재능과는 상관없이 어쨌거나 한평생 해야 할 일이라 생각하므로 주말이나 공휴일 같은 땐 남들처럼 나 역시 쉬기로 작정해둔 때문이다. 그러지 않음, 평생 주말 없는 인생이 될 게 아닌가.

이런 사정이고 보니 여기서도 이렇다 하게 할 말이 없다. 단지 지난 얘기 한두 가지만 언급해본다면, 습작기부터 문단 초년기까지는 나 역시 저 최일남 선생의 폼으로 글을 썼다는 점이고, 그리고 5, 6년쯤 전까지만 해도 담배를 무진장 피워댔다는 점이 되겠다. 특히 집필시엔 내리 줄담배를 태워댔기 때문에 다음 날 아침이면 가슴이 연통처럼 잔뜩 찌든 느낌이었다. 원고지와 씨름한 건지 니코틴과 싸운 건지가 분간되지 않을 정도로 그로기 상태에 빠져 있게 마련이던 것이다. 이런 식으로 평생을 버틸 수야 없다는 자명한 사실 때문에 나는 그나마 위의 두 가지 버릇도 과감히 내버린 참이다.

세상살이와 소설쓰기

결국 내세울 만한 버릇이 한 가지도 없다는 사실은 오히려 결함임이 분명하다. 자기 나름의 개성도 줏대도 없다는 얘기이기 때문이다. 그저 무리 없이 남들이 하는 대로 그렁저렁 좇아가는 삶의 증거가 아닐는지. 실인즉, 표 내는 것을 딱 싫어하는 편이다. 일테면, '체'하는 것 말이다. 가급적이면 글쟁이 표를 드러내지 않으려고 신경 쓴다. 세상 사는 데는 그 나름의 룰이 있는 법, 매사에 처신하기를 그 이상도 이하도 넘나들기를 원치 않는 거다. 일상적 삶의 양상이란 어차피 한계 내의 것이란 의식 때문에 별나거나 수다스러워지고 싶지 않아선지도 모르겠다. 일상사에선 되도록 상식선을 지키고자 한다.

이로써 나의 버릇, 그것도 한 작가로서의 어떤 의미를 지닐 법한 버릇이란 아무것도 없다는 사실이 분명해졌다. 적어도 현재로서는 그러하다. 이렇듯 궁색한 터라 날씨 얘기라도 꺼내볼 일이다. C. D. 루이스가 그랬던가. 봄에 대한 우리의 정서적 반응 속에는 원시인들의 그것이 남아 있다고. 자연의 변화를 이해하지 못했던 그들에게 겨울은 공포의 계절이 아닐 수 없었다는 것이다. 그러나 만물이 소생하는 봄은 다시 오게 마련, 추위와 굶주림의 고통으로부터 해방된 그 기쁨 —그것이 바로 현대인의 마음속에 남아 있다는 것. 사물, 특히 계절에 대한 우리의 정서적 반응이 얼마나 뿌리 깊고 또 예민한가를 생각하게 만든다.

지금은 좀 덜하지만, 날씨에 대해 나는 좀 예민하게 반응하는 편이었다. 날씨가 흐려지면 괜히 우울해지는 것까지는 별스럽달 게 없는지도 모른다. 그런데 비가 뿌리기 시작하면 뭔가 걱정스러운 기분이 마음을 무겁게 누르는 것이다. 딱히 까닭이 있는 것도 아니다. 무슨 중요한 일들을 속수무책으로 내버려두기라도 한 것처럼 마음이 찌뿌드드하고 맥이 빠지는 것이다. 밤에는 그런 상태가 더 심하다. 외벽을 후두두둑 때리는 빗소리를 들으며 누워 있으려면 좀처럼 잠이 오지 않는다. 홍수에 여기저기 터진 물꼬를 내려다보고 있는 농부의 심정이 그럴까. 나의 삶이 죄다 문제투성이건만 대책은 도무지 전무한 그런 암담한 기분인 것이다. 오래 몸을 뒤척이면서 으레 묵은 기억들을 들추게 된다.

동족상잔의 전쟁이 끝난 그 궁핍의 50년대에 열두어 살 소년이던 나는 난민촌의 판잣집에서 살았다. 루핑 지붕에 판자벽이던 그 어설픈 방은 비만 오면 모든 게 죄다 축축하게 젖어버리곤 했었다. 벽도 이불도, 심지어는 책과 옷까지도. 비 오는 날은 그래서 몸도 마음도 다 젖게 마련이었다. 그때의 그 말할 수 없이 우울하던 경험이 내 의식의 밑바닥에 잠재해 있기 때문이 아닐까 하고, 나중에서야 나는 그런 생각도 가져보곤 했다. 날씨가 갑자기 추워지면 무작정 불안감에 휩싸이고, 전에 없이 부지런을 피우게 되곤 하던 것도 그 뿌리는 같은 곳에 있을 법하다고 여겨진다. 물론 지금은 이런 정서적 반응이 한결 묽어졌지만 말이다. 극복인지, 둔감해진 건지 알 수가 없다.

지금까지 나의 버릇—그것이 고질적인 것이든 조금은 드러내놓고 자랑할 만한 것이든—을 얘기해야 하는 자리에서 결국 얘깃거리가 아무것도 없음을 실토한 셈이다. 그러므로 조금이나마 나무람을 덜어보려는 심정으로 요즘의, 그나마 부질없는 얘기 한 가지만 덧붙이기로 한다.

여러 해 전부터 몸에 붙은 습관인데, 점심식사 후에는 곧바로 문을 닫아걸고 한 30~40분쯤씩 낮잠을 자는 버릇이 있다. 꼭히 건강 관리를 위해서라거나 혹은 그런 식으로 잠을 보충해야 할 사정이 있어서도 아니다. 어쨌거나 어쩌다 버릇이 붙고 보니 이제는 떼쳐버릴 수 없을 정도로 굳어버린 것이다. 이제는 점심식사보다 그 후의 낮잠에 대한 기대 때문에 오전을 사는 기분이 들 정도가 되고 말았다. 그래서 밖에서 식사를 할 경우엔 가급적 귀가를 서두르게 마련이다. 잠을 못 자면 머릿속이 온통 몽롱해져서 세상사가 죄다 아득하고 모호하게 느껴지기 때문이다. 그런 순간의 의식은 황사 현상이 심한 날의 하늘과 같다. 삶도 문학도 한 줌의 희뿌연 티끌이고 흙바람처럼 의식되는 것이다.

나의 연구실에는 간이침대가 있다. 정확히 말하면 침대가 아니고 그물의자이다. 그 위에서 웅크리고 드는 낮잠이 옹색하기는 할망정 내 집 안방의 편안한 잠보다 매번 더 깊고 달다. 남향 창의 커튼은 두텁다. 그 너머 캠퍼스의 소음이 잠 속에도 들려온다. 문득 나를 생각하고, 나이를 생각하고, 그리고 꿈결처럼 아련한 나의 일상의 진행을 본다. 뭔가 가슴 아련함이 있지만 개의치 않는다. 생의 한낮에 잠깐 드는 잠이 매양 신선하고 감미로울 따름인 것이다. 잠에서 깨어나면 누가 말했듯 지옥처럼 뜨거운 물에 커피 한 잔을 타서 마신다. 그러고는 다시 일과로 돌아가는 것이다. 아침을 두 번 맞는 그런 기분으로.

(1989)

낮잠 자기

해외 낭독회 소감

　지난해 4월, 엘에이와 미네아폴리스에서 낭독회를 가졌다. 『장난 감 도시』의 영역본 *Toy City*(Koryo Press, St. Paul, Minnesota, 2007) 출간을 홍보하기 위한 행사로 대산문화재단의 지원을 받았다. 일주일 간격으로 두 곳에서 치러진 이 행사는, 행사 기피증 내지 공포증을 지닌 나로서는 쉽게 감당할 수 있는 일이 아니었다. 그럼에도 감히 나선 까닭은, 이보다 앞서 영역 출간된 나의 단편선집 *Shrapnel And Other Stories*(White Pine Press, New York, 2002)의 기억 때문이었다. 역자(Hyun-jae Yee Sallee)의 노고에도 불구하고 그 책은 거의 관심을 끌지 못했던 것이다. 태평양에 콧물 한 방울 떨어뜨린 기분이랄까, 뭐 그랬다.

　4월 13일 일요일 저녁, 미네아폴리스에서 가졌던 행사는 간담회 비슷한 것이었다. 한국식당에서 함께 식사하면서 독자와 대화를 나누는 자리였다. 참석자는 스무 명 남짓으로 거의가 중년의 백인 여성들이었다. 그들은 대부분 한국 고아를 입양한 어머니들이라고 했다. 그러니까 한국문학에 대한 관심보다는 한국 사회 전반에 대한 관심이 더 컸다. 이는 입양아에 대한 그녀들의 사랑이 그만큼 뜨겁다는 증거다. 아이가 없어서 입양한 가정도 있지만, 자기 애를 두고도 입양한 경우가 흔했다. 그중 한 부인은 자기 애가 둘이나 있지만 한국과 중국에서 여자애를 하나씩 입양하여 모두 네 남매를 슬하에 두고 있었다. 요즘 우리 젊은 세대들이 아이를 딱 하나만 두거나 심지어는 아이를 두지 않기로 약속하고 결혼하는 경우도 있어 네 아이를 키우면서 마냥 행복해하는 그녀가 존경스러웠다.

미네소타대학의 한국어문학과 조항태 교수 얘기로는, 미네소타주가 미국에서 한국 고아 입양 가정이 가장 많다고 한다. 한국 고아 입양의 역사는 반세기 전 6·25전쟁 시의 전쟁고아 입양에서부터 시작되었는데 근년에 들어서는 중국 고아 입양이 점차 늘어나고 있는 추세란다. 중국인의 남아 선호로 버림받은 여아들이 많은 탓이라고 한다. 한국계 입양아들의 출생지를 보면 경북 대구 권역이 가장 높은 까닭도 같은 이유에서라고 했다. 어쨌거나, 그곳 주민들의 대다수가 과거 북구권에서 이민 온 후손들이어서 바이킹족의 풍속답게 혈통 의식에 그다지 집착하지 않는 기질이라 했다. 그래서 자식 사랑에도 친자/양자의 차별이 없다는 것이었다. 내 책을 낸 출판사 사장(Bryan Boyd)도 한국 출신 입양아를 둘이나 두고 있었는데 그중 큰딸은 미네소타대학 한국어문학과 재학생이었다. 보이드 씨가 한국 서적 전문 출판사를 설립한 것 역시 입양한 아이들과 무관하지 않을 듯싶었다.

따라서 내 책에 대한 그녀들의 관심 역시 문학성보다 한국의 역사와 풍속에 더 기울어 있어서 우리는 동족상잔의 비극이 휩쓸고 간

1950년대의 황폐한 삶의 조건과 아이들, 특히 전쟁고아와 전쟁미망인에 관련된 이야기를 가장 많이 나누었다. 먹고 남은 한국음식을 알뜰히 챙겨갈 정도로 그네들이 한국적인 것에 보인 관심은 대단히 뜨거웠다. 마침 교환교수로 와 있던 안광 교수(순천대, 소설가)와 통역을 맡아준 황인자 씨의 수고를 잊을 수 없다. 황인자 씨는 백인 남자와 결혼하여 꽃보다 예쁜 아들을 두고 있었는데, '세종'이란 이름의 그 아이에게 꼭 한글을 가르치겠다고 다짐했다.

엘에이 한인타운에 있는 피오피코 도서관에서 낭독회를 가진 것은 4월 19일 토요일 오후였다. 참석한 분들은 교민들이 더 많았다. 50, 60석 정도의 좁은 공간이긴 하나 그나마 자리를 대충 채울 수 있었던 데는 현지 교포 문인들의 관심 덕분이었다고 생각한다. 소설가 송상옥 선생을 비롯, 시인 장태숙 씨, 수필가 이정아 씨 등 미주 한국문협 여러분께서 자리를 함께해주셨다. 엘에이에 살며 소설을 쓰는 이용우 씨 같은 분은 초등학교에 다니는 딸애(우경)를 데리고 나왔다. 우경이가 책 읽기를 워낙 좋아해서 욕심 같아서는 미래의 소설가로 키우고 싶다고 했다. 이창래처럼 아예 영어로 소설을 쓰면 번역 같은 구차한 작업 없이 폭넓게 읽힐 수 있을 것이고 그러다 보면 세계적인 대작가로 성장할 수도 있으리란 기대를 품고 있었다. 소설가 이호철 선생이 언젠가 와서, 재미동포 2세들 중에서 그런 대작가를 기대한다는 말을 한 적이 있다고 했는데 나 역시 공감이 갔다. 글로벌 시대라지 않는가. 교포 2세들 중에서 처음부터 세계 공용어(?)인 영어로 소설을 쓸 수 있는 한국계 작가들이 다수 등장한다면 그 또한 반가운 일일 것이다.

낭독회는 작품의 한 대목을 내가 한글로 읽은 다음 번역자가 영문으로 읽었고, 잠시 대화도 나누었다. 번역자 김지영 씨는 보스턴에서 태어나 뉴욕에서 출판일을 했고, 김영하의 소설(『나는 나를 파괴할 권리가 있다』, 뉴욕 하코트)을 번역한 바 있는 젊은 엘리트다. 그의 어머니 유영난 여사는 염상섭의 『삼대』를 번역한 분이다. 또, 아버지 김승경 씨(마을금고연합회장)는 이 낭독회를 위해 휴가를 내어 엘에이까지 날아왔으니, 그야말로 우리 문학에 대한 일가의 사랑과 열정을 족히 읽을 수 있는 대목이겠다. 작가의 한 사람으로서 오직 감동할 뿐!

이 밖에도 여러 사람이 애써주신 덕분에 낭독회는 좋은 분위기 속에서 끝났다. 이런 일이 정작 책 홍보에 얼마나 성과가 있을지는 모를 노릇이나 나로서는 이를 계기로 새삼 글쓰기의 소중함 같은 것을 뿌듯이 확인할 수 있었던 것만은 분명 큰 소득이었다. 그것도 국가 차원에서의 어떤 각성 같은 것 말이다.

그래서 덧붙이는 말이다. 한 나라의 문학이 저마다의 특정 언어로 이루어지는 것임을 생각하면 한국어로 창작하는 작업의 소중함은 나라 안팎이라고 다를 것이 없다. 즉 해외동포 문인들이 현지에서 모국어로 창작하고 있는 성과물들을 우리 문학의 관심 영역으로 끌어안는 일이 필요하다는 생각이다. 그것은 한국문학의 외연을 획기적으로 넓히는 일이 되리라. 하지만 그런 적극적인 노력은 아직 보이지 않는 것 같다.

소설가 송상옥 선생은 내가 문학청년 시절이던 1960년대 전반기에 이미 주목받는 젊은 작가 중 한 사람이었다. 「흑색 그리스도」, 「하이 소사이어티 클럽」 등 뛰어난 작품들을 발표하여 현대신인문학상(1969)과 한국소설문학상(1976) 등을 수상했다. 그런데 1980년대에 들어 삶의 터전을 미국으로 옮겨 앉으면서 우리 문단으로부터 점점 잊혀진 작가가 되고 말았다. 생업의 터전이 어디가 됐든 글쓰기를 쉽게 포기할 수 있는 건 아니다. 이번 일로 엘에이에서 오랜만에 만나 뵙고 본즉 송 선생은 고희를 맞는 이날까지도 창작에 대한 열의는 변함이 없으셨다. 그러나 한국 문단의 관심권역에서 너무 멀리 떨어진 곳에 사는 까닭에서일까, 노작가의 모습이 많이 외로워 보였다.

1990년대에 중편소설로 등단(『현대문학』)하여 소설집 『환기통 속의 비둘기』(책읽는사람들, 2003)를 출간한 바 있는 김혜령 씨도 그렇다. 등단작도 그랬지만 10여 년 만에 낸 첫 창작집에 수록된 작품들을 보면 만만치 않은 재능이 느껴진다. 하지만 이 작가 역시 우리 문단의 관심권 밖에 있다. 아마도 해외동포 문학을 점검해보면 이런 작가 시인들이 한두 사람이 아니리라. 또, 당장은 아니더라도 미구에 한국문학의 발전과 풍요에 기여할 분들은 더 많을 것이다. 그러므로 그들을 끌어안는 노력이 아쉽다.

세계 도처에서 삶의 터전을 일구고 있는 해외동포들 중에서 모국어를 지키고 창작하는 작업은 생각할수록 의미가 크다. 그들이 없다면 멀지 않아 그들 사회에서 모국어는 수명을 다하게 될 것이다. 2세들에게는 자연스럽게 영어가 모국어가 될 것이고 그들은 그것으로 별

불편을 느끼지 않을지도 모른다. 그렇게 된다면 우리는 문학의 차원을 넘어 더 큰 것을 잃게 될 것이 분명하다. 한국문학의 해외 번역 소개와 병행하여 다른 한쪽에서는, 해외동포 문학에 대한 관심의 확장과 지원 사업도 보다 더 적극적으로 이루어져야 하지 않나 하는 생각을 품게 한 나들이었다.

(2009)

허기진 책 읽기와 어리석은 기대

"나를 만든 것은 8할이 바람이었다"고 미당 선생은 노래했다. 감히 그 가락을 흉내 내어 말하자면, 나를 만든 것은 8할이 책이었다. 아니, 그 이상이었는지도 모른다. 잘나고 못나고를 떠나 오늘의 나(정체성)를 빚은 것은 청소년기의 저 허기진 책 읽기였다고 나는 확신하고 있는 것이다.

지금 되돌아보면, 나의 책 읽기는 대략 3단계로 진행된 듯싶다. 첫번째가 남독기다. 10대 중반을 넘어서기까지 나는 손에 잡히는 대로 무작정 읽었다. 책이 귀하던 시절이라 옥석을 가릴 여유조차 없기도 했지만, 어쨌거나 식욕 왕성한 잡식성 동물처럼 눈에 띄는 대로 마구 읽어치웠다. 그러던 내가 선별적으로 책을 찾아 읽기 시작한 건 10대 후반에 들어서였다. 문학작품이나 역사서나 철학서들 중에서도 그때그때 관심 가는 주제를 좇아 읽을 책을 선택했다. 그러니까 선택적 독서기였던 셈인데, 비로소 도스토옙스키나 카뮈, 또는 김동리나 황순원 읽기에 한동안 몰두하곤 했다. 꽤나 깊은 탐닉이어서 깨어날 때면 현기증이 느껴지곤 했다. 세 번째는, 대학 강단에 서면서 오랜 기간 버릇으로 굳어진, 이른바 분석적 독서기다. 남을 가르치자니 부득불 작품의 구조를 분석하고 비평하고 결론을 끌어내는 식 책 읽기에 급급할 수밖에 없었다. 말하자면 나의 책 읽기가 머리 따로, 가슴 따로였던 것이다. 따라서 종전의 저 깊은 몰입과 감동을 도무지 맛볼 수가 없었다.

그래서였나. 서너 해 전 정년퇴직을 하면서 나는 내심 기대했던 것들이 있었다. 그중 하나가 즐거운 책 읽기였다. 직업상의 필요 때문에, 또는 어디 써먹기 위해 읽는 것 말고, 정말 내가 읽고 싶은, 그리고 읽고 나서는 잊어버려도 좋은 그런 독서를 마음껏 즐기자고 말이다. 나는 이런 노년에 대비하여 이미 오래전부터 내가 읽고 싶은 책 목록(도서정보)을 또박또박 적어오고 있었다. 그게 노트 한 권을 다 채우고도 남았다. 이제 생활의 짐을 벗었으니 지금부터 한 권씩 찾아 읽으면서, 청소년 시절의 책 읽기가 그랬듯이 어디에도 얽매이지 않는, 자유롭고 순수한 독서의 즐거움에 풍덩 빠져보자 기대했던 것이다.

하지만, 얼마나 어리석은 기대였던가! 퇴직하고 이미 여러 해가 흘렀지만 나는 아직 그런 여유를 얻지 못하고 있다. 너무나 자명한 진리를 나는 여태 깨닫지 못했던 것이다. 한가로이 책 읽기 할 시간이란 결코 오지 않는다는 사실 말이다. (2010)

허기진 책 읽기와 어리석은 기대

꼭 해야 할 것과 정말 하고 싶은 것

　영화 〈버킷 리스트〉에는 잭 니콜슨이 괴팍한 성격을 지닌 억만장자로 나온다. 상대역은, 박학다식하고 원만한 성품의 자동차 수리공 모건 프리먼이다. 영화를 즐겨 보시는 분들이라면 이 캐스팅만으로도 내용을 대충 짐작할 수 있으리라. 과연 익살과 해학이 전편에 넘친다. 나이 지긋한 이 두 사내는 암 병동의 룸메이트로 만났다. 앞으로 길어야 1년 더 살 수 있다는 선고를 받자 두 사람은 머리를 맞대고 '죽기 전에 꼭 하고 싶은 것들'의 리스트를 작성한다. 스카이다이빙, 카 레이싱, 피라미드 관광, 세계 제일의 미녀와 키스하기, 눈물 나게 웃어보기 등등…… 암이 아니었다면 평생 만날 일이 없었을 이 두 사내는 금방 의기투합하여 실행에 나선다. 직장도 가족도 다 훌훌 벗어던지고 완전한 자유인이 되어 전혀 새로운 삶에 도전하는 것이다. 두 배우의 원숙하고 코믹한 연기가 내내 웃음을 터뜨리게 한다. 그러면서 새삼스레 우리의 갇힌 삶, 갇힌 욕망을 돌아보게 만든다.

　융의 심리학 용어 중에 '페르소나(Persona)'가 있다. 고대 배우들이 쓰던 '가면'에서 온 말(라틴어)로, 세상(타자)에 대처하기 위해 개인이 쓰게 마련인 사회적 얼굴(가면)을 가리킨다. 사람은 일생 동안 많은 페르소나들을 사용하며 때로는 여러 개를 한꺼번에 쓰기도 하는데, 융은 이를 불가피한 것으로 보았다. 이에 기대어 생각해보면, 사람이 '꼭 해야 할 것들'(기본적 의무)과 내가 '정말 하고 싶은 것들'(내밀한 욕망) 사이에는 어차피 틈이 있게 마련이라 우리는 수시로 가면을 바꾸어가며 뒤집어쓰고 살 수밖에 없다는 얘기가 된다. 따라서 가면 뒤에 억눌려 있던 것들이 죽음을 앞두고 한꺼번에 터져 나온 경우가 '버킷 리스트'라고 이해될 법도 하다.

몇 해 전 퇴직하면서 나는 정말 홀가분한 기분이었다. 퇴직 소감을 물으면 흔히 '시원섭섭'하다고 하지만 나는 굳이 '시원시원'하다고 답변했다. 서운한 마음은 별로였다. 강단 생활이 그토록 지겨웠던가? 그건 아니다. 더러는 버거울 때도 있었지만 그러나 대체로 즐거웠다고 말할 수 있다. 그럼에도 불구하고 더없이 홀가분함을 느낀 것은 자유로운 삶에 대한 섣부른 기대에서였는지도 모르겠다.

우리의 일생은 크게 보아 세 시기로 구성된다. 제1기는 태어나서 대략 서른까지로 부모 슬하에서 양육 받는 기간이고, 제2기는 사회로 진출하고 결혼하여 자녀를 낳아 기르는 활동기로 대강 육십까지, 그리고 제3기는 퇴직 또는 은퇴 이후의 자유로운 노년기가 그것이다. 대체로 제2기의 삶이 '꼭 해야 할 것들'의 중심에 놓여 있다면 제3기의 삶은 '정말 하고 싶은 것들'에 있다고 할 수 있으리라. 오늘날은 평

꼭 해야 할 것과 정말 하고 싶은 것

균 수명이 길어지면서 인생 3기에 대한 일반적인 기대치가 높아진 게 사실이다.

그렇다고 내가 무슨 대단한 새 삶을 계획하고 있었던 것은 아니다. 하루아침에 생활을 확 바꾸는 일이 아무에게나 가능한 것은 아니기 때문이다. 아마도 여전히 책을 읽고, 글을 쓰고, 틈틈이 여행을 다니고…… 그러니까 날마다 출근하고 강의하는 일만 벗은 것뿐 별로 달라질 게 없는 삶이 나를 기다리고 있으리라는 것을 알고 있는 터였다. 하지만 그렇다고 해도 나름의 기대가 전혀 없었던 것은 아니다. 말하자면 이런 식 기대를 나는 은연중 품고 있었던 것이다.

첫 번째는, 책을 읽되 내가 정말 읽고 싶은 것만 읽을 수 있으리라는 기대였다. 지금까지는 그러지 못했다. 거의 매번 필요에 쫓겨서 하는 독서 행위였다. 하지만 이제부터는 순수하게 읽는 즐거움 자체를 누리고 싶었고, 이를 위해 평소 메모해둔 책 목록도 있다. 이제부터 눈에 띄는 대로 한 권씩 찾아서 읽는 즐거움을 만끽하리라. 아무런 목적 의식이 없으므로 지겨워지면 미련 없이 접을 것이요, 끝까지 읽고 감동받은 다음에는 머릿속에서 깨끗이 지워버릴 터. 돌이켜보면 저 소싯적의 책 읽기가 그러하지 않았던가. 어디 써먹기 위해서가 아니라 단지 즐거워서 읽었고, 읽은 다음엔 굳이 기억하려고 애쓰지 않았던 것이다. 그처럼 순수한 독서의 즐거움을 다시 한 번 누려보고 싶었던 것이다.

두 번째는, 글쓰기에 대한 기대였다. 그동안은 사는 일에 쫓겨서 제대로 내 글을 쓰지 못했다는 갈증이 심중에 남아 있었다. 정말 쓰고 싶은 글은 나중으로 밀어놓고 당장 사는 일에 급급했기 때문이다. 이제야말로 세상만사를 잊고 내가 정말 하고 싶은 일에 몰두해볼 수 있으리라 나는 기대했다.

세 번째는, 여행이다. 남들이 흔히 가는 해외여행도 나는 매번 훗날로 미뤄놓고 살았다. 퇴직하면 느긋하게 다니리라 다짐하면서. 그러면서 마음이 이끄는 대로 여기저기서 한참씩 살아보고도 싶었다. 크게 보면 우리 모두 도시의 유목민 아니냐. 무시로 장막을 걷어 옮겨 다녀야 하는 삶일진대 굳이 한곳에 주저앉아 있을 까닭이 없다고 생각했고, 그러므로 지금까지 내가 몸담고 살았던 이곳과는 다른 마을, 다른 골목들을 더 많이 기웃거리며 다니고 싶었다.

하지만 지난 한 해를 돌아보면 그런 기대가 무색해진다. 책 읽기에서 나는 여전히 자유롭지 못했고, 글쓰기는 그다지 진척이 없었다. 여행을 나서는 일 역시 쉽지 않아서 주저하고 망설이기 일쑤였다. 노년의 자유와 여유는 환상인가? 결국 정신적으로나 육체적으로 오랜 세월 길들여진 타성에 단단히 발목 잡혀 있는 자신과 매번 맞닥뜨리곤 한 삶이었던 것이다. 그러니까 나의 과오는 분명하다. '꼭 해야 할 것'과 '정말 하고 싶은 것'을 따로 떼어놓고 생각한 것부터가 잘못이었다. 내일의 삶이 따로 있는 게 아니다. 애초부터 틈이 없는 오늘의 삶이 이어질 뿐.

다시, 영화 얘기다. 〈버킷 리스트〉가 정말 감동적인 것은 두 사내의 생애 마지막 모험이 원점회귀로 끝나는 데 있다. 훌훌 털고 떠났던 그 자리, 즉 가족이 있는 일상적 삶의 자리로 되돌아온 두 사람은 거기서 비로소 유감 없이 생을 마감한다. 때늦은 깨달음 앞에서 나는 지금 단벌 인생을 아쉬워하고 있다. (2009)

노년의 일

노인에게서 할 일이 없다는 것은 젊은이 이상으로 위험하다. 힘이 쇠해져가고 있는 사람에게는 적당한 일이 주어져야 한다. 절대로 휴식을 주어서는 안 된다. (알렉시스 카렐)

1912년도 노벨상 생리의학 부문 수상자인 알렉시스 카렐의 명저 『인간, 그 미지의 존재』*를 읽은 게 20년쯤 전이다. 그러니까 내 나이 50대 후반, 사는 일 하는 일 등 여전히 숨 가빴을 시기다. 한데도 어찌 마음에 꽂혔던가, 독서 노트장에 위의 말이 남아 있어 근자 하는 일 없이 세월만 축내고 있는 내 눈을 번쩍 뜨게 만들었다.

그의 설명에 의하면 인간은 어떤 확실한 목표를 향하여 행동을 개시할 때 정신적 기능과 육체적 기능이 완전한 조화를 이룬다는 것이다. 뜻을 모으고 염원을 담아 한 가지 목적을 향해 정신을 집중하는

---

* 알렉시스 카렐, 『인간, 그 미지의 존재』, 류지호 역, 문학사상사, 1998.

데서 마음의 평화가 얻어진다고 한다. 그러고 보면 요즘의 내 심사가 나름 이해될 법도 하다.

마음 붙일 만한 일이 별로 없다. 글 읽기, 쓰기 역시 그렇다. 눈의 피로와 자신감 결여 탓이리라. 읽고 싶은 책이나 읽고, 쓰고 싶은 글이나 쓰며 한가롭고 편안한 노년의 삶을 기대했는데 말이다. 고백하건대 내가 그리던 노년의 삶은 편안한 휴식이었다. 일이라니? 삶의 짐을 벗어던지고 마음껏 게으름을 부리며 마음 내키는 대로 흘러가는 삶을 나는 소망했던 것이다. 당연히 정년퇴직이 기다려졌다.

퇴직하고 한 1년쯤 마음껏 게으름을 부려봤다. 강의고 뭐고 학교와는 딱 발길을 끊었다. 그러고는 주말이면 달려가곤 하던 강원도 산골짜기 텃밭에다 집을 지었다. 이른바 전원주택이다. 아들 하나 딸 하나 둘 다 출가외인(?)이 되어 우리 내외만 남은 처지라 아예 이사를 하고 주민등록도 옮겼다. 2009년도 9월로, 추석 직전이었다.

한가위를 시골서 맞는 기분이 썩 좋았다. 추석 전날 밤 엄청나게 강력한 태풍이 너 한번 혼나보라는 듯이 들이닥쳐서 심은 지 얼마 안 되는 나무들을 넘어뜨리고 집 앞 건천이 범람하여 대문과 전신주와 그리고 생나무 울타리 20여 미터를 완전히 허물어뜨렸지만 우리 내외는 개의치 않았다. 도시의 아파트촌을 벗어나 비로소 자연인이 된 기분이었다.

한데 그다음 해 여름, 뜻밖의 폐암 진단을 받았다. 봄에 시작된 기침이 좀 오래간다 싶어 병원을 찾았는데 이미 2기로 진행됐다는 것이다. 대학병원에서 수술을 받고 그 지겨운 항암제 투약 기간을 거쳤다. 그래도 운이 좋았던 모양이다. 세월이 흘러 어언 8년차를 맞았다.

그럭저럭 몸은 추스른 것 같다. 한데 마음이 문제다. 매사 의욕과 자신감을 잃어버렸다. 몸만 아니라 마음이 더 심하게 무너진 듯싶다. 노년에는 읽고 싶은 책 읽고 쓰고 싶은 글 쓰는 재미를 만끽해야지 별러왔는데 그게 다 허망하게 되고 말았다. 시력이 떨어져 내처 30분 읽어내기가 힘들고, 약속한 글도 한두 장 쓰다 팽개치고 만다. 그러면서 자위한다. 그래, 아무것도 욕심내지 말고 마음을 비우고 살자. 결국 아무것도 하는 일 없이 시간만 축내고 있다.

해가 뉘엿뉘엿 지고 있다. 서산일락을 코앞에 두고 있는 것이다. 노년의 시간이란 어떤 건가? 금방 꺼지고 말, 한 순간 한 찰나의 시간이 아니랴. 속수무책으로 영원한 어둠, 영원한 침묵이 쓰나미처럼 밀려들고 있는 시간대인 것이다. 어찌 허수히 낭비할 수 있으랴. 흔히 말하듯 남아도는 게 시간일 수는 없다. 마음을 추슬러 할 일을 찾아야 하리라. 그래야만 마음의 평안을 얻을 수 있다고, 인간은 그런 존재라고 알렉시스 카렐은 말하고 있다.

확실한 목표를 향해 행동을 개시하면 정신적 기능과 기관적 기능(육체적 기능)은 완전히 조화를 이룬다. 염원을 모아서 한 가지 목적을 향해 정신을 집중하는 일은 마음에 평화를 낳는다.

노년의 일은 남아도는 시간을 죽이기 위함이 아니다. 결코 노욕도 아니다. 마음의 평안을 위해서라도 다시 의욕적으로 도전해야 할 삶 그 자체이다.

(2017)

노년의 일

변명과 위안

단편 「토종닭 사육기」를 발표(『현대문학』, 2013.4.)한 이후 지금까지 소설을 못 쓰고 있다. 어느 문예지로부터 신년호에 게재할 소설 청탁을 받고 3년간 미루다가 결국 포기하고 말았다. 몸만 아니라 마음도 함께 무너진 것 같다고, 나는 편집자에게 구차하게 변명했다. 벌써 여러 해 전 일이다.

정말 그래서인가? 모를 노릇이다. 첫머리를 쓰다 지우고 쓰다 지우기를 되풀이한다. 도무지 울림이 없다. 나부터 아무 울림이 없는데 누가 이 이야기에 관심을 갖겠는가 싶어진다.

뜻밖이었다. 오랜 세월 대학 캠퍼스에서 근무했고 주로 지방이거나 서울 변두리 동네에서 살았으니 환경을 탓할 일은 아니었다. 진작 담배도 끊었다. 그런데 폐암 2기라는 진단이었다. 나는 앞서간 문우들을 떠올렸다. 그 무렵, 가까운 문우 여럿이 우리 곁을 떠난 터였다. 그리고 나이를 생각했다. 일흔을 앞둔 처지였다. "내가 그다지 나쁜 패를 잡은 건 아냐." 아내의 눈치를 살피며 그렇게 말했다.

폐 일부를 절제하는 수술을 받았고, 항암주사를 맞았고, 그리고 긴 회복 기간을 거쳐 이제 9년차를 맞고 있다. 두 번 되풀이하고 싶지 않은 과정이다. 갑자기 줄어든 폐활량 탓으로 쉬 숨이 찬 것만 빼면 이제는 사는 데 그다지 불편할 것도 없다. 한데, 글은 써지지 않는다. 한두 줄 썼다가 지우고, A4 한 장쯤 썼다가 날려버리기만을 되풀이하고 있다. 문장들이 도무지 마음에 와닿지 않는다.

그러던 중 2017년 『대산문화』에서 단편소설 청탁을 받았다. 평소 편집자에게 진 빚이 있어 거절할 수가 없었다. 그런데 의외로 쉽게 써졌다. 그해 여름호에 실린 「풍금」이란 단편이 그것이다. 「토종닭 사육기」 이후 4년 만이었다. 하지만 딱 거기까지다. 다시 썼다 지우기를 되풀이해오고 있는 것이다.

「풍금」을 쉽게 쓸 수 있었던 까닭은 그게 '주문 생산'이었기 때문이란 생각이다. 주요섭의 「사랑손님과 어머니」의 후일담을 쓰라는 편집자의 주문이었으므로 내 쪽에서 무엇을 쓸 것인지, 이런 이야기에 독자들이 관심이나 있는 건지 고민할 이유가 없었다. 나는 단지 주문 생산만 하면 되었다. 영혼 없는 글쓰기라고나 할까.

세상은 참 많이도 변했다. 우리네 문학 환경도 예외가 아니다. '한국 문단' 하면 나의 의식 속에는 아직도 저 1960~70년대의 광화문과 무교동 일원으로 굳어 있다. 지금은 그런 게 있기나 한가? 어쩌다 그쪽에 발을 들여놓을 때면 다른 나라가 된 듯 낯설다. 교보문고에 들어

변명과 위안

섰다가 엄청난 무력감에 짓눌린 채 허둥지둥 돌아서기 일쑤다. 먼저 탈이 난 것은 몸이었는데 상처는 마음 깊은 곳에 소외와 무력감으로 남았다.

최근에 출판사로부터 짤막한 통지문과 함께 『장난감 도시』 3판 7 쇄 견본을 받았다. 300부를 더 찍었다는 내용이었다. 초판 3천 부에서 시작하여 재판부터 천 부씩 찍다가 나중에는 잊을 만하면 500부씩 이어오더니 이제는 300부로 떨어졌다. 어쨌거나 장삿속으로 따진다면 출판사로서는 귀찮은 작업일 법도 하다. 하지만 저자인 나에게는 더없이 커다란 위안이 된다. 1982년 초간 이래 판을 바꾸어가며 그렇게나마 서점가에 살아 있다는 사실에서 나는 다시 용기를 얻는다. 하지만 한 번 무너진 마음을 다시 추스를 수 있을지는 여전히 자신할 수 없다.

(2019)

북녘 땅을 보며 북의 소설을 생각함

지난 1980년대에 나는 '폭력연구'란 부제를 붙인 연작소설에 한동안 매달린 적이 있다. 거창한 부제에도 불구하고 초라하기 짝이 없는 그 결과물을 한 권의 책(『폭력연구』, 도서출판 한겨레, 1987)으로 묶으면서 나는 '작가의 말'에 다음과 같이 썼다.

오늘날 우리가 경험하는 폭력의 가증스러움은 무엇보다 그 명분(名分)에 있다. 엄청난 폭력일수록 쳐들어 보이는 명분만은 흔히 당당하기 마련이다. 이를테면, 전쟁처럼 큰 폭력은 없듯이 또한 전쟁처럼 큰 명분도 없는 것이다. 때로는 신성불가침의 영역임을 선언하기도 한다. 그러나, 냉정히 반문해보자. 그 명분은 누구의 것인가? 누구를 위한 것인가? (…) 폭력을 정당화하는 명분에는 흔히 허위의식이 도사리고 있거나, 또한 지극히 일방통행적인 가치의식이 지배하고 있음을 결코 잊지 말아야 한다.

그러니까, 5 · 16 이후 군사정권 아래 빈번했던 우리 사회의 폭력성을 염두에 둔 작업이었다. 당대 사회가 그랬듯이 작가의 당연한 현실 의식을 담은 소설이었고, 그래서 일견 체제 비판적 작품으로 읽히기도 했다. 그리고 몇 년 뒤다. 그때까지 내가 몸담고 있던 지방 대학에서 서울권 대학으로 옮겨 앉는 과정에서 뜻밖에 『폭력연구』가 하나의 덫이 되었다. 반체제적 학생 시위로 모든 대학이 몸살을 앓던 때라, 이런 소설을 쓰는 작가가 오면 골치 아픈 일을 벌이지나 않을까 의심한 윗사람들에 의해 그 일이 좌절되고 만 것이다. 나중에 들은 소문으로는, 『폭력연구』가 남쪽 체제를 비판하고 저항하는 작품의 하나로 북에서 소개된 적이 있어 윗사람들의 불신을 키웠다는 것이었다. 결국 김동리 선생님이 몸소 나서서 '인간 이동하와 작품 세계'의 품질(?)을 보증하고 나서야 이듬해에 자리를 옮길 수 있었다.

압록강 답사기를 써야 할 이 글에서 엉뚱한 얘기를 꺼내는 까닭인즉, 나로서는 전장 2천 리가 넘는 5박 6일의 강행군을 소화해내기에 급급했던 터라 얘기할 만한 자료들을 미처 챙기지 못한 데다, 분명 초행임에도 불구하고 견문하고 느끼고 한 것들이 평소 듣고 상상한 것들과 별반 다를 바 없었던 데에 있다. 나이 탓인가, 아니면 우리 일상에 넘치는 온갖 종류의 정보 탓인가. 아마도 그 둘 다일 것이다. 그래서 여행 내내 나의 의식의 반은 현장에, 나머지 반은 그와 관련된 기억의 세계를 헤매곤 하였다. 때문에 생생한 현장 답사기는 다른 분들에게 미루고 나는 북녘 땅을 건너다보면서 새삼 되새겨본 북의 소설 얘기나 늘어놓는 것으로 면피나 하고자 한다.

북의 작가 김명익의 단편소설에 「림진강」이 있다. 나와 동갑내기인 1942년생으로 황해남도 신천군 출신이고, 첫 작품인 단편소설 「나의 직무」를 발표한 게 1963년도라 하니 지금도 창작 활동을 하고 있다면 반세기에 가까운 이력의 작가다.

「림진강」은 1990년 전후에 발표된 작품으로 추정된다. 작품 중 다음 대화 내용이 그 근거다. 주인공의 말; "너도 방송에서랑 들어 알겠지만 저 남쪽에서 문익환 목사랑 황석영 분이랑 우리 북반부를 다녀가지 않았니. 그리구 어린 처녀인 림수경이와 문규현 신부도 통일을 위해 평양에 왔다가 통일을 위해 돌아갔지. 장벽이라던 군사분계선을 걸어 지나서 말이다."

참고로 밝히자면, 임수경이 평양에 간 것은 1989년 6월 30일이고 문 신부는 이보다 앞선 3월 25일이었다. 동년 8월 15일에 두 사람은 판문점을 통해 귀환했다. 내가 이 소설을 읽은 것은 1993년에 간행된 『쇠찌르레기:북한우수단편선 1』(살림터)에서니 결국 위의 추정이 가능해진다. 현실 문제에 대한 이 같은 발 빠른 대응은 북의 체제와 문학의 관계를 새삼 일깨워주는 셈이다.

전쟁 중에 병이 난 다섯 살 난 아들을 업고 강 건너 명의(한의원)를 찾아간 남편을 36년 동안이나 기다리고 있는 림강마을의 한 여인(양수기 운전공) 이야기다. 스물다섯 때부터니 이제 예순이 넘었다. 유복자로 태어난 딸 숙희가 협동농장 기사인 남편을 따라 도시로 이사를 하더니 '현대적인 살림집에 그 흔한 살림살이 정말 부러운 것이 없는' 도시로 모셔가마고 해도 그녀는 한사코 림강땅을 뜰 수가 없다고 고

북녘 땅을 보며 북의 소설을 생각함

집한다. "나라가 통일되어 저 림진강 나루길이 열리면 고령이 되었을 네 아버지와 마흔이 넘는 네 오빠가 아마 제일 선참으로 건너올 게다, 그러면 내라도 기다렸다가 맞아 들여야 하지 않겠냐"는 것이다. 확신에 차서 그녀는 또 말한다. "그들(남에서 온 사람들) 모두 조국 해방 쉰 돌이 되는 해(그러니까 1995년)까지는 기어코 나라를 통일하고 분단민족의 슬픔을 끝장내자고 하였지. 민심은 천심이라구 통일의 날은 반드시 온다."

그들이 말한 '조국 해방 쉰 돌'도 이제는 열여섯 해 전 옛날이 되고 말았다. 림강마을 여인의 나이는 이제 일흔일곱이 되는 셈이다. 그녀는 아직도 '어느 때든 그들(남편과 아들)이 돌아오리란 믿음과 희망과 소원'을 품고 '그런 날이 멀지 않으리라'고 확신하며 기다리고 있을까? 이 물음이 답사 기간 중 문득문득 머리에 떠올랐다.

단편소설 「산제비」(위 책에 수록)는 북의 작가 리종렬의 작품이다. 약력을 보면, 1934년 함경북도 청진에서 태어났고, 1955년 작가학원을 졸업한 '김일성상' 수상작가다. 생존해 있다면 70대 후반의 원로다.

실명소설에 해당하는 이 작품은 원로시인 박세영의 미망인 김숙화를 내세워 '분단의 아픔을 한평생 피눈물로 체험'한 늙은 세대의 통일 염원을 이야기하고 있다. 서울서 배재고보를 나와 카프 시절 청년시인으로 호기를 떨쳤던 박세영은 월북하여 시단의 중심 인물로 활동하면서 북의 애국가 가사를 쓰고 1,800여 편의 시, 가사, 동요, 동시를 창작했고, 그리고 1989년—임수경이 평양에 간 바로 그 해

초—에 작고한 인물이다. 매년 설 명절마다 그의 서재에는 송영, 엄홍섭, 박태원, 리용악, 박산운, 김순석 등 '유명짜한 작가들'이 모여들어 축배를 들고 덕담을 나누곤 했다고, 김숙화는 회상한다. 특히 극작가 송영은 단골손님으로, 어느 해인가는 둘이서 배재고보 동창인 나도향, 이상화, 김소월을 추억하며 재사박명을 한스러워했었다.

임종을 며칠 앞둔 어느 날 밤, 환생이라는 게 있다면 '산제비'가 되고 싶다는 남편에게 김숙화는 그의 시 「산제비」를 읽어준다.

남국에서 왔나
북국에서 왔나
산에도 상상봉
더 오를 수 없는 곳에
깃들인 새

너희야말로 자유의 화신 같구나
너희 몸을 붙들 자 누구냐
너희 몸에 알은 체 할 자 누구냐
너희야말로 하늘이 네 것이요
대지가 네 것 같구나
(…)
나는 차라리 너희들같이
날개라도 펴보고 싶구나
한숨에 내닫고 단숨에 솟치여

북녘 땅을 보며 북의 소설을 생각함

너희같이 돼보고 싶구나

(…)

산제비야 날아라

화살같이 날아라

구름을 휘청거리고 안개를 헤쳐라

(…)

이 시에 담긴 감동을 시인이 직접 체험한 때는 50년도 더 전의 일이었다고 한다. 1934년의 봄이거나 여름이었는데, 감옥살이를 하고 나서 몸도 마음도 상해 있던 그때 속리산 문장대에 올라 보았던, 눈부신 햇빛 속에서 깃을 퍼덕이며 아득히 솟구치던 그 산제비의 기상, 용맹이 못 견디게 부러웠노라고 시인은 두고두고 말했다는 것이다. 그러므로 그 감동의 배경에는 일제 치하의 압제가 작동하고 있음은 물론이다. 그래서 시인에게는 산제비가 곧 '자유의 화신'으로 의식된 것이다.

임종의 자리에서 아내가 낭독하는 이 시를 듣는 노시인의 심경은 어떤 것이었을까? 작가 리종렬은 아내 김숙화의 눈을 빌려 "시인은 거기서 최대의 위안을 받고 있는 듯 얼굴에 평온한 안정이 깃들었다. 단지 눈꼬리의 주름살에 투명한 이슬이 맺힐 뿐……"이라고 묘사하고 있다.

노시인 박세영의 눈꼬리에 맺힌 그 '이슬'의 의미는 무엇일까?

이 대목에 이르면 노시인의 진정한 염원은 '자유'임을 절감하게 된다. 또한, 그 자유를 구속하는 압제 밑에서 평생을 고통스레 살아왔음을 노시인의 눈물은 은연중 드러내고 있다. "나는 차라리 너희들같이/날개라도 펴 보고 싶구나/한숨에 내닫고 단숨에 솟치여/너희같이 돼보고 싶구나"라는 시인의 탄식은 저 일제 치하로부터 어언 70여 년의 세월이 흐른 이제, 임종의 자리에 누워 있는 노시인의 목소리로 다시 살아나고 있는 것이다. 시인의 생애를 관통하고 있는 이 통렬한 갈망! 무엇으로도 억누를 수 없는, 인간 정신이 희구하는 근원적 욕망으로서의 자유! 노시인의 눈물은 그것의 결정이요 상징일 터이다. 그렇다면 묻고 싶어진다. 무엇이 저 도저한 인간 정신을 그토록 가혹하게 억압했던가? 두말할 것도 없이 그것은 김씨 왕조의 조폭 국가를 지탱해온 북의 체제일 터!

　작품은 때로는 쓴 사람을 배반하기도 하는 법이다. 그것이 문학의 생명력이기도 하다. 시 「산제비」는 일제 치하 지식인의 고뇌를 노래한 작품이다. 이를 주요 모티프로 삼은 소설 「산제비」의 주제는 두말할 것도 없이 통일 염원이다. 작가 리종렬의 창작 의도는 임수경 환영 인파로 들끓고 있는 평양 거리 묘사로 시작하고 끝나는 서사 전체에 걸쳐 일관되게 드러나 있다. 결말 부분을 보자.

　박세영이 운명한 그해 7월, 평양 거리는 남에서 온 스물한 살짜리 처녀애를 환영하는 인파로 넘쳐나고 있다. "목멘 부르짖음 소리, 울음소리, 흐느낌 소리, 웃음소리…… 림수경은 한 손으로 머리카락을 쓸어올리고 격정에 넘친 얼굴로 사람들을 둘러보며 눈물을 삼킨다." 이런 날을 보지 못하고 간 남편을 대신하여 집을 나선 김숙화는 천신만

북녘 땅을 보며 북의 소설을 생각함

고 끝에 마침내 임수경이 탄 무개차 앞으로 달려 나가 그 손을 잡는다. "처녀의 손은 불덩이 같았다."고 작가는 서술하고 있다. "할머니 (김숙화)는 사람들의 물결에 떠밀려 주춤주춤 걸어 나가다가 저 멀리 인파 우에 언뜻거리는 림수경의 모습을 밝은 얼굴로 지켜보았다." 그리고, 시 「산제비」를 다시 떠올린다.

> 너희야말로 자유의 화신 같구나
> 너희 몸을 붙들자 누구냐

그러니까, 임수경이 곧 '자유의 화신'이라 생각하는 데서 이야기는 끝난다. 오늘의 시점에서 이 장면을 상상하노라면 이중 삼중으로 속이 쓰리다. 하지만 말을 아끼기로 한다. 단지, 그날 평양 거리로 쏟아져 나온 그 많은 사람들의 "목멘 부르짖음 소리, 울음소리, 흐느낌 소리, 웃음소리"를 묘사하며 그것이 온통 '통일 염원'의 집단표상인 양 이야기하는 작가의 속내가 좀 궁금해질 뿐이다. 환영 인파의 아우성과 열기의 군중심리 밑바닥에서 과연 무엇이 작동하고 있는지, 작가 리종렬은 모르는 건가 아니면 짐짓 외면하고 있는 것인가? 어느 쪽이라고 쉬 단정하고 싶지 않다. '김구 선생이나 려운형 선생과 비슷한' '고령의 무게 있는 저명인사'가 대표로 온 것도 아닌, 고작 스물한두 살짜리 '처녀애' 앞에서 평양 시민들이 연출해 보인 저 아우성과 열기의 속내를 모르고 있다면 작가의 정신이 체제에 굳어져 있는 탓일 터이고, 그런 내면을 훤히 들여다보면서도 시치미를 떼고 있는 거라면 표현의 한계가 거기까지인 탓일 터. 어쨌거나, 작가 리종렬이나 시인 박세영의 애초 의도와는 상관없이 나에게는 시나 소설 공히 「산제비」는 체제 비판적이고 저항적인 작품으로 읽힌다는 사실에서 새삼 문학의 힘을 깨닫는 것이다. 서두에서 꺼낸 『폭력연구』의 경우라고 다를 것이 없다고 나는 생각한다. 소문의 진위를 확인한 적도, 그럴 필요도 없지만 만에 하나 『폭력연구』가 남의 폭력 체제를 비판하고 저항한 소설로 북에서 소개되거나 읽혔다면 그 또한 부메랑의 결과를 낳았으리라. 그것이 어찌 남쪽 체제의 폭력성에만 한정될 것인가. 그쪽의 누군가는 자기 체제의 폭력성에 눈뜨게 되리라고 나는 믿는다. 거듭 말하거니와 그것이 문학의 속성인 것이다.

압록강 굽이굽이마다 탈북자들의 이야기가 혈흔처럼 남아 있다고 했다. 그들이야말로 거짓 없는 자유의 화신이 아니냐고, 나는 거듭거듭 생각했다. 거창한 명분이나 구호도, 대중의 갈채나 명성도 그들은 의도하지 않았다. 오직 하나, 자유로운 삶을 위해 그들은 목숨을 걸었기 때문이다.

고백하자면, 압록강 답사 여행은 결코 즐거운 나들이일 수는 없었다. 우리 현대사에서 6·25전쟁만큼 커다란 재앙은 달리 없고, 2000년대의 10년을 넘어선 오늘날까지도 분단 현실만큼 우리의 삶을 옥죄는 무거운 덫은 따로 없다. 그러므로 이 땅의 작가 치고 어느 누군들 통일에 무관심할 수 있으랴. 통일 문제는 결코 어느 특정 그룹이나 정파, 또는 거기 속한 몇몇 개인의 전유물일 수는 없는 것이란 나의 오랜 자의식이 내내 발목을 잡았다.

비록 강 건너 풍경으로나마 북의 산천과 생활을 엿볼 수 있었던 5박 6일의 답사여행은 참가자 모두에게 두고두고 소중한 체험으로 간직되리라. 저마다 보고 듣고 느낀 것도 많을 테지만 나로서는 단동의 압록강 철교와 연변 작가 김옥희 씨와의 만남이 지금도 가장 강한 인상으로 남아 있다. 단동 풍경은 첫날의 인상이라 더 강렬했는지도 모른다. 나는 끊어진 철교에서 60년 세월 저쪽, 나의 유소년기에 있었던 민족상잔의 비극을 다시 확인할 수 있었고, 건너편 부두에서 하역작업을 하고 있는 북녘 사람들을 먼발치로 보면서 오늘날 그들이 처해 있는, 너무도 안쓰럽고 눈물겨운 현실을 속이 아리게 느낄 수 있었다. 전쟁의 흔적조차도 관광상품이 되고 있는 중국 쪽과는 달리, 북녘 땅 북녘 사람들의 모습은 어찌 그리 초라하고 무기력해 보이는지!

연변 조선족 작가들을 대표하여 먼 길을 달려온 김옥희 씨는 당찬 모습의 40대 여성 작가였다. 젊은 작가들을 중심으로 한국소설들을 열심히 읽고 공부한다고 말했다. 곰곰 생각해보자면 그 말은 결국, 오늘의 한국소설이 지향하는 미학에 관심을 가지고 있다는 말이고, 따라서 지금까지의 이념 편향적 소설관에서 벗어나고자 하는 변화의 노력이 아닌가 생각되어 무척 반가웠다. 연변 교포 문단이 처해 있는 역사적·사회적 여건 속에서도 이제야말로 문학 본령의 길로 들어서고 있는 것이라 믿어졌기 때문이다.

그녀는 또 말하기를, 지난 1980년대만 해도 북의 작가단체들과 깊은 교류를 가졌는데 90년대 들어서는 남의 문단과 더 활발한 교류를 가졌고, 한국소설가협회와도 그랬다고 했다. 하지만 점차 그런 활동들이 저조해지고 있다며 아쉬워했다.

짐작건대, 지금 연변 교포 문학은 중요한 변혁기를 맞고 있는 듯싶다. 북의 문학이 그렇듯이 당과 이념에 봉사하는 문학이 그들이 지금껏 해온 문학이었다면 이제 그들은 어느 것에도 구애받지 않는 참문학을 갈망하고 있는 게 아닐까 나는 믿고 싶다. 이런 때 그들과 한국문학의 교류는 참으로 중요하다는 생각이다. 이 일에 통일 문학 포럼은 물론, 이 땅에서 문학의 자유를 누리고 있는 모든 이들이 적극 관심 가져주기를 바라는 마음 간절하다. (2011)

북녘 땅을 보며 북의 소설을 생각함

작품 뒤의 맨얼굴

　"중국 요리와 소설은 그 만드는 사람을 보지 않아야 더 맛이 난다."
정비석 선생으로부터 들은 말이다. 1960년 전후가 아니었나 싶다. 나
로서는 그때가, 손에 닥치는 대로, 그러니까 춘원의 「무정」, 심훈의
「상록수」, 정비석의 「산유화」 또는, 톨스토이나 도스토옙스키, 헤밍웨
이나 카뮈의 소설들을 마구잡이로 읽어대던, 그야말로 왕성한 잡식성
독서기가 아니었나 싶은데, 대구역전의 공회당 앞을 지나다가 우연히
문학 강연회 현수막이 내걸린 것을 발견했던 것이다. 마침 그날 오후
였다. 세상에 이런 것도 있나 싶어 몸이 단 나는 내처 서너 시간을 서
성거리며 기다린 후 입장했고, 중앙(서울)에서 내려오신 여러 고명한
문사들의 강연을 경청하였다. 하도 오래된 일이라 그 면면이나 강연
내용은 거의 기억에 남아 있지 않다. 그럼에도 불구하고 정비석 선생
의 저 말만은 아직도 잊혀지지 않는다. 내가 소설을 써오면서 두고두
고 공감하는 까닭에서이리라.
　그렇다고는 해도 작가에 대한 독자의 관심은 막을 도리가 없다. 특

히 작품에서 큰 감동을 받았을 때 그러하다. 우리는 작품 뒤에 있는 작가의 맨얼굴을 보고 싶어 하고, 그래서 이런저런 자료나 정보들을 뒤적거리게 마련이다. 이런 때 가장 믿을 만한 것 중 하나가 작가가 남긴 에세이(수필)들이다. 허구의 형식인 소설에 반해 거기에는 작가의 육성이 날것 그대로 담겨 있기 때문이다. 그런 까닭에 그것은 흔히 한 작가의 작품 세계를 더 잘 조명해주는 역할을 하게 마련이다.

『나를 찾아서』는 민음사 간행 『김동리전집』(1997) 1차분 여덟 권 중 한 권(8)으로 '자전 에세이'라는 말이 붙어 있다. 전집 편집위원 중 한 분이었던 이문구 형의 발문(跋文)에 보면 다음과 같은 사정이 밝혀져 있다.

선생께서 자리보전을 하시기 며칠 전인 초복 날 낮이었다. 선생께서는 문안드리러 온 다섯 자제분과 진지를 드시면서 문득 재홍 씨(맏자제분)에게 이르시기를 "내 자서전은 다 쓰도록 되어 있다. 내가 시키는 대로 하면 된다." 하시더니 뒤이어 "보면 무슨 말인지 안다"고 하시었다.

그러나 당장에는 아무도 새겨듣지 못하였다. 선생께서 자리보전을 하신 뒤로 병구완하는 틈틈이 서재를 정돈하던 재홍 씨는 선생께서 몸소 벽걸이 달력 두 장을 이어붙이시고 그 뒷면에다 무엇인가 가득 적어놓으신 것을 발견하였다. 자세히 보니 그동안에 발표하신 470편에 달하는 수필들의 제목이었다. 그리고 편편이 부호를 달아놓으셨기에 그 전편을 통독하고 보니 내용상 소년 시절, 청년 시절, 장년 시절 등으로 시대 구분을 해놓으신 것이었다. 재홍 씨는 "내 자서전은 다 쓰도록 되어 있다."고 이르신 말씀을 비로소 터득하게 되었다.

그로부터 재홍 씨는 선생께서 모아두셨던 스크랩북 8권 분량의 각종 기사를 낱낱이 참고하며 선생의 유고를 연결하여 이 자서전을 엮기에 이른 것이다. (445쪽)

'자전 에세이'라고 붙인 연유이다. 그러니까 선생께서는 평소 청탁에 의해 여기저기 수필을 쓰시면서도 그 조각글들의 전체 구조를 염두에 두셨던 것이다. 그중 자전적 내용이 강한 72편을 가려 실은 이 책에 대해 문구 형은 또 이렇게 말하고 있다.

선생님의 그 83년이 이 한 권의 책 속에 축쇄되었다. 그러나 이 책은 선생의 자서전으로 그치지 않는다. 선생의 작품이 곧 이 나라의 소설 문법이요, 선생의 생애 또한 이 나라 현대 문학사의 본전(本傳)과 다르지 않을진대, 나와 같은 문하생으로서는 모름지기 '문종실록(文宗實錄)'으로 이름하여 마땅할 터이다. (446쪽)

김동리 선생의 소설을 읽다가 나는 자주 이 책을 펼쳐보곤 한다. 소설의 세계 저 뒤쪽에 계시는 맨얼굴의 선생을 뵙고 싶기 때문이다. 선생은 아무것도 감추지 않으신다. 가족사에서부터 성장 과정, 문학 공부, 등단 전후, 문학관, 세계관, 작품 배경 등등에 대해 쉽고 분명한 어조로 말씀해주신다. 예를 보자.

우리 善山 金氏(선산 김씨)는 占畢齋 金宗直(점필제 김종직) 선생의 열일곱 대째 자손(직계)이다. (「우리 집안 이야기」, 59쪽)

나는 어머니가 나이 마흔두 살에 낳은 막내였다. (「나의 유년시절」, 13쪽)

우리 집은 당시 대부분의 한국 사람들이 그랬던 것처럼 전통적인 유교 가정이었다. 그런데 어머니는 내 나이 일곱 살 적부터 교회에 나가게 되었다. 아버지에 대해 절대 복종, 절대 무저항밖에 모르던 어머니로선 처음이자 마지막인 일대 저항이자 반격이었던 것이다. 아버지의 유교에 대해서가 아니고, 당신의 심한 음주와 주정에 대한 항거요, 보복이었던 것이다. (…)

그 무렵 아버지는 장날이 아니면 집에서 술을 마실 때가 많았다. 마흔 넘어서부터 술을 마시기 시작한 아버지는 마흔다섯쯤 되자 거의 밤낮을 가리지 않고 술상을 곁에 두고 있었다. (…)

아버지의 주정이 오래 끌면 어머니는 누나와 나를 자리에 눕히고 이불을 덮어주고, 당신은 방구석에 꼬부리고 앉아 있다가 벽에 기대어 졸기가 일쑤였다.

어머니가 졸면 아버지는 술사발을 내어던지거나, 달려들어 머리채를 덮치거나 했다. 눈을 감고 자는 척하고 있던 누나는 그때마다 큰 소리로 내 이름을 부르며 자리를 차고 일어났고, 나는 그때마다 온 집안이 떠나도록 큰 소리로 울어 젖히곤 했다. 이 틈에 어머니가 큰 형수 방으로 슬그머니 빠져나가면 그날 밤의 전쟁은 일단 끝나는 것이었지만, 이런 변을 겪는 것이 한두 차례가 아니었다.

작품 뒤의 맨얼굴

이러다 보니 나는 차츰 아버지가 무섭고 밉고 원망스럽기만 했고, 그 아버지에게 곤욕을 겪어야 하는 어머니가 한없이 애처롭고 분하고 억울하게만 여겨졌다. 그때의 무서움, 불안, 전율, 비분(悲憤), 그 저주스러움을 전할 수 있는 말이 나에겐 없다. (같은 글, 49~53쪽)

내가 선생을 처음 뵌 것은 1965년도의 일이다. 이후 1995년 타계하시기까지 그래도 지척에서 뵙거나 모실 기회가 적지 않았지만, 선생의 안에 이만한 상처가 있었으리라고는 상상해보지 못했다. 「나의 어머니」라는 제목 아래에는 흑백 사진이 있고 그 옆에 이런 문장이 적혀 있다. "아아, 우리의 영원한 향수, 영원한 동경, 영원한 눈물은 어머니인 것이다."

선생이 미션 계통인 계성중학(대구)과 경신고교(서울)를 다녔고, 후에 장편소설 『사반의 십자가』를 쓰시게 된 근원도 그 어머니에게 있다고 하였다. "소설을 쓰려면 적어도 성경 일독은 해야 한다"던 평소 선생의 말씀이 새삼 기억난다.

선생의 어린 시절 이야기 중에서 유독 눈에 띄는 점은 '죽음'과 관련된 것들이다. 여섯 살 때 선생은 소꿉동무 '선이'의 죽음을 경험했고, 열한 살 되던 해에는 '연애 감정의 대상'이던 고종 사촌 누나마저 병사하고 말았다. 때문에 그 충격으로 무척 우울하고 병약한 소년 시절을 보내야만 했다. 훗날 선생은 이렇게 적고 있다.

나는 어려서부터 죽음이란 것을 생각해왔다. 그것은 전율 같은 것이었다. 그리하여 나는 몹시 우울한 소년 시절을 보냈다. 내가 무엇을 자꾸 생각하는 버릇도 여기서 비롯된 것 같다. (…) 그러고 보면 오늘의 문학도 그 원동력이랄까 애초의 동기는 그 죽음의 전율이었는지 모르겠다. (「나의 두 얼굴」, 373쪽)

동리 문학을 관류하는 중심주제의 연원이 어디에 있는가를 헤아리게 하는 글이다. 죽음 앞에서 인간의 모든 삶은 허무에 직면한다. 이를 넘어서고자 하는 몸부림을 동리 소설의 주인공들은 보여주는 바그 대표적인 작품이 「무녀도」나 「황토기」, 「등신불」, 「을화」 등일 것이다. 선생은 이 작품들을 쓰게 된 배경에 대해서도 소상히 밝히고 있다. 일테면 「등신불」은 선생이 1938년 다솔사에 계실 때 그곳에 오신 만해 선사와 백씨(범부 선생), 그리고 주지(최범술) 스님이 나눈 대화에서 '소신(분신)공양' 이야기를 듣고 심한 충격을 받은 바 있었는데 정작 소설이 쓰여진 것은 그 20년쯤 뒤의 일이라고 했다. 또한, 두 차례나 대폭 개작을 한 「무녀도」를 마침내 장편 『을화』로 확대 개작하기까지의 의도와 과정도 투명하게 밝히고 있다.

우리 현대문학사에서 동리-미당의 만남은 뜻 깊은 사건이다. 1933년 선생이 스물한 살, 미당 선생이 열아홉이던 가을, 서울의 선학원 사랑방에서 처음 만나 금방 친해졌다고 한다. 무엇보다 말이 통했기 때문이라고. 그 3년 뒤에 동리 선생의 단편소설 「산화」와 미당 선생의 시 「벽」이 『동아일보』 신춘문예에 나란히 당선된다.

「오기와 허세의 세월」은 등단 전후의 일화들 중 하나를 담고 있다.

> 그해(1933) 늦은 가을 각 신문에는 신춘문예 작품 모집 기사가 났다. 나는 다다미방에서 소설 두 편, 희곡 한 편, 시조 두 편, 민요 한 편, 동요 한 편 등, 대충 열 편가량을 한 달 조금 못 되는 동안에 써서 각 신문에 투고를 했다. 그렇게 많이 써서 보낸 것은 그중의 어느 것 하나라도 요행히 당선이 되었으면 해서가 아니고, 보내는 대로 몽땅 당선이 될 터이니까 그만큼 상금 수입이 많아질 것이라고 내 나름대로 생각했기 때문이었다.
> 신년호(1934) 신문을 보니 시 「백로」 한 편이 입선되었고, 그 밖의 것은 모두 낙방이었다. (117쪽)

이 무렵 선생의 기개를 엿볼 수 있는 대목이다. 이 의외의 결과에 대해 선생은 "처음엔 도무지 이해할 수 없었다"고, 어딘가에 쓰셨다. 맞춤법이 안 되고 사투리가 심한 탓임을 나중에야 알았다. 선생은 곧바로 다음 해에 단편소설 「화랑의 후예」로 『조선중앙일보』 신춘문예에 당선했고, 또 다음 해엔 「산화」로 『동아일보』 신춘문예에 거듭 당선했다. 하늘을 찌를 듯한 저 기개가 괜한 것이 아니었음을 느끼게 한다. 잇따라 나온 「바위」, 「무녀도」, 「황토기」, 「찔레꽃」 등 후속 작품들이 이를 웅변하고 있다.

「이름 이야기」에는 선생의 함자에 대한 내력도 담겨 있다. 1934년 시 「백로」 입선 때는 창귀(昌貴), 다음해 「화랑의 후예」 당선 때는 시종

(始鍾), 그다음 해(1936)『동아일보』신춘문예 당선 때부터는 동리(東里)를 사용하였는데 창귀는 호적명이고 나머지 둘은 범부 선생이 주셨다고 했다. 선생께서는 나중에『삼국사기』를 읽다가 열전의 「백결선생편」에서 "당시 사람들은 그를 東里(동리)의 백결선생이라 불렀다"란 구절을 발견하였다고도 했다. (소설가 백시종 형의 '始宗(시종)'은 동리 선생이 주신 필명으로 두루 알려진 바다. 내 이름 동하의 '東(동)' 자도 실은 선생의 함자에서 무단 도용한 것임을 고백한다.)

이 책에는 또, 선생의 저 도저한 문학관에 대해서도 분명하고 확고한 육성을 담고 있다. 조금만 소개하면;

진실로 문학을 가질 수 있는 작가는 현대의 신도 인민도 거부하지 않으면 안 된다. 왜? 문학이란 아무것에도 복무할 수 없는 것이기 때문이다. 문학은 영원히 작가 자신에 복무할 따름이다. (「문학과 자유를 옹호함」재인용, 238쪽)

그때나 지금이나 나에게 있어 문학의 대상은 인간이요, 인간을 떠나 문학은 존재할 수 없고, 또 무의미한 것이라고 생각한다. 그래서 나는 지금까지 인간을 떠나 문학을 생각하고, 인간을 떠나 문학을 논의한 적이 없다. (「당의 문학이냐, 작가의 문학이냐」, 239쪽)

앞으로 한국의 신문학(현대문학)은 그 정신적 기조를 한국적이면서도 세계적인 새로운 휴머니즘에 두어야 하고, 어떤 문학상의 주의나 유파나 경향보다 문학 본질에 철저해야 하고, 문학 이외의 어떠

작품 뒤의 맨얼굴

한 다른 가치에도 문학은 그 보조수단으로 이용하지 말아야 한다.
(「문학이란 무엇인가」, 407쪽)

　이런 선언들은 나에게는 지금도 여전히 설득력 있게 울린다. 문학
의 본령 정계를 밝혀주는 말들이기 때문이다. 문학에 대한 신념이 한
결같았기 때문에 선생은 자주 시련을 겪으셨고, 타계하신 지 십수 년
의 세월이 흐른 지금도 그러하다고 생각된다. 수필 형식의 소박한 글
들이지만 선생은 이들 에세이에서 문학의 본질이며 작가정신의 요체
가 무엇인지를 확신 있게 들려주고 있어 선생의 본격 비평론보다 오
히려 더 공감하게 한다. 모든 장벽이 무너진 지금이야말로 우리에게
가장 절실한 것이 바로 이 본질에 대한 물음이 아닐까 싶은 것이다.
　선생이 뇌졸중으로 갑자기 쓰러지신 것은 1990년 7월 30일의 일이
다. 그리고 영면하신 것은 1995년 6월 17일 밤이다. 여든셋의 수를 누
리신 다음 선생은 우리 곁을 떠나 어디로 가셨을까? 문득 그런 물음
이 떠오를 때면 이 책의 다음 말들이 많은 생각과 위안을 주곤 한다.

　세계를 한 개의 사과라고 하든지, 한 가락 노래라고 하든지, 그것
은 마찬가지일 수 있다. 다만 이 경우 세계는 그 사람의 작품인 것이
다. (「나의 단상」, 438쪽)

　운명은 기상과도 같은 것이다. 오늘은 개이나 내일은 흐릴 것이
다. 우리는 다만 개인 날엔 개인 날에 맞는 일을 하고, 흐린 날엔 흐

린 날에 맞도록 살면 된다. (같은 글, 439쪽)

나는 늘 죽음을 생각하고 있었는데, 결과에 있어 삶을 배운 것이
되었다. (같은 글, 440쪽)

이문구 형에게 이 책은 '문종실록'이라고 했지만, 나에게 이 책은
맨얼굴의 동리 선생을 아무 때건 뵙고 육성을 들을 수 있는 귀중한 공
간이다.   (2013)

「별」, 생명의 근원에 대한 그리움

　신경숙의 소설 『엄마를 부탁해』를 통해 우리가 새삼 확인한 것 중의 하나는 '어머니 그리기'가 동서고금을 막론하고 소설의 변함없는 중심 주제 중 하나라는 사실이다. 황순원 선생의 보석같이 아름다운 단편 「별」(1941)의 주제 역시 그러하다. 아홉 살 난 아이(동복이)의 기억 속에는 정작 어머니의 모습이 또렷하게 남아 있지 않다. 하지만 못생긴 누이 따위는 견줄 수도 없게 '무척 이뻤으리라'고 믿고 있다. 그런 아이에게, 이웃 과수 노파의 말("동복이 누이가 꼭 죽은 쟈 오마니 닮았디")은 엄청난 충격이다. 마음속에 고이 품어온 어머니가 누이처럼 못생겼다니, 도저히 받아들일 수 없는 것이다. 이때부터 누이에 대한 아이의 미움은 시작된다. 현실에는 부재하는 어머니를 그리워하는 만큼 눈앞에 있는 못생긴 누이를 미워하는 감정은 더 강렬해진다. 그 미움이 얼마나 지독한지 아이는 누이의 사랑조차 용납하지 않을뿐더러, 종당에는 누이의 죽음 앞에서도 '아무래도 누이는 어머니와 같은 아름다운 별이 되어서는 안 된다'고 머리를 젓는다. 아이에게 어머니는 어떤 존재인가? 다른 어떤 것으로도 대체할 수 없는, 지고지순한 존재인 것이다. 그래서 「별」이다. 결코 손닿지 않는, 아득히 먼 곳에 있는. 어쩌면 그것은 시원, 곧 생명의 근원에 대한 그리움인지도 모른다.

선생은 「어머니가 있는 유월의 대화」(1965)에서도 이 주제를 다루고 있다. 「별」과는 25년의 틈이 있다. 전쟁(6·25)을 겪고 10여 년 뒤다. 따라서 세 남자의 짤막짤막한 전쟁 회고담 형식으로, 공통의 주제가 어머니다. 어머니란 과연 어떤 존재인가? 그 물음에 대답하듯 작중 세 사내는 각자 경험담을 풀어놓는다. 해산(그것도 난산이다)한 지 2, 3일밖에 안 된 아내를 남겨두고 피난길을 나서야 했던 50줄의 사내는, 아비를 따라 나서던 열한 살짜리 큰녀석이, 넌 나하고 같이 있자는 어미의 말 한마디에 미련 없이 돌아서버리더라면서, 어머니란 절대적 존재라고 말한다. 그러자, 일곱 살 때 집 나간 어머니를 내내 증오하며 살았다는 젊은 사내는, 전쟁터에서 사경을 헤매는 순간 문득 떠오른 어릴 적 기억(어머니가 혀로 눈병 난 눈을 핥아주던)을 한사코 거부한 결과로 되레 목숨을 건졌다면서, 어머니란 참 알 수 없는 존재라고 말한다. 그리고 세 번째 사내; 남으로의 생명을 건 도강 중에 울음을 터뜨린 갓난애를 엉겁결에 물속에 내던진 여인(그의 아내?)이 나중에 퉁퉁 불은 양쪽 젖꼭지를 가위로 잘라버리더라고 얘기한다. 그게 어머니란 존재다! 선생은 이토록 무거운 주제를, 밑둥치만 달랑 드러내 보이듯 철저히 절제된 언어로 이야기를 마치면서 이렇게 끝 문장을 쓰고 있다. "유월달 오후의 햇볕이 그냥 우리들의 등을 내리쬐고

「별」, 생명의 근원에 대한 그리움

있었다." 어머니란 어떤 존재인가? 세 사람의 견해에 두루(그냥!) 공감하며 머리를 끄덕이고 있는 작가의 얼굴이 보이는 듯하다.

그래서 하는 얘기지만, 여기에 기대어 감히 나의 이야기를 사족으로 덧붙이고 싶다. 돌아보면, 나의 소설 쓰기 중심에는 어머니가 있다. 10대 중반, 전후의 궁핍 속에서 여읜 어머니로 하여 나의 소설 쓰기는 시작되었다. 때문에 나의 소설 곳곳에 어머니의 모습이 그려져 있다. 장편 『장난감 도시』(1979~82)가 그중 하나다. 한데도 늘 미진한 마음이었다. 어언 60줄에 들어선 나이에도 고작 30대 후반의 나이로 타계한 어머니를 잊지 못하였다. 잊지 못할 뿐만 아니라, 어머니를 떠올리는 것만으로 나는 금방 세월을 거슬러 저 10대 소년 시절로 온전히 되돌아가 있는 자신을 발견하는 것이다. 예순의 나이도 잊고 말이다. 졸작 단편 「사모곡」(2004)은 젊은 나이에 세상을 뜬 어머니를 늙은 아들이 절절히 그리워하는 이야기다. 이 또한 앞의 작품과는 20여 년의 틈을 두고 있다.

그렇다. 어머니란 곁에 있을 때보다 부재할 때 더 그리워지는 존재다. 내 존재의 근원이기 때문이다. 어느 결에 인생 칠십 문턱을 넘어선 오늘 나는, 황순원 선생의 짧지만 참으로 아름다운 소설 「별」을 다시 읽으면서, 어머니를 주제로 한 가슴 축축한 대화를 선생과 나누고 있다.

(2012)

새벽을 깨우리로다

"32세. 이 수기는 내 영혼이 진실을 찾아 헤맨 자취를 기록한 것이다."

이렇게 시작되는 이 책은, 한 철학도의 정신적 방황과 깨달음, 그리고 뜨거운 사랑의 실천을 담고 있다. 따라서 이 글은 허구적 요소가 전혀 가미되지 않은 사실 그대로의 기록이면서도 읽는 이의 마음을 더할 수 없이 깊숙하게 뒤흔들어놓는, 참으로 놀라운 감동을 느끼게 한다.

첫 장에서 저자는, 젊은 날의 구도자적 고뇌와 방황을 실감 나게 고백하고 있다. 부모로부터 물려받은 기독교적 신앙에 대한 회의 중 러셀의 「나는 왜 크리스천이 아닌가」란 글을 읽고 공감, 성경 책을 아궁이 속에 던져버린 일, 불가를 기웃거리며 『능엄경』과 『금강경』을 외던 일, 대학 졸업 후 모교 철학과 조교를 하며 겪은 일 등 인생의 참다운 진리를 찾아 나선 한 젊은이의 고뇌와 방황을 한결같이 심도 있게 전해주는 이야기들이다. 그런 중에서도 특히, 강단에서의 충격적 경험이 그로 하여금 학문의 길마저 미련 없이 버리게 한다. 교수를 대신하여 들어갔던 철학개론 시간에 그는 한 학생으로부터 다음과 같은 질문을 받았던 것이다.

"내가 그것을 위해 살다가 그것을 위해 죽을 수 있는 진리란 무엇인가?"

이 물음에 스스로 답하기 위해 그는 다시 방랑의 길을 떠난다. 그 때까지 계획했던 일체를 중단하고 백지 상태로 인생 수업에 나선 것이다. 아이스케키 통을 울러메고 서울역 뒤편 만리동 고개를 오르내리며, 학교에서 아이들에게 주는 급식 빵을 아이스케키와 1 대 2로 물물교환, 저녁이면 아이스케키 통에 가득 찬 빵을 안고 남대문 노동자 합숙소를 찾아 하룻밤 잠자리 동료들과 나누어 먹던 일, 그러던 어느날, 하이데거의 「형이상학이란 무엇인가?」란 원서를 강냉이 자루와 함께 손수레 위에 싣고 다니는 또 한 사람의 방황하는 철학도를 만나더불어 인생과 진리를 토론한 일 등, 구도의 열정과 진지성이 소설 이상의 박진감을 느끼게 한다. 우리의 이 혼탁하고 속물적인 일상 세계 그 어딘가에는, 그러나 이처럼 순수하고 진지한 몸부림이 펼쳐지고 있다는 사실은 얼마나 감격스러운가. 우리 인간 세계가 최악의 상태로 전락한다고 해도 신으로부터 결코 완전한 버림을 받지는 않으리라는, 어떤 확신 같은 것을 품게 하는 장면들이다.

키르케고르는 자신의 철학의 목표는 참된 크리스천이 되는 데 있다고 말하였다. 생의 진리를 찾아 뜨겁고 치열한 고뇌와 방황 끝에 이 젊은 철학도는 마침내 참다운 진리의 발견과 확신에 이른다. 그것은 바로 그리스도 안에서의 깨달음이라고 그는 고백하고 있다. 그리스도 안이란 어떤 곳인가? "인간을 향한 하느님의 사랑이 결집된 곳"이며, "그 하느님의 사랑을 인지하고 그 사랑에 나를 기투할 때 나는 하느님과 합일된다"는 진리를 깨우친 것이다. 이 감격의 순간을 그는 이렇게 진술하고 있다.

"수개월간 미로를 헤맸던 나의 의문은 일시에 사라지고 예수는 구체적인 사건으로서 내 앞에 나타났다. 나는 예수 안으로 들어갔고 예수는 내 안으로 들어왔다. 기쁨의 강이 내 심장에 흘렀고, 세포마다 나의 새로운 출생을 감사했다. 12월 4일 밤 11시에서 5일 한 시 사이였다."

이후부터 그는 청계천 판자촌으로 뛰어들어 복음 선교 및 사랑의 실천 운동을 전개하거니와 그 치열하고 뜨거운 삶의 이야기들은 나로서는 감히 요약해 전해줄 재간이 없다. 다만 일독 있으시기를 권할 따름이다.

(1985)

3부

묵은 정을 가꾸는 마음

『월간문학』 창간 전후

　시인 김형영 형과 내가 김동리 선생님의 부름을 받아 문인협회 사무국에 나가기 시작한 건 1968학년도 1학기 중의 일이었다. 대학입학이 서너 해씩 늦었던 우리는 그나마 마지막 학년으로 진입한 해였는데, 이미 두어 해 전에 둘 다 등단 관문을 통과한 터라 남은 걱정은 오로지 졸업 후의 일자리였다. 글쟁이들의 구직난은 예나 지금이나 변함이 없었던 셈이다. 우리에게 맡겨진 일은 한국문인협회가 편집하고 삼성출판사가 발행키로 한 전집 『한국단편문학대계』의 원고 수집 및 교열의 일이었다. 시한부 임시직이었지만 행운이 아닐 수 없었다.

　위의 일은 서너 달 만에 끝이 났다. 정작 행운은 그때부터였다. 종합 문예지 『월간문학』의 창간 작업이 시작된 덕분이었다. 우리는 문협 사무국 임시직에서 월간문학 편집사원으로 신분이 바뀌었고, 여기에 작고한 소설가 이문구 형이 보강되었다. 발행 및 편집인 김동리, 편집장 김상일 선생, 제호 글씨는 손재형 선생, 표지화는 남관 화백으로 마침내 창간호가 1968년 11월호로 발행되었다. 이후, 내가 1970년 사직할 때까지 우리 세 사람은 이 일에 매달렸다. 이 사람 저 사람 눈치 보며 광명인쇄소를 드나들던 일, 배본·발송·수금 일까지 도맡아 하던 이문구 형의 열성 등, 지금도 눈에 선하다.

매호 필자 선정은 김동리 선생이 직접 하셨다. 그만큼 관심이 컸다는 증거다. 동리 선생이 박 대통령과의 면담 끝에 성사된 거라는 『월간문학』 탄생 설화를 생각하면 선생의 열정이 이해된다. 특집 기획에는 김상일 선생이 일조하셨다. 그러나 김현, 염무웅 등 젊은 비평객들을 끌어들이는 일에는 이문구 형이 능력 발휘를 했다. 편집 실무에는 김형영 형이 이때부터 타고난 솜씨를 보여주었다. 그러고 보면, 딱 부러지게 자기 몫을 해내지 못한 사람은 내가 유일하지 않았나 싶다. 발이 빠른 문구 형과 손이 매운 형영 형 사이에서 나는 그저 교정쇄에나 코를 박고 살았던 것 같다.

『월간문학』 편집실을 제일 먼저 떠난 사람은 나였고, 한 해쯤 뒤에 김형영 형이 자리를 옮겼다. 둘 다 생활고가 이직 사유였다. 가정을 가지면서는 월 7천 원의 박봉으로 더 이상 버틸 수가 없었던 것이다. 혹 서운해하실까 봐 머리를 떨구고 서 있던 나에게 동리 선생이 한숨 섞어 내뱉던 말씀이 지금도 잊혀지지 않는다. "월 만 원이나마 채워줄 형편만 돼도 붙잡겠다만……."

은사님에게 끝까지 등을 보이지 않았던 사람은 문구 형뿐이었다. 1973년도의 문협 선거 결과 『월간문학』을 내놓게 되자 문구 형은 새 문예지 『한국문학』을 창간했다. 발행 및 편집인은 김동리 선생이셨다.

문예지가 귀하던 시절, 문단 공기로서의『월간문학』의 위상 및 역할은 대단했다. 특히 1970년 이래 한국문인협회 이사장직을 놓고 과열 현상을 빚은 이른바 문단 선거 후유증 속에서 말하자면 '조연현의『현대문학』/ 김동리의『월간문학』' 구도로 비쳤던 점도 이에 일조했다고 생각된다. 미구에 한국 문단은 이 두 문예지를 중심하여 양분되는 듯한 분위기였다. 하지만『월간문학』은 세월이 가면서 점차 문협 기관지로서의 태생적 한계를 드러냈다. 어느 해던가, 아마도 편집실 캐비닛에 쌓인 원고들을 청소(?)하느라고 그랬던지 면수가 파격적으로 늘어나서 책이 흡사 목침처럼 투박해져버린 것을 보고 기분이 몹시 씁쓸했던 기억이 난다.

　　어쨌거나,『월간문학』은 문단 초년병 시절에 내가 처음으로 창간작업에 참여했던 문예지이니만치 지금도 애착이 깊다. 그래서 지령 500호를 맞이하여 감히 소망하는 바는 오직 한 가지, 회원들에게 가급적 골고루 발표의 기회를 제공하면서도 아울러, 작품성이 높은 작품들을 더 많이 발굴 게재하는 문예지가 되었으면 하는 것이다. 이를 위해서는 책을 만드는 이나 기고하는 이나 함께 고민하고 노력하는 자세가 요구되지 않나 생각되는데, 이는 결코 남의 이야기만은 아닐 것이다.

(2015)

문하(門下) 30년

　　내가 먼발치에서나마 김동리 선생님을 처음 뵈온 것은 1963년도던가 아니면 그 이듬해 봄이었다. 신라예술제 행사의 하나였던 학생백일장대회에서였다. 장소는 경주의 김유신장군묘소였다고 기억된다. 월탄 선생님을 비롯 미당, 목월, 동리 선생님 등 문단 원로들께서 대거 심사위원으로 초빙되어 오셨던 것이다. 비록 먼발치에서, 그것도 처음 대면한 것이기는 하지만, 그러나 나는 선생들의 면면을 거의 다 알아볼 수 있었다. 그 얼굴들이야말로 각급 국어 교과서들을 비롯, 내가 뒤적거렸던 책들 속에서부터 이제 막 걸어나온 분들이었기 때문이다. 참으로 눈부신 느낌이었다. 백일장 참가는 난생처음 해보는 일이었고, 이를 위해 털털거리는 고물 자전거를 끌고 대구에서 그곳까지 140리 길을 달려갔으며, 그러고도 그 흔한 장려상 하나 챙기지 못한 쓸쓸한 귀가였음에도 불구하고 나에게는 이날의 기억이 너무나 신선한 것으로 가슴에 남았다. 대작가 김동리를 멀리서나마 직접 볼 수 있었기 때문이다.

그로부터 두어 해 뒤인 1965년 1월 하순경이었다. 나는 동리 선생님 앞에 앉아 있었다. 감명 깊게 읽은 소설이 무어냐고 선생님은 물으셨고, 몹시 긴장한 나는 얼결에 『죄와 벌』이라고 답변했다. 서라벌예술초급대학 문예창작과 입시 구두시험장이었다. 주인공 이름이 뭐냐, 어떤 대목이 감동적이었느냐, 중심 사상은 무어라고 생각하느냐 등등 선생님은 계속 질문하셨지만 나는 거의 한 가지도 신통한 대답을 내놓지 못하였다. 그러자 선생님께서는 영 답답하셨던지, 주인공 이름부터 주제에 이르기까지, 선생님 특유의 그 정력적인 강의를 해주셨다. 그러니까 나는 구두시험장에서부터 이미 착실하게 동리 선생님의 가르침을 받기 시작한 제자였던 셈이다. 또래들에 비해 서너 해나 지각하고서도 굳이 진학 결심을 한 것도 동리 선생님 문하에 들겠다는 일념에서였던 것이다.

그렇게 소망했던 사제의 연에도 불구하고 그러나, 선생님 앞에만 가면 나는 늘 주눅이 들어버리곤 하였다. 강의실에서나 문단에서나, 또는 자택으로 찾아뵐 때나 매양 나는 기를 펴지 못했던 것이다. 그럴 수밖에!

나의 20대는 미아리 제4강의실과, 지붕 밑 도서관에서 「황토기」「무녀도」 등을 읽으며 빠져들었던 감동을 빼고는 별로 얘기할 것이 없다. 동리가 대지주라면 동시대의 다른 작가들은 그의 소작농에 불과하다던, 그 무렵 사석에서 목월 선생님이 하시던 말씀이 기억난다. 어쨌건 선생님의 문학적 성가는 나를 기죽이기에 충분했던 것이다.

「까치소리」를 발표하신 직후니까 1966년인가 1967년도쯤 되리라. 이 소설은 서구의 실존주의 문학을 이미 넘어선 것이다, 라고 선생님은 강의 시간에 아주 정색을 하고 자평하신 적이 있었다. 나는 그때 속으로 미소 지었지만, 선생님의 그 당당한 태도 역시 매사에 소심한 나로서는 항용 열등감을 느끼게 하였다. 문학적 신념만이 아니다. 남들은 시류에 민감하게 처신할 때도 선생님은 늘 당당한 보수우익이셨다. 무슨 말을 해야 대학생들이 박수를 칠지 나도 안다며, 제자들의 드센 비난조차도 괘념치 않으시던 분이었다.

하지만 그중에서도 나를 가장 주눅 들게 만든 것은 선생님의 그 많은 영특한 제자들의 존재가 아니었나 생각된다. 문자 그대로 기라성 같은 제자들이 늘 선생님을 에워싸고 있었기 때문에 소심하고 촌스러운 나로서는 매양 자격지심에 빠져 있을 수밖에 없었다. 선생님의 관심과 사랑으로부터 늘 소외받고 있다는 의식을 떨쳐버릴 수가 없었던 것이다. 재학 시절에는 더러 어리석은 투정도 했던 것 같다. 첫 직장이었던 『월간문학』 기자 시절에는 동리 선생님이 직장 상관(주간)이기도 하셨으나 나는 타고난 무능으로 역시 점수를 따지 못하였다. 지방에서 직장 생활을 하던 시절에는 모처럼 별러서 선생님 댁을 더러 찾기도 했지만, 술도 시원찮고 말재주도 없는 한심한 제자라 벙어리처럼 멍청하게 앉았다가 슬그머니 일어서는 게 고작이었다. 낯 뜨거운 고백이지만 필경에는, 자네 이제 그만 가보시게 하는 선생님의 말을 듣고서야 화들짝 놀라 황망히 물러난 적도 있다.

만 5년의 투병 기간 중 나는 고작 1년에 한 차례 정도 찾아가 뵈었다. 못나고 소심한 제자로서는 선생님이 기왕에도 늘 저만큼 멀게만 생각되었지만, 그제는 아예 손닿을 수 없이 아득한 거리 밖으로 나앉으신 것 같아 매번 그렇게 허전할 수가 없었다. 장지에서 누군가 말했다. 앞으로 동하 형이 능참봉하십시오! 선생님의 유택이 마침 내가 사는 분당 뒷동네여서 나온 농이었다. 이나마 다행스런 인연 아니냐, 하고 나는 생각하였다. 어쩌면 생전보다 선생님을 더 가깝게 느낄 수 있을지도 모를 일인 것이다.

(1995)

이 고단한 흐름 속에서

— 시인 구자운

　설달 그믐날 밤에는 묵은 일기장을 들춰보며 한 해의 족적을 점검해보곤 하던 습관을 나는 꽤 오랫동안 가지고 있었다. 묵은해와 새해가 자리바꿈을 하는 그 신비로운 시간대를 무심히 흘려보내고 싶지 않았기 때문이다. 기대와 결과 사이의 공허함을 매번 확인하면서도, 그러나 반성과 결의를 새로이 하던, 말하자면 나만의 송구영신 의식이었던 셈이다.

　하지만 언제부터인가 슬그머니 그 습관이 없어져버렸다. 세모도 신정도 그저 덤덤하기만 한 것이다. 예금 잔고를 확인하듯이, 호주머니 사정을 대강 헤아려보듯이, 고작 나이나 셈해보는 둥 마는 둥이다. 매사 아주 느슨해진 것이다. 불감증인가, 여유인가, 불성실인가? 그 불투명성이 이따금씩 나를 짜증스럽게 할 따름이다.

　어쨌거나 지난 한 해를 되돌아보노라면, 나는 늘 여행 중이었던 듯한 기분이 든다. 서울과 목포 사이를 매주 오르내렸기 때문이다. 대략 천 리 길이다. 기차나 버스의 주행 시간으로는 여섯 시간 내외다. 버스 편이 조금 빠르긴 하지만 일기가 불순한 날은 오히려 더 지체되기도 하므로 결국 그게 그것인 꼴이다. 정말 몸살이 날 만한 여정인 것이다.

덕분에, 결코 새로울 것 없는 깨달음 두어 가지를 얻을 수 있었다. 그 하나는 적응력의 문제이다. 처음에는 이가 갈릴 만큼 지긋지긋하던 그 여정이 이제는 그럭저럭 견딜 만해진 거다. 차를 타면 우선 한 시간쯤 잠을 잔다. 그런 다음, 버스인 경우엔 비디오를 보거나 아니면 차창 밖으로 무심히 시선을 던져둔 채 이런저런 생각을 굴리며 두어 시간가량을 퍼낸다. 그러고도 남는 시간엔 책 읽기로 버틴다. 평소 부족한 독서량을 벌충하기에 좋은 기회이기도 하다. 그래서 열심히 책장을 넘기다 보면 필경 목포나 서울에 이르기 마련인 것이다. 환경에의 이 놀라운 적응력! 여독의 피로감 속에서 그 깨달음은 더러 슬픔을 느끼게 한다. 결코 자기연민만은 아닌, 인간 본성에 대한 꽤나 깊숙한 비애이다.

다른 한 가지는, 인생은 결국 나그넷길이라는, 저 진부하고도 과장된 감정에 대한 어쩔 수 없는 공감이다. 천 리 이쪽의 가정과 저쪽의 직장 사이를 경황 없이 오가다 보면 낙엽 지듯 캘린더 낱장들은 떨어져 나가고, 고단한 몸 잠시 뒤척이는 사이에 한 해가 훌렁 넘어가버리는 것이다. 인생은 나그넷길이며 우리의 집은 장막이요, 우리의 일터는 한철갈이의 화전(火田)에 지나지 않다는 심정이다. 그랬다. 나는 가정에 있지 않았다. 직장에도 있지 않았다. 한 해 내내 길 위에, 서울과 목포 사이의 어디쯤을 흐르고 있었던 거다.

이 고단한 흐름 속에서

언젠가 차창 밖으로 내다본 풍경 한 컷이 잊혀지지 않는다. 시골역이 있는 춥고 한적한 거리—조그만 사설 우체국 옆에 자전거포가 있었다. 작고 초라한 가게다. 부부로 짐작되는 두 사람이 마주 앉아 땜질에 열심이었다. 추운 날씨, 흙먼지를 일으키는 바람 속에서 화톳불이 언 손을 녹여주고 있다. 어디선가 두 아이가 나타났다. 옷들을 잔뜩 껴입어서 못난 오리 새끼들처럼 뒤뚱거리며 불가로 다가간다. 작은 손바닥을 내미는 모습이 저만큼 내다보이다가 천천히 멀어진다. 차가 속력을 내기 시작한 것이다……. 왠지 잊혀지지 않는 그림이다. 5년 또는 10년 뒤에도 그들은 그런 모습으로 거기에 있을까? 그럴 수는 없으리라. 그들도 어딘가로 부단히 흘러가고 있으리라고 나는 생각했다. 구자운의 시 「벌거숭이 바다」를 문득 떠올린 것도 이런 여정에서였다.

비가 생선 비늘처럼 얼룩진다
벌거숭이 바다.

괴로운 이의 어둠 劇藥의 구름
물결을 밀어 보내는 침묵의 배
슬픔을 생각키 위해 닫힌 눈 하늘 속에
여럿으로부터 떨어져 섬은 멈춰 선다.

바다, 불운으로 쉴 새 없이 설레는 힘센 바다
拒逆하면서 싸우는 이와 더불어 팔을 낀다.

여럿으로부터 떨어져 섬은 멈춰 선다.
말없는 입을 숱한 눈들이 에워싼다.
술에 흐리멍텅한 안개와 같은 물방울 사이

죽은 이의 旗 언저리 산 사람의 뉘우침 한복판에서
뒤안 깊이 메아리치는 노래 아름다운 렌즈
헌 옷을 벗어버린 벌거숭이 바다.

—「벌거숭이 바다」전문

1969년에 간행된 시집 『청자수병(青磁水瓶)』 뒤표지에는 이 시인의 얼굴 사진(명함판 크기)과 함께 간략한 소개말을 붙이고 있는데, 그 첫 문장은 이렇게 시작된다. "具滋雲. 1926년 남국의 해안도시, 부산에서 태어난 그는 시인이다. 바이런과 같은 절름발이의……." 아마도 어느 편집자가 붙인 글일 것이다. 거침없이 썼듯이, 그는 절름발이의 시인이었다. 바이런과 같은. 이 시집을 내고 불과 몇 년 후, 40대의 한창 나이로 타계한 이 불운한 시인의 얼굴을 어느새 10여 년의 세월이 지난 지금, 비록 명함판 크기의 사진으로나마 조용히 보고 있노라면 새삼 마음 한 자락이 저려온다. 맑고 섬세한 인상 못지않게 투명하고 절실한 비애를 읽을 수 있기 때문이다.

「벌거숭이 바다」의 시인 구자운 선생을 처음 뵌 것은 1965년인가 그 이듬해인가의 일이다. 미아리 서라벌예대 시절, 문학에도 인생에도 아직은 설익은 우리 패거리들이 불시에 쳐들어갔을 때 선생은 길음시장 안마을 어느 집 2층을 빌려 살고 있었다. 달덩이처럼 훤한 얼굴의 아들과, 그리고 노모님을 대한 기억이 난다. 특정한 사람들 사이에서 시가 때로는 얼마나 놀라운 친화력을 발휘하는지! 우리는 그때부터 너무나 자주, 거의 염치도 예의도 없을 정도로 드나들었고, 선생은 또 천의무봉의 그 성품대로 거의 철딱서니 없는 소년처럼 우리 무뢰배들과 어우러지기를 좋아했다. 길음시장의 허름한 선술집들을 강의실 삼아 문학론 인생론을 특강 받은 것은 또 몇 차례던가. 때로는 청계천 뒷골목(선생은 거기 어느 출판사에 잠시 몸담고 있었다)이나 종로 거리 등을 선생과 함께 오가던 기억이 생생하게 남아 있다.

우리는 조금씩 선생을 이해했다. 이 불운한 시인을 이해한다는 것은 이 땅의, 한 순수한 시인의 비애를 안다는 것을 뜻한다. 『청자수병』의 그 섬세하고 고요한 세계로부터 단지 한 발자국만 이 속세로 나서기만 해도 이 천부의 시인은 금방 무력하고 창백해지던 것이다. 절름발이의 바이런 대신, 세상 사는 일에는 도무지 대책없이 무력한 불구자의 모습만 안쓰럽게 드러내고 마는 것이었다.

우리가 익히 알듯이, 언어는 상징 기호에 지나지 않는다. 구체적인 사물이 아니고 그것의 관념일 뿐인 것이다. 시인은 언어의 마술사이기는 할지언정(그래서 관념의 장인이기는 할지언정) 구체적인 현실세계에서는 못 한 개 제자리에 박아 넣지 못해 쩔쩔매는 무능력자이기 쉬운데 선생이야말로 바로 그 표본이었던 셈이다. 신체적 결함은 그것의 상징에 지나지 않는다. 질병이 이 시인의 순수한 혼을 거두어가기 얼마 전에, 선생은 잡지사에 있던 나를 찾아오셨다. 깜짝 놀랄 만큼 검게 마른 얼굴이었다. 선생은 번역 원고를 내밀면서, 잡지에 실을 수 있느냐고 물었다. 그보다 앞서는, 「확률」이란 제목의 창작 원고를 보여주기도 했다. 삶의 곤고함을, 비애를, 내가 미처 깨닫기도 전에, 그러나 선생은 서둘러 생을 마감해버렸다. '산각도사(散脚道士)'라는 애칭을 얻어듣게 했던 선생의 그 힘겨운 걸음걸이를 생각하노라면, 관념이나 상징의 세계가 아닌, 우리들 모두가 서 있는 이 구체 현실계에서 먹고 입고 잠자고 새끼를 거두어 기르는, 즉 세상살이가 이 시인에게는 얼마나 힘겨운 일이었던가를 실감하게 된다.

　「벌거숭이 바다」는 어쩌면 모든 것으로부터 떨어져 섬처럼 고립해 있던 시인의 혼만이 투시할 수 있었던, 불가항력의 원초적 에너지로 쉴새없이 몸부림치는, 어떤 것으로도 결코 잠재울 수 없는, 그래서 마침내는 시인을 침몰시킨─우리들 삶의 바다, 존재의 실상일 듯싶다. 더불어 나의 이 고단한 흐름을 새김질해볼 일이다.　　　　　　(1986)

　　　　　　　　　　　이 고단한 흐름 속에서

내가 모신 산목 함동선 선생

　산목(散木) 함동선 선생님은 황해도 연백에서 나시었다. 두루 알려진 사실을 여기서 새삼스레 상기함은 지난해(2007) 간행한 선생의 시집 『밤섬의 숲』에 수록돼 있는 한 편의 시가 먼저 떠올랐기 때문이다. 「북에서 온 펜지」란 제목의 시 전문을 (병기된 한자만 빼고) 여기에 옮겨 적는다.

　　　동상두 살 만하게 됐습니다
　　　저가 두루미와 함께 연백평야서
　　　칠십 살앗으니
　　　허수애비 생각만 햇습니다
　　　올봄 시킨 말씀대로
　　　조선서 제일 맛 조은 쌀 한 옹큼과
　　　막내이 삼춘 속 아프게 한 진달래꽃잎과
　　　서낭당 고개 흙 한 줌 넣으니
　　　펜지 봉투 무쯜헙디다

이 글 쓰구 방의 불 끄구서리 한참 잇다가
상기 살지 않은 날의 불
다시 켯습니다
구야산에 달뜨니 막내이 삼춘 보듯
개가 짖습니다

남의 밭 콩이 굵어 보이는 심사랄까, 나는 종종 시 쪽을 기웃거리곤 한다. 그러나 감동받는 경우가 자주 있는 건 아니다. 하지만 위의 시는 미개한 내 입에도 딱 맞았다. 이만한 절창을 쉬 만나랴 싶어 따로 노트에 손으로 옮겨 적으면서 퇴직하신 이후 오래 뵙지 못한 선생을 생각했다. 어언 팔순에 이른 노시인의 삶을 관류한 중심이 보였고, 그러자 나 자신이 왠지 많이 부끄러웠다.

나는 산목 선생님을 1965년도 첫 학기 미아리 제4강의실에서 처음 뵈었던 것 같다. 내 기억이 틀리지 않다면 '문학개론' 시간이었을 것이다. 나로서는 대학을 4년쯤 지각 입학한 데다 진작 정비석, 이무영 등 소설 작법서들을 읽어치운 터라 개론 강의가 따분할 수밖에 없었다. 게다가 김동리, 서정주, 박목월 선생 같은 대가의 강의를 거의 날마다 접하고 있던 때였다. 산목 선생은 이 무렵 첫 시집 『우후개화』를 선보이신, 아직 서른 중반의 신참 교수님이셨다. 당연히 선생의 문학 개론은 제대로 대접을 받지 못하였고, 그래서 특별한 기억을 남기지 못하였다.

내가 모신 산목 함동선 선생

졸업 후에는 선생님을 뵈올 기회가 더 드물었다. 선생께서 붙박이로 학교에 계시는 동안 나는 여기저기 편집실을 전전하다가 나중에는 남도 끝 목포대학교까지 밥 빌러 다니느라 도무지 마음의 여유가 없었던 탓이다. 그러다가 지난 90년대 초에 중앙대 문예창작학과로 옮겨 앉으면서 선생을 조석으로 뵙게 되었다. 돌아보니 저 미아리 시절 이후 그새 20년 이상의 세월이 훌쩍 흐른 뒤였고, 산목 선생은 이미 갑년을 넘어선 노시인이셨다.

고백하는 바이지만, 산목 선생을 학과의 원로 교수로 모시고 있던 5년 동안 나는 자주 실망을 안겨드리곤 했다. 학과장 일을 하면서는 내가 아둔해서 그랬고, 인사와 관련해서는 나의 융통성 없는 원칙주의 때문에 그랬다. 하지만 선생은 단 한 번도 대놓고 꾸짖거나 화를 내신 적이 없다. 그렇다고 조곤조곤 따지거나 자기 주장을 질기게 하시는 분도 아니다. 그럼 알아서들 하시게! 매번 그런 얼굴로 조용히 돌아서곤 하셨다. 지금 생각하면, 그런 순간들이 선생에게는 가벼운 실망감 정도로 이미 끝났을 일들이지만, 지금 나에게는 하나하나 부끄러운 기억으로 남아 있다.

선생님은 퇴직하는 길로 혜화동에 방을 얻어 '한국문학비연구소' 간판을 붙이셨다. 1987년에 『한국문학비』 첫 권을 내신 이후 지금까지 선생이 그 일에 바친 노고와 열정은 우리 모두가 잘 아는 바이다. 더러는 세인에게 잊혀진 채 잡초에 묻혀 있는 문학비 하나하나에 선생이 기울이신 애정은 아무나 흉내 낼 수 있는 게 결코 아니다. 밥벌이 겸 문학을 강의하는 일 외에는 오로지 나 자신의 글쓰기밖엔 도무지 관심의 여유가 없는 나로서는 선생의 그 작업과 행보에서 커다란 깨우침을 얻는다. 창작은 저마다 절대고독 속에서 이루어지지만 한 나라의 문학은 시간적·공간적으로 다 함께 더불어 경작해가는 것이라는 사실 말이다. 그러므로 길섶의 풀 더미 속에 아무렇게나 버려지고 잊혀져도 좋을 작가나 시인은 단 한 명도 없는 것이다.

'산목'은 쓸모없는 나무를 가리키는 말이다. 언젠가 선생은 '산목(散木)'이란 아호를 풀이하시며, 못난 나무가 조상 무덤을 지키듯 당신도 그런 존재이고 싶다고 하셨다. 겸사이시지만 그렇다고 빈말도 아님을 그 삶은 증언한다. 한없는 겸양과 조용한 헌신을 한결같이 보여주신 팔순의 삶인 것이다. 시와 더불어 누항에서 팔순을 사셨으니 이제야말로 저 허수아비의 순정한 노래를 들려주시리라 믿으며 부디 강녕하시기를 충심으로 비는 마음이다.

(2008)

내가 모신 산목 함동선 선생

이호철 선생 팔순에 부쳐

　얼마 전 타계하신 박완서 선생은 내가 평소 강의실 안팎에서 툭하면 입에 올리곤 하던 작가 중 한 분이셨다. 그만큼 선생의 소설들을 좋아했기 때문인데, 그러다 보니 곧잘 엉뚱한 착각에 빠져들고는 했다. 마치 선생과 내가 막역한 사이인 것처럼 사적인 친밀감마저 느껴지는 게 그것이었다. 하지만 천만의 말씀이다. 결코 짧지 않은 문단 생활 중 나는 어쩌다 먼발치로 서너 번 선생을 보았을 뿐 가까이 접할 기회가 도무지 없었다. 그러다 두 해 전 어느 문학상을 심사하는 자리에서 비로소 얼굴을 마주하여 인사를 드렸더니 선생은 내가 훨씬 젊은 작가인 줄 알았노라고 했다. 어쨌거나, 이제부터라도 선생과 좀 안면을 트고 살아야겠다고 속으로 무척이나 좋아라 했는데 지난겨울, 그것도 애틀랜타 딸네 집에서 갑작스러운 부음을 듣고 얼마나 허망했는지 모른다.

　최인훈 선생은 그래도 좀 나은 편이다. 문청 시절 나의 우상이던 선생과는 그래도 문단 초년병 시절에 몇 차례 뵈올 기회가 있었는데

한 번은 선생이, 내가 쓴 단편 「인동」(1967)을 재미있게 읽었다면서, 겨울 이야기니 기왕이면 춘하추동 네 편의 연작소설로 만들어 보라고 조언하셨다. 물론 나에게는 그만한 재주가 없었다. 선생과는 1980년대에 함께 해외여행 기회도 가졌다. 두 주간에 걸친 유럽 여행에서 나는 선생의 룸메이트였다. 작품이 마음에 들면 작가도 좋아하게 된다는 것을 나는 그 기간 중에 다시 확인하였다. 하지만 그 이후에는 선생을 뵈올 기회가 거의 없었다. 그런데도 선생과는 여전히 친숙한 기분이다. 지극히 일방적인 짝사랑 같은 심리지만 나로서는 어쩔 도리가 없다.

말하자면 나와 이호철 선생과의 관계도 위의 두 분과 비슷하다. 내가 선생의 소설에 매료된 것은 「판문점」(1961)과 「닳아지는 살들」(1962)을 읽고부터였다. 그 무렵, 나는 대구의 변두리 한 대본집 골방에서 손에 닿는 대로 열심히 소설책을 뒤적이고 있을 때였다. 강용준의 「철조망」, 오상원의 「5분간」, 장용학의 「요한 시집」, 선우휘의 「불꽃」 등과 함께 읽었던 작품이다. 6·25전쟁을 다룬 소설은 그 뒤로도 많이 나왔고 당연히 좋은 작품들도 많을 테지만, 어쩐지 나에게는 그 무렵에 읽었던 위의 작품들이 더 치열하고 진지하게만 기억된다. 그만큼 작가와 작품과 시대가 하나로 응집된 탓이려니 이해한다. 「닳아지는 살들」은 근자에 다시 한번 읽을 기회가 있었는데, 그간의 엄청난 세월과 그에 따른 상전벽해의 세속에도 불구하고 여전히 저 뼈가 시린 감동을 간직하고 있어 반가웠다.

내가 선생을 직접 만난 건 1970년대초 『월간문학』 편집실 겸 한국

이호철 선생 팔순에 부쳐

문인협회 사무실에서였다. 하지만 선생께서 이따금씩 걸음하실 때마다 저 환히 웃음 띤 얼굴로 불쑥 내미는 손을 잠시 잡아보는 게 고작이었을 뿐, 마주 앉아 차 한 잔 밥 한 술 같이한 기억이 없다. 선생 주변에는 늘 따라붙는 사람들이 많아 나로서는 감히 끼어들 엄두조차 나지 않았던 탓이었다. 선생은 얼마 전 그때 일을 새삼 기억해내고 내게 말했다. 이문구 씨랑 주로 어울리다 보니 이 형한테는 늘 미안하고 마음 쓰이더구먼. 그 무렵 『월간문학』 편집부에는 나와 시인 김형영, 그리고 이문구 형 그렇게 셋이 책상을 마주하고 앉아 있었던 것이다. 어쨌거나, 선생과의 소원한 관계는 그 후로도 마찬가지였는데 까닭은 물론 내 쪽에 있었다. 그 시절 문단 사랑방 구실을 하던 광화문통 문협(『월간문학』)을 곧 사직한 나는 그때부터 30년 넘는 세월 내내 변두리와 지방의 대학 캠퍼스에 갇혀 살아온 통에 문단 자체와도 꽤나 소원해지고 말았던 것이다. 은사이신 김동리 손소희 선생 내외분도 1년에 고작 한 번, 신년 세배 자리에서나 뵙곤 했으니 말이다.

1990년대 중반쯤이다. 어느 모임에 나갔다가 모처럼 선생을 뵈었더니 거두절미하고 대뜸 이런 말을 했다. 요지인즉, 이 형이 쓴 「문 앞에서」(1993)가 참 좋더라, 그래서 무슨 문학상 심사 때 적극 밀었으나 그게 안 되더라, 대충 그런 뜻이었는데 그 끝말이 좀 특이하여 아직도 기억에 남아 있다. 분명 선생의 끝말은 이랬다. 마치 죄 짓는 것 같고, 미안하고, 그렇더만. 내친김에 실토하자면, 우리가 대화를 나눈 장소는 화장실이었고, 선생과 나란히 거총자세로 서서 볼일을 보던 참이었다. 볼일이 끝나면서 당연히 대화도 종료되고 말았으므로 나는 왜 선생이 그럴 때 흔히 쓰는 '서운했다'거나 '아쉬웠다' 정도가 아니고 굳이 '죄 짓는 것 같고, 미안하고' 그랬는지에 대해 그때는 물론 지금까지도 물어보지 못했다. 어찌 생각하면, 그게 선생은 선생답고 또 나는 나다운 게 아니랴 싶다.

선생은 어언 팔순을 맞으셨다. 이제 뒤돌아보면 선생이 걸어온 삶과 문학의 족적이 커다랗게 드러나 보인다. 해방 이후 오늘까지 우리 민족사의 시련과 도전, 고통과 극복의 고비마다 선생의 삶과 문학은 늘 함께 있었다. 삶과 문학이 한 치의 어긋남이 없을 때 소설문학은 가장 막강한 힘을 얻게 된다는 사실을 우리는 선생의 작품 세계를 통해 거듭 거듭 확인하게 된다.

선생은 나보다 10년 연상이시다. 등단 연도도 꼭 10년 앞선다. 함에도, 선생은 지금도 젊은 작가들 못지않게 왕성한 창작 활동을 하고 계신다. 이미 지나온 길을 되돌아갈 수는 없다. 나로서는 다만, 선생의 그 노익장만이라도 본받고 싶은 마음 간절하다. (2012)

부안 촌놈 김불만

— 시인 김형영

　이제는 세월이, 그리고 못지않게 두터워진 그의 삶이, 턱의 예각을 꽤나 범용한 것으로 무너뜨리고 말았지만, 어쨌거나 원래 그의 두상은—천재의 표징이기도 한—역삼각형이었다. 거기다 긴 두발에 수염 자리가 항시 지저분한 문제의 '부안 촌놈'을 내가 처음 만난 것은, 그러니까 벌써 스무 해 저쪽의 일이 된다. 3월 바람도 귀때기를 시리게 만들던 미아리 제4강의실 언저리에서였다. 못지않게 촌놈인 나의 눈에야 그쯤만으로도 '파격'일 판에, 어쩌자고 그는 또 생판 어울리지 않는 금테 안경까지 걸치고 있었다. 우리 모두의 가난을 곧잘 환기시켜주곤 하던 그 금테 안경의 눈부심! 그것은 수차례의 전당포 신세 끝에 필경 가난한 주인의 손을 떠나고 말았다.

　하지만 정작 나를 놀라게 한 파격은 그의 시작 노트였다. 어느 날 도서관에서 보여준 그의 습작 시편들 속에서 나는 한 다발의 도깨비 방망이, 한 떼거리의 쥐새끼들의 투신자살 같은 소동에 직면하여 벌어진 입을 좀체 다물지 못하였던 것이다.

한 강의실, 한 자취방, 한 직장 등 여러 해 동안 서로 살을 비비대고 살면서도 나는 사실 그에 대해 이해할 수 없었던 부분이 더 많았다. 세상 전부를 상대로 끊임없이 투덜댐으로써 마침내 '김불만'이란 별명을 얻게 된 그의 어떤 것, 천하 왕고집임을 자처하면서 새끼고집도 못 되는 나에겐 거의 매번 져주던 일, 마주 앉아 밥을 퍼먹다가 말고 불쑥 "뒤가 덜먹거려서……" 어쩌고 하며 휴지를 구겨 쥐고 거침없이 일어서던 어떤 면 등…….

그중에서도 내가 가장 이해할 수 없었던 것은 역시 그의 사랑법이다. 문학도 인생도 아직 감을 잡지 못한 채 부단히 서성대기만 하던 저 사회 초년병 시절, 그는 온전히 그의 식으로 된통 사랑앓이를 했던 것이다. 기별을 받고 우리가 달려갔을 때 그는 아주 인사불성이 된 채 외로이 적진(그토록 짝사랑하던 여자의 집) 속에 널브러져 있었는데, 나는 그의 격정, 그의 절망이 마구 들이켠 알코올 때문에 무섭게 발효하여 마침내 그를 죽음으로 밀어 넣지나 않을까 전전긍긍했었다. 처절하게 부딪치기, 그리고 순하게 무너지기, 말하자면 이것이 그의 사랑법이었다.

그러나 무엇보다 최근의 그는, 무서운 질병과의 고통에 찬 투쟁을 통해 삶의 어떤 외경스러움을 우리에게 심어주고 있다. 지금도 투병은 계속 중이지만, 그는 변함없이 잡지를 꾸미고, 시를 빚고, 세상을 상대로 연신 투덜댄다. 솔직히 말해 기적을 보는 심정일 뿐, 나의 범용한 삶, 범용한 상상력으로는 여전히 그를 이해할 수가 없다.

(1985)

내가 아는 시인 임영조

1.

내가 아는 임영조에 관하여 이야기하자면 저 미아리 제4강의실에서부터 시작하지 않을 수 없다. 우리의 첫 만남이 이루어진 곳이기 때문이다. 1965년도의 일이다.

지금은 서라벌고등학교가 차지하고 있는, 미아리 돌산 위의 그 황량한 캠퍼스에는, 부속 건물인 대학극장까지 포함하여 단지 세 동의 건물만 서 있었다. 그중 가운데의 3층짜리 빈약한 본부 건물 동쪽 끝 방이 문예창작과 전용의 제4강의실이었다. 햇볕이 잘 들고 조용한 이 방에서 우리는 김동리, 서정주, 박목월, 이범선, 김구용 선생을 비롯 여러 고명한 시인 작가들의 강의를 경청하고 또, 그분들 앞에서 저마다의 글솜씨를 과시하느라 곧잘 불꽃 튀는 논전을 벌이곤 하였다.

그해 첫 학기 중반쯤의 일이 아닌가 싶다. 미당 서정주 선생님의 시간에 습작시 한 편을 발표하였다. 이건 임영조 얘기가 아니라 나의 얘기다. 예의 제4강의실 분위기에 잔뜩 주눅이 든 채 그때까지만 해도 뒷전에 박혀 소설을 쓴답시고 혼자 끙끙거리고 있던 내가 그 살벌한 합평 시간에, 그것도 전날 밤에 졸속으로 끄적거린 습작시를 들고 감히 뛰어든 데에는 그만한 사정이 또 따로 있지만, 그러나 여기서는 생략하기로 한다. 어쨌거나, 복사기가 흔치 않던 시절이라 시 전문을 칠판 위에다 직접 판서한 다음 한 차례 낭독까지 해야 하는 그 일이 나로서는 실로 끔찍스러웠다. 떨리는 손으로 어찌어찌 판서는 했으나 그 다음 과정이 낭패였다. 목구멍이 숫제 얼어붙어버린 탓이었다. 그때 선뜻 나서서 나를 대신해 시원스레 낭독해준 사람이 있었다. 그가 동급생 임세순, 훗날의 임영조였다.

내가 이때의 일을 굳이 장황하게 이야기하는 까닭인즉, 그 이전까지는 피차 데면데면한 사이였기 때문이다. 얼굴 알고 이름 대충 기억하는 정도였다는 얘기다. 이 말은 또한, 제4강의실의 내로라하는 문재(文才)들 속에서 그나 나나 그다지 드러나 보이지 않던 존재였다는 얘기이기도 하다. 이 무렵의 임영조를 말하자면, 용모나 복장이나 행동거지나 간에 별스럽달 만한 구석은 전혀 없었다고 회상된다. 온통 시끌짝한 괴짜들 속에서 오히려 얌전한 범생 같았다고나 해야 하리라. 굳이 말하자면, 비쩍 마른 몸매에 균형 잘 잡힌 동안과 그리고, 훗날 미당 선생이 '이소(耳笑)'라 부르신, 귀까지 따라 웃는 듯한 특유의 웃음이 기억날 뿐이다. 하여간, 그 일을 계기로 우리는 서로 마음문을 열기 시작한 게 아닌가 생각된다.

해가 바뀌어 2학년 1학기를 끝내고 그는 입대하였다. 내가 임영조

내가 아는 시인 임영조

의 어떤 면, 문학도로서의 앞모습에 가려져 있던, 그런 점에서 그의 진면목이랄 수도 있는 생활인의 모습을 접하게 된 것도 이때의 일이다. 그는 진작부터 마포구 공덕동의 뚝방촌에서 초등학교 아이들의 과외 선생을 하고 있었던 바, 입대하면서 그 업을 나에게 고스란히 물려주었던 것이다. 거의 수직에 가까운 나무 계단을 기어올라야 하는, 허리도 펼 수 없는 다락방에서였다. 그러나 그는 무척 성실하게 가르쳤으므로 아이들의 숫자는 열 명이 넘었고, 학부모들의 신임도 그만큼 도타웠던 모양이었다. 어쨌거나 그런 여건일망정 수입은 괜찮아서 학비를 충당하고도 약간의 저축이 가능하였다고 한다.

나는 그가 일구어놓은 일터를 그대로 인계받았지만 고작 서너 달이나 버티었을까, 곧 손들고 말았다. 가르치는 일의 어려움을 그 학동들에게서 진작 경험했던 셈이다. 그 올망졸망한 눈망울들 앞에서 도무지 속수무책이던 나는 새삼 전임자를 재평가하는 마음이었다. 예의 다락방을 철수하던 날, 주인여자가 들려주던 말이 기억난다. 나의 무능을 지적하는 대신 그녀는 '임 씨 학생의 야무짐'에 대해 한바탕 사설을 늘어놓았던 것이다. 그가 아이들을 가르치고 다루는 일을 얼마나 야무지게 잘 해냈으며, 부엌 없는 다락방에서의 자취 생활 또한 얼마나 절제 있게 잘 해냈는지에 대해 그녀는 거듭 상찬해 마지않았던 것이다.

생각해보면 그와 나는 참 비슷한 처지였다. 내가 경상도 경산 출신 촌놈이듯이 그는 충청도 보령 출신의 촌놈이었다. 없는 집구석에 형제간 많기로도 처지가 같았고, 그런 집안의 장남인 점도 피차 그랬다.

동갑내기들에 비해 대학을 몇 해씩 지각 입학한 것도 그렇고, 서울 바닥에서 어디 한 군데 기댈 곳 없는 신세인 것도 그러하였다. 등 뒤에 줄줄이 늘어서 있는 동생들 생각하면 매양 어깨가 축 처지는 신세이면서도 엉뚱하게 시니 소설이니 하는, 먹고사는 일과는 도무지 인연이 먼 동네서 얼쩡거리고 있는 점이 또한 그랬다. 그러나 그런 속에서도 나와는 다른 면모가 분명 그에게는 있었는데 말하자면 위의 경우에서 그 점을 보여주었다고 생각된다. 자유분방하다고 해야 할지 아니면 순진무구하다고나 해야 할지 하여간 환상을 좇는 문학청년의 모습만이 아닌, 성실하고 야무진 생활인의 모습 같은 것을 그는 이때 이미 나에게 보여주었던 것이다.

2.

37개월간의 군 생활을 거뜬히 치러내고 우리 곁으로 되돌아온 그는 변함없는 세상살이의 고달픔 가운데에서도 70년대 벽두 등단의 꿈을 이루어냈다. 1970년도 『월간문학』 제6회 신인상 시 당선과 이듬해 『중앙일보』 신춘문예 시 당선이 그것이다.

이때는 내가 마침 월간문학사(한국문인협회) 편집부에 근무하고 있던 시기였으므로 바로 곁에서 그의 기쁨을 지켜볼 수 있었다. 그럼에도 불구하고 그 기쁨에 합당한 술자리 한번 제대로 가져본 기억이 없는 게 이상하다. 아마도 세상살이의 신산함 때문에 피차 마음의 여유가 없었거나 아니면, 내 쪽이 더 다급했던 나머지 그냥 지나쳤거나 그

내가 아는 시인 임영조

랬는지 모를 일이다. 그만치 고달팠던 세월이었다.

　그랬다. 제대 후 출판사, 잡지사 등을 한 해가 멀다고 전전하던 그
가 지금의 직장인 태평양화학 홍보실에 닻을 내린 70년대 중반까지
의 기간은 아마도 그의 삶에서 가장 힘겨웠던 한 시기가 아닐까 싶다.
그러나 아울러, 가장 빛나는 시기였다고도 생각된다. 위에서 얘기했
던 대로 시인의 꿈을 이루었을뿐더러, 고인이 된 임홍재 씨를 비롯 정
대구, 이인해 제씨와 함께 '육성동인'을 결성하여 사화집을 내는 등
시작 활동을 호기 있게 펼쳤었고, 그리고 결혼하여 일남일녀를 둔 것,
잠실 아파트 단지에 비록 작은 평수나마 완벽하게 내 집 마련을 한 것
등등이 모두 이 무렵 곧 70년대 중반을 전후하여 있었던 까닭에서이
다.

　잠실 아파트 얘기가 나왔으니 덧붙이는 말이지만, 그와 조금도 다
를 바 없는 처지이던 나 역시 같은 무렵에 그 동네로 이사를 했었다.
길 하나를 사이에 두고 대각선으로 바라보는 위치였다. 한동네 사람
이 된 것이다. 그 몇 년 후에 앞서거니 뒤서거니 하며 잠실을 떠났던
두 집은 그로부터 10년쯤 뒤인 80년대 중반에 지금의 과천에서 다시
한동네 사람이 되었다.

　지난 70년대는 정치·사회적으로도 억압과 긴장이 점증하던 연대
이다. 그런 상황 아래서 지금 되돌아보면, 우리의 개인사적 삶에 있어
서도 가장 숨 가빴던 시기가 아니었나 싶다. 이웃해 살면서도 서로를
들여다볼 여유 없이 저마다 제몫의 인생을 살아내기에 급급해 하던,
어찌 보면 더없이 삭막했던 시기이기도 하였다. 그러면서 우리는 어

느새 불혹의 나이로 다가서고 있었던 것이다. 흰 와이셔츠에 넥타이를 단정히 매고 아침마다 창황히 집을 나섰다가 늦은 시간 귀갓길에서 축 처진 어깨를 하고 흐느적거리는, 갈데없는 월급쟁이의 모습을 이따금씩 서로에게 들키곤 하였다.

박 대통령의 피살, 광주 민주화운동 등 연이은 충격과 더불어 80년대가 왔다. 그 벽두의 혼란 속에서 나는 참으로 엉뚱하게도 남도 끝 목포로 이사를 갔다. 낯선 고장에서 뜻밖의 직장을 얻었던 것이다. 망설임 없이 이삿짐을 꾸리는 나의 태도를 가장 못마땅하게 바라보던 사람 중 하나가 임영조였다. 그의 말인즉 이랬다. 다른 친구들은 서울 바닥에서 죄다 잘도 버티고 사는데 이 형은 도대체 어디가 못나 그 멀고 낯선 곳까지 식솔들 끌고 밥 빌러 가야 하는 거냐, 말하자면 그런 시선이었다. 하기사, 남도 천리를 향하는 우리 부부의 발길이 결코 가볍지만은 않았다. 하필이면 때늦은 눈보라가 맵던 2월 마지막 날, 우리를 떠나보내던 그와 그의 가족은 꽤나 측은해 하는 얼굴들이었다.

아마도 그런 심정에서였으리라. 그해 여름이던가, 휴가를 이용하여 그가 가족을 이끌고 목포로 내려왔다. 두 가족은 얼씨구나 하고 함께 피서길에 올랐다. 그래서 홍도에서의 3박 4일을 유감없이 보냈다. 똑같이 일남일녀를 둔 처지라 썩 잘 어울리는 가족 동반 여행이었다.

그런데, 이 여행길에서 그가 난데없이 난(蘭)에 관심을 갖기 시작하였다. 잘 알려져 있듯 홍도는 빼어난 자연경관으로도 유명하지만, 못

내가 아는 시인 임영조

지않게 풍란의 자생지로도 이름이 높다. 하루는 그가 무슨 귀중한 거라도 얻은 양 비닐봉투에 담아온 것을 내게 보여주었다. 섬 주민에게서 산 건데 이게 바로 홍도풍란이더라는 것이었다. 나는 실소하였다. 목포 거리에서 무시로 보곤 하던 석란이었기 때문이다. 그의 작은 실수를 두고 우리는 한바탕 웃었고, 그러고는 그 일이나 난 따위에 대해서는 나는 아주 까맣게 잊어버렸다.

그로부터 두어 해쯤 뒤의 일이다. 서울길에 과천 그의 집을 찾았던 나는 깜짝 놀라고 말았다. 베란다에 층층이 늘어놓은 많은 난분들을 보았던 것이다. 그런 쪽엔 도무지 관심이 없던 나는 뜻밖의 광경에 입만 뻥하니 벌렸을 따름이었다. 그는 대단한 자부심 같은 것을 가지고 나에게 이것저것들을 설명하였다. 다양한 품종에도 새삼 놀랐지만, 그것들의 값에는 더 놀랐다. 듣고 본즉 그는 이미 난에 깊숙이 빠져들어 있었다. 기왕 거기에 털어 넣은 돈도 돈이려니와, 무엇보다 거기에 기울이고 있는 열정이 나를 두고두고 놀라게 만들었다.

그 놀라움의 감정이란 말하자면 이런 것이었다. 이렇듯 살벌한 생존 경쟁에서 한 가정 건사하기에도 실상 숨이 찬 노릇인데, 우리 처지로 말하자면 거기다가 시니 소설이니 하고 또 무시로 끄적거려야만 직성이 풀리지 않던가. 그런 신세라는 점에서는 그나 나나 피장파장일 터. 사정이 그런데도 불구하고 도대체 그의 어디에 이런 데까지 기웃거릴 여유가 남아 있더란 말인가? 말하자면 나로서는 그 점이 실로 기이하게 느껴졌던 것이다. 이는 아마도 시인 기질의 일단이 아닐까 하고, 나는 나름대로 이해는 하였다.

그렇다고는 해도 나로서는 왠지 그의 난 취미가 탐탁하게 여겨지지 않았다. 술이나 도박 같은 데 빠지는 것보다는 얼마나 고상하냐는 생각—실인즉 이 생각은 부인 쪽의 것이지만—도 가능하나, 그렇다고는 해도 나로서는 여전히 엉뚱한 호사 취미로 보였다. 내가 아는 임영조의 모습과는 어딘지 걸맞지 않다고 느껴졌던 것이다.

어딘가 걸맞지 않는 구석이 있다는 나의 느낌—그러니까 어느 정도 허세이거나 도피 심리 같은 것이 작동하고 있는 건 아닌가 싶던 나의 생각은 대체로 적중하였다. 그는 벌써 여러 해째 시 쓰기와는 담을 쌓은 채 생활하고 있었던 것이다. 그의 연보를 살펴보면, 70년대 후반에서 80년대 중반에 이르는 약 10년 가까운 시기가 바로 이에 해당함을 알 수 있다. 생활인의 차원에서는 변함없이 야무지고 성실했던 반면, 시인의 차원에서는 무슨 까닭에서였는지 잠시 돌아앉아 있었던 것이다. 필요 이상으로 난에 열중한 채 허장성세(?)를 부리면서 말이다.

그러나 또 달리 생각할 수도 있다. 한 포기의 난에 대한 관심과 열정을 통해 기실 시적 영혼의 한 차원 더 높은 성숙과 그것의 눈부신 개화를 은밀히 기다리고 있었던 건지도 모른다. 첫 시집 『바람이 남긴 은어』를 때늦게 세상에 내놓은 1985년도부터 지난해 간행한 세 번째 시집 『갈대는 배후가 없다』까지 이르는 최근 대여섯 해 동안 그가 시 쓰기에서 보여준 놀라운 정력은 가위 권토중래의 기세였음을 보아도 그 점이 실감된다.

그래, 바로 그것이 임영조의 진면목인 것이다. 난에 대한 관심을 죄다 호사 취미로 치부할 일은 아니라고 해도, 그만은 그런 데에 오래 정신을 팔고 있을 사람이 아닌 것이다. 적어도 내가 아는 임영조는 그렇다. 사는 일에 열중하거나 아니면 시 쓰기에 열중하거나이다. 또는, 동시에 그 둘을 다 감당하겠다고—그것도 완벽하게!—전전긍긍하고 있거나인 것이다. 실은 그 두 가지를 다 훌륭하게 해내고 있다는 점에 아무도 이의를 제기하지 않으리라.

요즘 그의 집 난들을 보면 주인의 마음이 어디에 가 있는지를 실감할 수 있다. 한때 그의 사랑을 독차지했던 그 고가의 난들이 이제는 길섶의 흔한 풀처럼 방치되고 있음을 금방 알아볼 수 있기 때문이다. 더러 대엽풍란의 꽃을 자랑하기도 하지만 그러나, 그의 마음은 이미 거기에 머물고 있지 않다. 말일까지 세 편을 더 만들어야 되는데—라고, 그는 말한다. 한 번 날아오른 시혼은 좀처럼 날개를 접을 기미를 보이지 않는 것이다.

3.

빈틈없이 세련되고 성실한 생활인의 모습과 어딘가 순진하고 마음이 여린 시인의 모습—이 두 얼굴을, 나는 임영조에게서 너무나 자주 발견하곤 한다. 어찌 보면 다분히 상충될 것도 같은 이 양성의 기질이, 그러나 그에게는 조금도 어긋남 없이 혼재하고 있는 것이다.

그는 무엇보다 먼저 성실한 생활인이며 유능한 직장인이다. 안에서나 밖에서나 매사 깔끔하게 처신한다. 시인 또는 문사 기질이라고 흔히 말하는, 어딘가 엉뚱하다거나 혹은 반사회성 같은 것을 드러내는 경우가 거의 없다. 가정에서는 식구들의 옷이나 생필품 같은 것을 직접 사 나를 만큼 충실한 가장이며, 직장에서는 관장하고 있는 일들을 매양 빈틈없이 추진해내는 중견 간부인 것이다. 도무지 흠 잡을 데 없는 처신이요 솜씨여서 때로는 그가 시인이라는 사실마저 잊어버리게 한다.

그러나 그는 역시 타고난 시인이다. 실천적 생활인의 그것을 넘어서는, 그래서 갈데없는 시인의 품성이랄 수밖에 없는, 그런 기질의 소유자인 것이다. 일테면, 그는 무척 마음이 여리다. 아무리 작은 경우라도 신세진 것이 있으면 꼭 갚아야만 직성이 풀리는 그런 사람이다. 밥 한 끼, 술 한 잔이라도 그냥 지나가지 못하는 것이다. 못할뿐더러 늘 서둘러서 앞장서는 사람이다. 그는 또, 사람을 무척 좋아한다. 누가 찾든 거절할 줄을 모른다. 그의 잦은 술자리는 그 당연한 결과다. 덕분에 나는 바깥세상 정보를 늘 그에게서 얻어 챙기는 편이다. 그는 또, 좌중의 화제를 곧잘 독점하곤 한다. 말솜씨도 솜씨지만, 세상사에 대한 그의 다양한 관심과 섬세한 눈, 그리고 뛰어난 기억력 때문에 매양 귓맛이 난다. 그래서 그와 마주하고 앉으면 누구나 마음이 편해지기 마련이다. 많은 사람들이 그와의 만남을 좋아하는 이유도 거기에 있으리라.

요즘 우리는 과거사보다 미래사 이야기하기를 더 좋아한다. 5년 후 또는 10년 후에는 어떤 식으로 살 것인가에 대해 열심히 떠들어대는 것이다. 몇 가지 점에서 곧잘 의견의 일치를 보곤 한다. 그때 가서도

내가 아는 시인 임영조

굳이 이놈의 오염된 도시에서 살 필요가 있겠느냐는 것, 어딘가로 소개를 가더라도 기왕이면 한동네를 찾아보자는 것 등이다. 그리고 본즉 우리는 어느새 50줄에 들어와 있음을 깨닫게 된다. 저 60년대 중반, 황량한 미아리 돌산 위의 캠퍼스에서 처음 만나던 때가 지금도 손에 잡힐 듯 저만치 가깝게 보이는데도 말이다. 그에게서 동안과 이소를 이제는 찾아볼 수가 없다. 그 대신, 깊이 팬 주름들과 더 자주 깜빡이는 눈, 그리고 세 권의 시집을 나는 본다. (1993)

인물 소묘

— 작가 오정희

오정희 씨를 생각하면 저 1960년대 중반의 미아리 캠퍼스 시절이 회상되고, 더불어 지극히 초라하고 서툴고 촌스러웠던—하기사 지금도 다를 바 없지만—내 젊은 날의 자화상이 떠올라 혼자서도 곧잘 귓불이 붉어지곤 한다.

그는 김년균, 윤정모, 이경자, 정종명 제씨와 함께 66학번이고, 나는 김정례, 김형영, 마종하, 박건한, 양연숙, 임영조(작고) 등과 같이 65학번이다. 1년차 선후배지만, 이화여고를 나온 그가 망설임 없이 문예창작과—당시만 해도 국내 유일의—로 직행한 데 비해 나는 줄곧 골방 속에 처박혀 있다가 자그마치 4년이나 지각 입학한 처지였다. 벌써 40여 년 세월 저쪽의 일이다. 그러므로 그 시절은 당연히 망각의 안개 속에 어렴풋이 잠겨 있는 숲과 같다.

내 기억 속 가장 오래된 오정희 씨의 모습은 테니스장을 배경으로 하고 있다. 아니면 정구장이었나? 내 기억이 다소 미심쩍긴 하지만, 아마도 체육 시간이었던 듯싶다. 아니면 체육 대회였나? 어쨌거나 운동장 저쪽에서 라켓을 맵시 있게 휘두르고 있는 그를 멀찍이서 보고 있는데 옆에서 김형영이 말했다. "쟤, 중학생 때 정구 선수였대."

낡은 기억의 조각들을 맞춰보면 그의 입학 첫해의 일이 아닌가 싶다. 우리는 한동안 공이 오가는 것을 지켜보며 서 있었다. 무척 환한 풍경이었고, 그래서 오래도록 지워지지 않는 그림으로 남았다.

작가 오정희의 등장을 알린 그의 데뷔 작품 「완구점 여인」을 읽은 것은 다음 해의 일이다. 나는 속으로 몹시 놀랐다. 첫째는 작품의 완성도에 놀랐고 그리고, 주인공에게서 그의 전혀 다른 얼굴—어둡고 외로운—을 발견하고 다시 놀랐다. 그는 이미, 운동장 저쪽 환한 햇살 아래 맵시 있게 공을 쳐 넘기고 있는 그런 소녀가 아니었다. 비극적 세계 구조에 대해 일찌감치 눈을 뜬 그의 모습은 나에게는 거의 충격적이었다고 말할 수 있다.

1968년 등단 이후 작가 오정희의 삶과 문학은 우리가 두루 아는 바이다. 그래서 애초에 나는 환갑 잔치에 초대받은 기분으로 이 원고 청탁을 쾌히 수락했다. 내용은 인물 묘사, 분량은 200자 원고지 15장, 게다가 마감 일자도 넉넉했던 것이다. 그러나 막상 작업에 임한 나는 한 가지 사실을 깨달았다. 40년 지기에도 불구하고 정작 공유하고 있는 추억담이 거의 없다는 사실이 그것이었다. 그러고 보니 나는 늘 어딘가 저쪽에 있는 그를 지켜보았던 셈이다. 그렇다면 평소의 믿음—어느 작가보다 가깝고 친숙하게 느껴온 것—은 전혀 근거 없는 착각이었다는 말인가? 나는 몹시 당황스러웠다. 그럴 수야 없는 노릇이다. 나는 비로소 한 가지 사실을 다시 깨닫기에 이르렀다. 그랬다. 나의 곁에는 늘 작가 오정희가 있었다.

작가입네 하고 내가 강단에서 글쓰기를 가르쳐온 세월도 만만치 않다. 소설 쓰기를 강의실에서 얼마나 가르칠 수 있나 늘 회의하면서 나는 주로 다른 작가들을 팔아 그럭저럭 여기까지 연명해왔다는 생각이 든다. 훌륭한 작가와 작품들이 없었다면 내 생업도 간데없었을 거라는 얘기다.

그런 의미에서 내가 평소 빚지고 있는 작가들은 한둘이 아니다. 오정희 씨는 그들 중에서도 내 강의 시간에 비교적 자주 등장하는 현역 작가 중 한 사람이다. 나에게는 그만큼 친숙한 인물인 셈이다. 술자리든 강의실이든 친숙하지 않고서야 어찌 쉽게 불러낼 수 있으랴.

작가 오정희를 내가 유독 가깝게 느끼는 까닭은 두말할 것 없이 그의 소설에 있다. 그렇다면 그의 작품 세계의 어떤 요소들 때문인가? 몇 가지만 간추려 얘기해보자면;

첫째로, 두 부류의 작가, 즉 자기 이야기를 주로 하는 작가와 남의 이야기를 주로 하는 작가가 있다고 할 때, 그는 늘 자화상을 그리는 작가인 까닭이다. 스스로 말했듯이 개인적인 체험에 기초한 소설 쓰기를 하고 있다. 그러면서 일상적 풍경 속에 숨어 있는 상징, 즉 삶의 비의를 찾아낸다. 그러므로 그의 소설은 거창한 이념이나 공허한 상상력을 좇지 않는다는 점에서 나는 더할 나위 없는 친밀감을 느낀다. 소설의 본질은 비록 허구지만, 때문에 관념성이나 상상력은 오히려 더 최소화됨이 바람직하다는 게 평소 나의 생각인 것이다. 요즘처럼 현실 세계 자체가 엽기적일수록 더 그렇다.

둘째로, 작가의 인상만큼이나 단정하고 절제된 언어의 매력 때문이다. 당대 작가 중에 오정희만 한 문장가를 찾기가 쉽지 않다던, 언젠가 동리 선생께서 사석에서 하신 말씀에 나는 전적으로 공감하고 있다. 빼어난 은유와 상징적 울림으로 가득 찬 그의 소설 문장은 매번 읽는 이의 마음을 깊이 사로잡고 만다. 우리 소설 문장이 보여줄 수 있는 한 절대치를 느끼게 함으로써 나로 하여금 때로는 소름을 돋게 만든다.

셋째로, 변함없이 치열한 작가의 정신 때문이다. 그는 우리네 삶이 지닌 저 어쩔 수 없는 속물성과 통속성에 저항하면서 또한, 글쓰기에 있어 도식성이나 허명의 덫에 빠지지 않기 위해 늘 긴장해 있다. 세상 또는 문단과의 적절한 거리 두기로도 보이는 춘천에서의 단순한 생활도 그런 노력의 하나로 이해된다. 줄타기 광대에 비유한다면, 작가로서의 그의 정신은 늘 외가닥 줄 위에 있다.

넷째로, 이 또한 스스로 고백했듯이 그에게 있어 글쓰기란 타자와의 소통과 화해의 노력에 다름 아니란 점이다. 때문에 그의 소설은 늘 구원에의 간절한 소망이 담겨 있다고 느껴진다. 단절과 갈등이 없다면 와신상담 굳이 언어의 성을 쌓아올릴 까닭이 없으리라. 그의 소설에 허황된 신화는 없다. 우리 안의 가장 내밀한 신음을 나지막하게 들려줄 뿐. 나 또한 견고한 언어의 성벽에 내 존재를 못 박아두고 싶은 욕망 때문에 한사코 소설에 매달리고 있다.

그러고 보면 작가 오정희나 그의 작품 세계는 나에게는 하나의 전범으로 받아들여졌다는 말이 된다. 말하자면 한 작가로서 내가 가고 싶은 길을 그는 앞서가고 있고, 또 내가 도달하고자 하는 곳에 먼저 올라 있는 작가인 셈이다. 그러니 당연히 내 강의의 단골손님일 수밖에 없지 않겠는가. 나는 작가 오정희와 그의 소설에 기대어 정작 작가로서의 나의 꿈을 참 많이도 주절거려왔음을 실토하지 않을 수 없다.

좋은 소설 쓰기 못지않게 건강에도 부디 정성을 기울이시기를. 그래서 소망대로 건강한 '소설 노동자'로 독자 곁에 오래 머물기를 충심으로 바란다.

(2007)

우리가 함께했던 시절

— 임립 화백

　미아리고개 위의 서라벌예술대학(지금의 중앙대학교 예술대학 전신)
에 내가 입학한 것은 1965학년도의 일이다. 내 또래들에 비해 한참
늦은 지각생이었다. 세사에 찌들고 이래저래 주눅이 든 나는 제대로
기를 펴지 못했다. 늘 문예창작과 강의실을 벗어나지 못한 채 고작 학
과 동료 몇 사람하고만 어울렸을 뿐 타과생들과는 이렇다 할 교분이
없었다. 우리 학과생들이 대체로 그랬듯이 당시 서라벌 예대 캠퍼스
에는 미술 음악 무용 연극 영화 사진 방송 등 각 분야에서 '나도 좀 한
다'는 위인들이 적지 않게 드나들었고, 그들 중 상당수는 재학 중에나
또는 졸업 후에 명실상부한 조명을 받았다. 그러므로 나로서는, 문학
예술의 좁은 경계를 허물고 다른 분야와 폭넓은 교분을 쌓을 수 있었
던 절호의 기회를 놓친 게 지금도 아쉬움으로 남아 있다. 임립 화백과
의 교우는 그래서 소중하다.

　임립 화백을 생각하면 저 미아리시장 안동네의 후미진 골목길이
먼저 떠오른다. 1960년대 중반, 서울 성북구 소재의 미아리시장은 그

무렵 우리들이 자주 드나들곤 하던 재래시장이다. 좁고 질척한 시장 골목에는 허름한 식당과 선술집들이 많아 늘 배고프고 술 고픈 우리 예대생들이 아침저녁 가릴 것 없이 출입이 잦았던 것이다. 물론 호주머니가 허락하는 한에서지만. 그놈의 주머니 사정이란 항용, 넘쳐나는 우리네의 열정과 낭만에 비해 턱없이 모자라기 마련이었다. 그런 중에도 이른바 향토장학금을 이제 막, 그것도 넉넉하게 수령한 녀석이나 때로는 그날 수업을 다 끝낸 교수님을 앞세우기도 했는데 그런 날은 시장 바닥을 통째로 접수한 기분이었다. 말하자면, 거기가 우리들의 명동이었던 셈이다.

그런 시장 골목을 거지반 지나서 산비탈 마을로 드는 후미진 길을 배돌다 보면 당시 그가 유숙하던 하숙집이 있었다. 그리고 시인 김형영 형과 내가 동숙하던 자취방은 그곳을 지나 두어 굽이 더 가야 했으므로 우리는 오다가다 종종 그의 방을 기웃거리곤 하였다. 다다미 두 장짜리 우리 자취방에 비해 그래도 그의 하숙방은 평수가 좀 있어 방 귀퉁이에 이젤 하나쯤은 으레 세워져 있기 마련이었다. 우리는 거기서 미래의 임립 화백을 보았던 건지도 모른다. 그가 작업 중인 그림들을 우리는 기대에 찬 마음으로 뜯어보곤 했다.

오며 가며 마주칠 때마다 언제나 환한 웃음으로 반기는 그의 얼굴에는 늘 여유가 느껴졌다. 그랬다. 우리가 '이고민'이니 '김불만'이니 하는 별호를 꼬리표처럼 달고 살았던 데 비해 그에게서는 늘 여유와 자신감이 넘쳐나 보였다. 그가 무엇을 심각하게 고민하는 모습을 나는 본 적이 없다. 일테면 그 시절, 우리에게는 그리도 팍팍한 세상살이나 매양 절망감을 되씹게 만들곤 하는 우리네 작업이 그에게는 그리도 쉽게, 별로 힘들이지 않고도 그냥 설렁설렁 이루어지는 것만 같았다. 그만큼 그는 낙천적이고 매사 긍정적인 성품이었다. 대학 4년 동안 내가 타과생으로는 거의 유일하게 그와 어울릴 수 있었던 것도 아마 그 때문이 아니었나 싶다. 온통 결핍투성이던 20대를 안간힘 하듯 살아내야 했던 그 시절, 우정 유세할 것이라곤 단지 문학에의 열정 뿐이던 그 시절, 나는 그런 성품의 그에게서 적지 않은 위안과 즐거움을 얻었다고 생각된다.

3학년 때였나, 그가 학생회장 선거에 출마했다. 우리가 보기에는 그다지 승산이 없는 돌출 행동이었다. 그러나 초반의 열세를 만회하고 그는 당선했다. 그러니까, 그다운 진면목을 우리 모두에게 두루 보여준 셈이었다. 선거판에 끌려들어 어리석은 조언을 하고 막판에는 찬조 연사로 나서기까지 했던 기억이 지금도 생생하다. 매사에 금방 주눅 들고 소심증 적면증에 대인공포증까지 두루 짊어지고 살던 내가 감히 그럴 수 있었던 것도 저렇듯 넉넉했던 그의 성품 덕분이었을 것이다. 지금 뒤돌아보노라면, 아마도 그 시절이 우리들의 질풍노도의 시기가 아니었나 싶다. 세월은 덧없는 것이지만 젊음은 우리의 기억 속에서 아직도 뜨겁다. 부디 건강하여 앞으로도 좋은 작품들을 계속 보여주길 바라는 마음이다.   (2005)

천막학교와 까까머리 선생

1950년대 후반의 이야기다. 그러니까 6·25가 이 땅을 휩쓸고 지나간 지 얼마 되지 않은 시기이다. 전쟁은 어느 하늘 아래서나 늘 그랬듯이 우리 사회에 깊은 상처를 유산처럼 남겼다. 황량한 폐허와 만성적인 굶주림이 그것이다. 오늘의 50대는 바로 그 어둡고 거친 시대적 환경 속에서 정신적 성장기 곧 꿈 많고 호기심 많은 소년 시절을 시작했던 것이다. 그러고 보면, 전쟁의 잿더미로부터 우리 경제의 신화를 일구어낸 일꾼들이 바로 그들이었다는 사실은 참으로 의미심장하다고 하겠다.

우리 가족이 고향을 등지고 대구 바닥으로 흘러든 것은 내가 초등학교 4학년 때다. 절기로는 여름철로 막 접어들던 무렵으로 기억된다. 내가 전학 간 서부국민학교는 달성공원 너머 허허벌판에 임시로 둥지를 튼 피난학교였다. 목조 가교사임은 물론이고, 그나마 한 교실에 두 반씩 앞뒤로 갈라 앉아 동시 수업을 받아야 하는 상황이었다. 책걸상인들 제대로 된 것일 턱이 없다. 우리가 도마책상이라고 불렀던 그것은 마룻바닥에 무릎을 꿇고 끼어 앉아야만 간신히 네 사람씩 수용할 수 있는 앉은뱅이 책상이었다. 아이들조차도, 나까지 포함하여, 그야말로 조선 팔도에서 모여든 꼴이라 이래저래 분위기가 그악스러울 수밖에 없었다. 이런 판에 한쪽에서는 국어책을 읽어젖히고 또 다른 쪽에서는 구구단을 열나게 읊어대는 식이었으니, 수업도 전쟁판이나 다를 바 없었다고 회상된다. 선생님들의 매가 호되게 매웠음에도 불구하고 아이들은 툭하면 주먹다짐을 벌이곤 하였다. 전후의 황폐한 환경이 우리들의 성정마저 거칠게 내몰았던 것이다.

그해 여름에 겪었던, 몸살 나게 지겹던 장마는 지금도 내 기억에 생생하다. 비닐우산도 없던 시절이라 속절없이 젖은 채로 달성공원을 넘어 벌판길을 오가노라면 검정 고무신 바닥에 두텁게 달라붙던 그 찰진 흙덩이, 모 낸 논바닥처럼 방방하게 물이 고인 황토 운동장, 흙물이 질척거리는 마룻바닥에 젖은 무릎 꿇고 버텨야 했던 하루 네 시간씩의 수업 등……. 지금 되돌아보아도 마음 밑자락이 금세 흥건하게 젖어드는 기분이다.

그러나 유감스럽게도 나는 그런 학교마저 계속 다니지 못하였다. 태평로 판자촌으로 옮겨 앉으면서부터 나의 학업은 중단되고 만 것이다. 4학년 과정을 간신히 끝내고부터였는데, 이를 시작으로 이때부터 나의 학교 가기는 번번이 중단되곤 하는 이력을 남겼다.

판자촌 사람들은, 이들이야말로 전쟁통에 뿌리가 뽑혀 낯선 도시로 흘러든 피난민들이라 당장의 호구가 절대적인 관심사였을 뿐 2세들의 교육 같은 것에는 대체로 무신경하였다. 따라서 아이들도 당연히 그런 쪽으로만 영악해져서 학교와는 거의 무관한 생활로 빠져들었다. 말하자면 전후의 황폐한 도시에서 각자 제 밥벌이를 좇아 헤매는, 거친 아이들이 되어버렸던 것이다. 나 또한 예외가 아니었음은 물론이다. 신문팔이나 구두닦이 등 어설픈 대로나마 열심히 흉내 내던 기억들이 남아 있다. 또, 그 흉내 내기에는 부끄러운 기억들도 많다. 이 무렵의 이야기를 담은 게 나의 장편소설 『장난감 도시』지만, 지금 생각하면 내 인생의 첫 지뢰밭을 어떻게 무사히 지나올 수 있었는지, 아찔한 느낌이 없지 않다.

구두통을 메고 함께 거리를 쏘다니던 녀석 중 하나가 우연하게 천막학교 얘기를 꺼낸 게 그 무렵의 일이다. 변두리 동네의 어느 교회가 천막학교를 세우고 초등학교 과정을 가르쳐준다는 얘기였다. 그것도 입학금이나 공납금 한 푼 안 받을 뿐만 아니라 책이며 노트 같은 것도 공짜로 나눠준다는 소리였다. 귀가 번쩍 띈 나는 곧바로 그곳을 찾아갔다. 학교 가기가 중단된 지 두어 해쯤 되는 시점이었다. 그동안 내 안에서 어떤 갈증이 내내 꿈틀거리고 있었음을 나는 그때 비로소 깨닫고 스스로 놀라워했던 것 같다.

우리가 살던 동네에서 한참 떨어져 있는 그 변두리 교회가 거리의 청소년 교육을 위해 개설한, 일종의 야학이었다. 까맣게 타고 남은 코크스 부스러기가 자갈처럼 깔려 있는 교회 앞마당에 군용 대형 천막이 한 동 서 있었다. '천우성경구락부'라 쓴 초라한 간판도 눈에 띄었다. 안에는 그래도 책걸상이 갖춰져 있고 백열등 아래 칠판도 걸려 있어서 저 서부국민학교와는 또 다른 분위기를 느끼게 하였다. 나는 그날부터 그곳 학생이 되었고, 거기서 5, 6학년 과정을 공부하게 되었다. 몹시 가슴 설레는 일이었다.

수업은 오후 느지막이 시작되었다. 학생 수는 통틀어 서른 명 남짓했는데 아이들은 코흘리개서부터 처녀총각 티 나는 늙다리들까지 들쭉날쭉이었다. 하지만 그들보다 더 나의 관심을 끈 사람은 까까머리 선생이었다. 그랬다. 우리의 선생님은 고등학교 교복을 단정히 입은 학생 신분이었던 것이다. 그럼에도 불구하고 칠판을 등지고 서 있는 모습이 너무나 당당하고 감동적이었다고 기억된다. 훤칠한 키에 잘생긴 얼굴, 그리고 이북 말씨를 썼다. 첫 시간부터 나는 그 선생님이 무척 마음에 들었다. 그래서 구두통을 메고 거리를 헤매대다가도 수업 시간이 가까워지면 얼른 천막 교실로 달려가곤 하였다.

선생님이 좋아하는 과목은 국어였고, 특히 구연동화에 장기를 갖고 계셨다. 거친 환경과 각박한 생활 때문에 성정이 거칠어질 대로 거칠어진 아이들을 상대로 선생은 아주 재미있는 동화들을 들려주시곤 했는데 그런 때면 우리는 숨조차 죽이고 열심히 귀 기울인 채 선생의 손짓 하나하나에 신경을 집중하였다. 그렇게 이야기에 빠져들다 보면 끝내는 계집애들부터 시작하여 덩치 큰 사내애들까지 훌쩍훌쩍 울게 마련이던 것이다. 몸도 마음도 남루했던 우리들이었지만 이윽고 천막 교실을 나설 때는 양처럼 순해진 느낌이었다. 내가 작가의 길로 들어서게 된 깊은 인연 중 하나가 그런 순간의 감동과도 닿아 있는 게 아닐까 생각된다.

그분에 관한 결코 지울 수 없는 기억이 한 가지 더 있다. 우리들이

세상살이와 소설쓰기

소풍 가던 날의 일이다. 당일 아침, 선생님은 나를 포함하여 학생 몇 명을 댁으로 호출하였다. 찾아가서 본즉 선생의 하숙집이었다. 우리는 그때서야 선생이 가족 없는 외톨이(고아)란 사실을 알았다. 하숙집 마루에는 아주머니들 몇이 둘러앉아 열심히 김밥을 말고 있었다. 엄청난 양이었다. 끼니 거르기를 예사로 알던 우리들을 위해 마련한 점심밥이었다. 짐꾼이 필요하다던 선생의 말을 우리는 그제야 이해하였다.

내가 꼭이 원했던 바가 아닌데도 교단에 선 지 20년 가까운 세월을 헤아리게 되었다. 그런 나에게 스승의 날이 들어 있는 5월이면 늘 잊혀지지 않는 분이 저 까까머리 선생이시다. 당시 그분의 나이보다 세 배쯤 더 많아진 나이에도 불구하고 내 마음속에 살아 있는 그분은 역시 변함없이 존경스러운 스승의 모습이시다. (1995)

묵은 정을 가꾸는 마음

나는 30대 10년을 건국대학교 신문사에서 보냈다. 직책은 편집국
장이었다. 학생기자들을 상대로 기획과 취재에서부터 편집과 교정에
이르기까지 지도 감독하는 일이 주업무였다. 대학신문이란 예나 지금
이나 엉성하기 짝이 없다. 그럴 수밖에 도리가 없는 게 아마추어들의
손으로 만들어지는 것이기 때문이다. 해마다 상당수의 수습기자들을
뽑아 들여서 열심히 훈련을 시키지만, 겨우 제몫을 할 때쯤이면 졸업
해버리고 만다. 그래서 사실상 늘 수습들만 우글거리는 꼴이다 보니
똑같은 실수를 해매다 되풀이하는 것이다. 따라서 나의 역할이란 것
도 원천적으로 한계가 있을 수밖에 없다.

여기에다 우리의 1970년대라는 정치·사회적 배경도 문제였다. 이
른바 유신 철권 시대의 대학 언론이란 매사 살얼음판을 건너는 것 같
은 아슬아슬함이 있었던 것이다. 위로부터의 철저한 통제와 아래로부
터의 엄청난 저항 사이에서 끝없이 신경을 소모해야만 하던 세월이었
다. 이른바 학원 자율화의 바람이 불어닥친 80년대 벽두에야 나는 그

일에서 손을 털었다. 되돌아본즉 어언 10년 세월이었다. 그것도 사내 나이 30대의 10년—어디서든 자기 삶의 기반을 착실히 다졌어야 할 시기였던 것이다. 퇴직금 챙겨 들고 나서는 마음이 말할 수 없이 허전했다. 너무 헐값에 팔아먹은 나의 30대가 너무 허무하게만 느껴졌던 거다.

새로 일자리를 찾아간 곳이 남도 끝의 목포대학교였다. 작가라는 이유 하나만으로 첫 면담에서 생면부지의 나에게 국문학과 전임교수 자리를 선뜻 내어준 그곳 사람들의 호의가 너무나 황감해 두말 않고 이삿짐을 꾸렸다. 새 학년도 개강을 하루 앞둔 1981년도 2월 마지막 날 일이었다. 때늦게 대학 진학을 하면서부터 30대가 거덜나기까지 나의 서울 생활에는 원한도 많았으므로 천 리 길을 나서는 마음이 후련함도 없지 않았다. 그러나 막상 현지에 도착하여 엉성한 한옥에다 짐을 부리고 나자 기분이 그게 아니었다. 우리 가족에게는 너무나 생소한 고장이던 것이다. 갑자기 외로움이 엄습했다.

어쨌든 그런 식으로 발을 들여놓은 목포대에서 나는 인생의 가운데 토막인 40대 10년을 보냈다. 이 또한 갈등이 적지 않았던 세월이었다. 여기에는 우리의 80년대 사회 상황이 결정적인 배경으로 작용했다. 학교는 단 한 학기도 조용히 보낸 적이 없었다. 최루탄 가스와 돌멩이와 화염병이 캠퍼스를 뒤덮곤 하는 따위야 항다반사였으므로 새삼 말할 것도 없고, 강의실이나 연구실 폐쇄도 잦았던 것으로 기억된다. 필경에는 학교 시설물 파괴와 방화, 분신 자살 등 되돌아보기조차 끔찍한 소용돌이 속에 휘말려 있던 세월이었다. 당연히 사제 간의

묵은 정을 가꾸는 마음

갈등도 최악의 상태가 아니었던가 싶다. 사소한 오해 때문에 동료 교수의 연구실이 시위 학생들에 의해 유린되고 불태워지는 현장을 무력하게 보고만 있을 수밖에 없었던 기억은 아마도 평생 잊혀지지 않으리라.

꼭 10년 만에 다시 짐을 챙겨 중앙대학으로 옮겨 앉고 본즉 나는 어느새 50대의 생애로 접어들고 있었다. 속된 말로 청춘도 무엇도 다 거덜나버린, 날 샌 인생이던 것이다. 10년 전과 같은 심정이었다. 한 사람의 생애를 결정 짓는 그 귀중한 시기에 나는 내내 엉뚱한 곳에서 엉뚱한 일로 세월만 허송해왔다는 생각에 허전함을 금할 수가 없었다. 나의 삶은 온통 낭비투성이란 기분이 들었다. 하지만 또 달리 생각해보노라면, 어떤 생인들 낭비적 요소가 없으랴 싶기도 하다. 어쩌면 우리의 삶이란 것 자체가 결국 생명의 부단한 소모 과정이 아닌가.

우리의 삶은 늘 타인과의 만남 속에서 이루어진다. 생각하면 이 세상에 태어난 것도 만남에서 비롯된 것이다. 죽음의 자리에서도 우리는 또 다른 만남을 기약하지 않는가. 그런 점에서 인간은 단순한 사회적 존재 이상의 관계 존재인 셈이다. 영겁의 세월과 지구적 공간, 그리고 바닷가 모래알처럼 많고 많은 사람들 중에서 기적처럼 이루어지는 나와의 만남이야말로 신비로 가득 찬 삶의 현상이 아닐 수 없다. 그럼에도 불구하고 참으로 놀라운 것은, 이 만남을 대수롭게 여기지 않는 시대 풍조이다. 유행가에도 있듯이 너무 쉽게 만나고 너무 쉽게들 헤어진다. 너무 가볍게 손을 내미는가 하면 또 하찮은 일로 금세 이빨을 드러내기도 한다. 부모, 형제, 친구, 이웃, 직장 동료 등 한때는 귀중한 의미가 부여되었던 모든 인간관계들이 걷잡을 수 없이 무너지고 있는 상황인 것이다. 그만큼 메마르고 삭막한 사회가 되고 말았다.

그러나 이러한 사실을 지적하고 성토하기란 쉽다. 하지만 스스로를 돌아보면 나 또한 전혀 예외적인 존재가 못 됨을 부끄럽게 깨닫곤 한다. 지난 20년 동안 직장 생활을 통해 내가 만난 사람은 결코 적은 숫자가 아니리라. 신문사나 강의실에서 만났던 학생들, 그리고 동료 교수며 직원들의 면면을 모두 기억하기란 아예 불가능한 노릇이다. 게다가 나로 말하면, 얼굴이나 이름을 기억하는 일에는 워낙 젬병인 터라 사정은 더욱더 절망적일 뿐이다.

지방의 대학에서 만난 사람들로부터 요즘 나는 간혹 문안 전화를 받는다. 그야말로 안부 전화다. 그들 중에는 제자들도 있고 동료였던 교수도 있고, 또 학교 밖에서 만났던 사람들도 있다. 그곳을 떠나온 이후 거의 까맣게 잊고 살던 사람의 목소리를 갑자기 접하고 보면 내심 당황하게 마련이다. 그래서 전화를 끝내고 나면 으레 미진한 기분이 남곤 한다. 횡설수설하느라 이쪽의 마음을 제대로 전하지 못한 아쉬움 때문이다. 그와 더불어, 가슴속을 잔잔히 채우는 느낌이 있다. 세상이 내가 생각하는 것만큼 그렇게 삭막한 곳은 아니라는 사실의 확인이 가져다준 신선한 기쁨이 바로 그것이다. 묵은 정을 소중히 간직하고 있는 사람들 앞에서 부끄러움과 함께 또한 살맛 나는 즐거움을 새삼 맛보는 것이다.

그러고 보면 늘 그래왔다고 생각된다. 덧없이 가는 세월에 쫓기느라 내가 미처 챙기지 못하는 정을 늘 챙겨주는 마음들이 언제나 있었다. 건국대의 경우도 마찬가지여서 몇몇 사람들과는 아직도 그 시절 우리의 만남을 소중히 가꾸어오고 있는 터다.

공교롭게도 나의 직장 생활이 매 10년 단위로 거듭 손 털고 일어설 수밖에 없었다고는 해도 그 세월이 결코 허무한 것으로만 끝나버린 게 아니라는 사실을 나는 요즘 들어 새삼 깨닫고 있다. 노랫조로 표현하자면, 세월은 가도 정은 남기 때문이며, 그리고 또 그 묵은 정을 변함없이 소중하게 챙기고 가꾸어가는 사람들 덕분이다. 그 같은 사실의 발견과 확인은 세상살이에 대한 저 허전함과 삭막함으로부터 단번에 나를 건져 올리고, 그래서 인생은 역시 살맛 나는 것이란 기쁨을 새삼 맛보게 해준다. (1992)

그리움과 진지함으로

4·19와 5·16으로 시작된 1960년대가 저물어가던 때, 저는 한국 문인협회 사무국에 임시 직원으로 근무하고 있었습니다. 옆자리에는 시인 김형영 형이 있었고요. 두 사람 다 첫 직장이었는데, 우리에게 주어진 일은 한국문인협회 편, 삼성출판사 발행의 『한국단편문학대계』(1969) 원고 수집 및 정리였습니다. 이 전집의 제14권에는 저의 초기 소설 두 편도 수록되어 있습니다.

당시 문인협회 이사장은 월탄 박종화 선생님이셨고, 김동리 선생님, 서정주 선생님, 박목월 선생님, 조연현 선생님이 부이사장 또는 분과위원장이셨던 것으로 기억됩니다. 풋내기 신인 작가인 저에게는 하늘 같은 어르신들이셨습니다. 그래서 회의가 있어 그분들이 나오시는 날은 저는 온종일 긴장과 흥분 속에서 살았습니다. 그분들이 둘러앉아 있는 모습만으로도 가히 한국 문단의 중앙정부라고 할 만 했습니다. 그런데 목월 선생 한 분만 빼고 다른 네 분은 다 키가 작은 편이었지요. 당시 한국인의 평균치에 밑도는 키여서 저는 속으로 엉뚱한 생각을 품기까지 했습니다. 대가가 되려면 우선 키부터 작아야 한다, 하구요. 어쨌거나, 그럼에도 불구하고 저는 마치 거인 클럽을 보고 있는 기분이었습니다. 당연한 일이지요. 그분들이야말로 당대 한국 문단을 대표하는 어른들이셨기 때문입니다. 저는 그분들을 가까이 뵈올 수 있는 행운에 못내 감격스러워했습니다. 지금 생각하면, 한국 문단사의 요순시대가 아니었나 싶습니다.

위의 일이 끝나자마자 문예지『월간문학』의 창간 작업이 시작되었습니다. 발행인 겸 편집인은 김동리 신임 이사장이셨습니다. 손이 더 필요해져서, 작고한 소설가 이문구 형이 우리와 합세했습니다. 그때가 처음 만남이었는데『현대문학』으로 등단(1966)한 문구 형은, 노가다 판에서 십장 노릇 하다가 스승이신 동리 선생님의 부름을 받고 왔노라고, 자신을 소개했습니다. 건장한 체격에 반듯한 이목구비, 특히 짙은 눈썹이 인상적이었습니다. 나중에 그의 첫 장편소설『장한몽』(1970)을 보고서야 그의 말이 괜한 허풍이 아님을 실감했습니다. 그로부터 몇 년 동안 우리는『월간문학』만드는 일에 코를 박고 살았습니다.

그 시절만 해도 문인협회 사무실이자『월간문학』편집실인 광화문 (세종문화회관 자리) 예총 건물 2층 방은 문단의 사랑방 구실을 했습니다. 그만큼 드나드는 문인들이 많았습니다. 원고나 원고료를 주고받자면 직접 발걸음 할 수밖에 없던 시절이기도 했지만, 그게 아니더라도 이래저래 사람이 꼬이게 마련이라 특히 저녁 시간에는 사람이 그립고 술이 고픈 문사들로 항용 북적거리게 마련이었습니다. 한쪽에는 바둑을 두고 다른 쪽에서는 섰다판이 벌어지곤 했습니다. 심지어는,

그때만 해도 비상처럼 귀한 대접을 받던 포르노도 튼 적이 있었지요. 나중 불이 환하게 켜졌을 때 서로 얼굴 대하기가 조금은 민망스러웠던 기억이 납니다. 참 지금 생각하면 웃음을 금할 수가 없습니다. 문단 인심이 그만큼 순박하고 넉넉했던 게 아니었나 싶습니다.

지금 새삼스레 그 시절을 그리워하는 까닭은 오늘 우리가 목도하고 있는 세상 풍속이 너무나 많이 낯설기 때문입니다. 이런저런 간판을 단 문인 단체들이 많지만 그러나 더 이상 한국 문단을 대표하는 단체는 없지 않나 싶습니다. 뿐더러, 이런저런 이유로 많은 동료 문인들로부터도 외면당하고 있는 형편이라 누구든 대표성을 주장하기가 여간 민망스럽지 않으리라는 생각도 듭니다. 그러므로 이제는 명실상부한 한국 문단의 중앙정부 같은 것은 전혀 기대할 수 없게 되었습니다. 문단의 사랑방이 없어진 것도 그렇습니다. 원고든 원고료든 이제는 직거래가 없어졌지요. 또한, 사람이 그립고 술이 고프다고 무작정 발걸음하던 풍속도 사라진 지 오랩니다. 단지 '글 쓰는 사람'이라는 그것 한 가지만으로 쉽게 동류 의식에 젖고 더불어 동료애를 나눌 수 있던 시절이 이제는 아득하게만 기억되는군요.

그리고 40대 초반의 일입니다. 새로 월간 문예지 『한국문학』 발행을 이어받은 소설가 조정래 형으로부터 저는 어느 날 원고 청탁 전화를 받았습니다. '나에게 소설은 무엇인가?'*라는 주제로 200자 원고지

---

* 『한국문학』, 1984년 12월호,

그리움과 진지함으로

100장쯤 써달라는 주문이었습니다. 시리즈 기획의 첫 번째 주자란 사실도 덧붙이면서, 작가로서의 진지한 자기 고백과 성찰을 기대한다고도 했습니다.

1960년대 중반 등단 이래 먹고사는 일과 소설 쓰기라는 두 마리 토끼를 쫓느라고 늘 경황 없던 저는 그제야 문득 걸음을 멈추고 잠시 저 자신을 돌아보는 마음이 되었습니다. 그래, 나에게 소설은 무엇인가? 가족을 부양하는 일 한 가지만으로도 허리가 휘는 판에 도대체 소설이 무엇이기에 밤낮없이 한사코 매달리고 있는가? 참으로 솔직하고 정직한 답변을 얻고자 깐에는 진지하고 치열한 자기반성의 시간을 가졌고, 그래서 저는 이렇게 썼습니다.

무엇보다 먼저, 나의 소설은 눈물이다. 삶의 현장에서 미처 퍼내지 못했던 눈물.

그랬습니다. 특히 초기에 쓴 저의 소설들에는 흔하게 눈물을 볼 수 있었습니다. 전후의 들판을 지나온 성장기의 고통과 상처 때문이었지요. 저 전쟁이 없었다면 상처도 없었을 것이고, 상처의 고통이 없었다면 소설 같은 건 쓰지 않았을지도 모르지요. 저에게 소설은 그렇게, 운명적으로, 왔습니다.

그리고 또, 나의 소설은 추위다. 찬바람 부는 거리를 떨며 헤매는 초라한 자화상이다.

세상살이와 소설쓰기

그랬습니다. 요행히 등단을 하고 대학문을 나섰지만 세상살이는 신산하기만 했습니다. 유신이 선포되고 툭하면 위수령이 발동되곤 하던 1970년대의 이야기입니다. 이 무렵에 쓰여진 소설들은 거의가 혹한의 겨울을 배경으로 하고 있더군요. 제 소설의 주인공들은 셋방살이를 전전하며 언제 문을 닫을지 모르는 영세 출판사에 목을 매단 채 늘 불안에 떨고 있습니다. 이러다가는 식구들과 함께 길바닥으로 내몰릴지 모른다는 강박증에 짓눌려 살았던 거지요. 영락없는 자화상이었습니다.

그렇다면, 이제 나는 묻는다. 장차 나의 소설이 무엇이기를 바라는가?

이 물음에 대해 40대 초반의 저는 이렇게 적었습니다.

못질하기여야 한다. 나에게 소설 쓰기란, 영원하고 견고한 벽에다 내 보잘것없는 존재를 단단히 못 박는 작업이어야 한다.

그러니까 지금으로부터 스물대여섯 해 전에 저는 그렇게 자문자답하고 있었던 거지요. 실로 '진지하고 엄숙한 톤'으로 말입니다.

요즘 들어 저는 문득문득 그 물음과 답변을 되새김질하곤 합니다. 한데, 그 뒷맛이 영 개운치 않습니다. 어쩌면 시대착오적인 물음과 답변이 아닌가 싶어 쑥스럽기도 하고, 그럼에도 불구하고 여태 그런 의식에서 헤어나지 못하고 있는 자신이 더없이 촌스럽다는 생각도 합니

그리움과 진지함으로

다. 한때는 그리도 진지한 톤으로 묻고 답할 수밖에 없었던 주제가 분명한데도 말입니다. 이는 또 어인 까닭인지요?

세상 풍속과 문단 인심이 변해도 너무 많이 변한 때문이 아닐까 저는 생각합니다. 또는, 변전무상이 세계의 본상이라면 거기에 쉬 적응하지 못하고 있는 나 자신 탓일 테지요. 하지만 아무리 그렇다고 해도, 이건 아니다 싶은 것들에 발목이 잡힌 채 마냥 곤혹스러워하는 순간들이 잦습니다. 세상이 아무리 바뀌었다고 해도, 그래서 세상 사람들이 다 제 잘난 맛에 살고 어찌 됐건 꿩 잡는 게 매라곤 해도 아닌 건 아니다 한사코 고집하고 싶은 거지요. 그렇게 고집하고 말할 수 있는 자리가 바로 글쓰는 자리 아니냐고 저는 생각합니다.

그래서 저는 저 낡은 꿈을 아직도 단단히 품고 있습니다. 우리 사회가, 특히 우리 문학판이 좀 더 따뜻하고 아름다운 마을이기를 꿈꾸고 있습니다. 그런 속에서 당당하게 우리의 길을 가자고 제언하고 싶습니다. 참으로 간절한 그리움과 한없는 진지함으로 말입니다.

(2010)

4부

일상의 작은 기쁨들

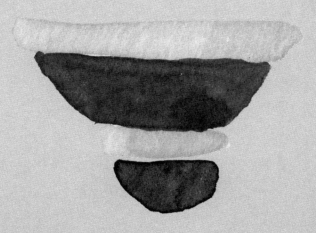

옛사람들의 시간 의식

예컨대, 부산이나 목포쯤에서 한양 천 리 길을 짚신감발로 터벅터벅 걸어 다니던 시절에는, 모르긴 해도 한 번 나들이에 한 달씩은 좋이 걸렸을 법하다. 그것도 건장한 장정들의 경우일 테고, 나약한 아녀자들이나 노인네들은 사정이 또 사뭇 다를 수밖에 없었을 터이다. 더러는, 돌아올 기약조차 아득한 나들이였을 것이다. 꽃잎 움 돋던 봄에 길 떠난 사람이 또 더러는 철을 바꿔 매미 울음소리 따가운 한여름에 지친 몸을 이끌고 귀가하기도 하였으리라.

그 한양 천 리 길을 이제는 새마을호나 고속버스로 네 시간 정도면 주파한다. 비행기로는 고작 한 시간 거리다. 오는 2000년대에는 고속전철이 운행될 모양이다. 그렇게 되면, 한양 천 리 길을 날마다 출퇴근하는 사람도 생겨날 법하다. 그야말로 전국이 명실상부한 일일 생활권역화하는 셈이다. 한양 천 리라는 말도 의미를 잃게 되리라.

현대인의 기질적 특성 중 하나는 시간에 대한 강박관념이다. 흡사 시간이라는 괴물에게 등을 떼밀리며 살듯이 숨 가쁘게 쫓기는 일상인 것이다. 특히 도시인들의 경우가 더 심하다. 아마도 서울 시민들은 아침 출근길마다 그 점을 더 잘 실감하리라. 전철역 계단이나 버스정류장 같은 데서 남녀노유 신사숙녀를 가릴 것 없이 매일처럼 한 바탕씩 벌어지곤 하는, 그 치열하고도 민망스러운 경주를 통해서 말이다. 그것은 고작 몇 분의 시간을 다투는 일에 지나지 않는 일이다.

시간에 관한 한 우리는 이처럼 인색해진 셈이다. 거대한 시멘트 정글 속에 살면서 하루 종일 시간과 다투어야 한다. 출근 시간을 맞추지 못하면 아침부터 사정없이 깨지게 마련이고, 밀려드는 일거리에 비해 주어진 시간은 항상 짧고, 또 만나야 할 사람 지켜야 할 약속들은 지겹게 꼬리를 문다. 결국 우리의 일상이란 눈 뜰 때부터 감을 때까지 시간이라는 괴물과 벌이는 아귀다툼의 연속이라는 생각마저 드는 것이다.

그런 사정이고 보니 시간에 관한 한 인색해질 수밖에 도리가 없기도 하다. 그래서 자신에게나 타인에게나 우리는 일쑤 메마르고 신경질적으로 반응하게 된다. 매사에 도무지 여유가 없는 것이다. 조급증 환자처럼 늘 숨차게 동동거리고, 안달복달하고, 종당엔 스스로 지쳐 떨어지곤 하는 것이다.

생각하면, 아이러니다. 문명의 이기를 빌려 시간을 정복했다고 생각한 것이 오히려 시간의 포로가 된 꼴이니까 말이다. 옛날 사람들이 한 달 걸려서 오간 길을 이제는 한나절이면 거뜬히 돌아칠 수 있다면, 산술적으로 생각해서, 적어도 스무아흐레의 여유를 우리가 누릴 수 있어야 할 터인데 오히려 시간에 쫓기는 삶을 살고 있으니 어찌 아이러니가 아니랴. 비단 길 얘기만도 아니다. 생활의 모든 면에서 우리는 그런 아이러니를 체험하고 있다. 분명 능률 사회, 고도문명 사회에 살고 있는데도 여유는커녕 오히려 족쇄처럼 옥죄어드는 삶을 살아내고 있는 것이다. 그야말로 한 시간을 나누고, 1분을 쪼개고, 1초를 다투어야 하는 그런 삶 말이다.

현대소설은 시간에 대한 현대인의 그러한 심리를 잘 드러내고 있다고 흔히 지적된다. 말하자면, 시간에 덜미를 잡혀 속절없이 끌려 다니는 현대 도시인의 피곤한 내면 세계를 그려 보여주고 있는 셈이다. 현대소설의 한 전범으로 알려져 있는『율리시스』가 바로 그러하다. 주지하다시피 율리시스는 그리스의 고전『오디세이』의 주인공이다. 호머는, 율리시스 장군이 트로이 전쟁에 참전했다가 귀국하기까지 스무 해 동안의 파란만장한 모험담을 펼쳐 보인다. 그러나 금세기 초반 조이스에 의해 그 이름으로 쓴 소설『율리시스』는 내용이 딴판이다. '블룸'이라는 이름의 평범한 외판원 사내가 단 하루 동안 더블린 시내를 떠돌아다닌 이야기에 불과한 것이다.

양자의 대비를 통해서 우리가 느낄 수 있는 것은 무엇인가? 무엇보다 그것은, 호머 시대의 삶에 비해 우리 현대인의 삶이 얼마나 왜소해졌는가를 상징적으로 깨닫게 한다고 생각된다.

옛사람들의 시간의식은 유장한 데가 있었다. 따라서 그들의 삶 또

옛사람들의 시간 의식

한 어떤 여유를 확보할 수 있었다. 그에 비해, 우리 현대인들의 시간 의식은 각박하기 짝이 없다. 그 당연한 결과로 우리 모두는 숨 가쁘게 쫓기는 삶을 살고 있는 것이다. 불행히도, 이런 상황은 갈수록 심화될 조짐을 보이고 있다. 어떻게 할 것인가? 당장 신통한 처방은 없다. 다만 옛사람들의 저 유장한 시간 의식을 닮으려고 노력해볼 일이다. 목표에 빨리 도달하는 것만 능사가 아닌 거다. 어쩌면 거기에 이르는 과정 자체가 더 소중한 건지도 모른다. 짚신감발에 한양 천 리 길을 나서듯 그렇게 오늘 하루를 시작해볼 일이다.   (1989)

일이 즐겁다는 생각

지난해던가, 서울팝스콘서트를 위해 내한했던 스탠리 블랙은, 당시 매스컴이 소개한 바에 따르면, 세계적 명성을 지닌 작곡가이자 연주자이고 또 지휘자인데, 일흔다섯의 고령에도 불구하고 정정한 모습이었다고 한다. 콘서트를 거뜬히, 그것도 정력적으로 지휘하고 난 그는, 건강의 비결을 묻는 어느 기자에게 이렇게 답변하였다.

"건강의 비결요? 네, 그것은 항상 열심히 일하고 깨끗한 마음을 지니는 것이죠."

기자는 또, 작곡, 연주, 지휘 중에서 가장 즐겨하는 일은 어느 쪽이냐고 물었다. 그러자 그는 간명하게 답변하였다.

"지금 하고 있는 일입니다."

언젠가 음악방송에서 들은 얘기다. 나는 스탠리 블랙의 지휘를 본적도 없고, 인터뷰 장면을 본 것도 물론 아니다. 그럼에도 불구하고 그의 말 속에는 가슴을 뭉클하게 만드는 어떤 힘이 있었다. 그 힘은 무엇인가? 그것은 아마도 그의 권위에서 나온 것일 터이다. 그 나이에 이르도록 성실하게 자기의 길을 걸어온 사람만이 지닐 수 있는 바로 그런 권위 말이다. 일견 평범해 보이는 진리도 그런 권위로써 말할 때 훨씬 더 감동적인 것으로 우리 가슴에 와닿게 마련이다.

사실인즉 삶의 진리란 평범한 데에 있다. 게으른 사람, 마음이 어두운 사람이 건강할 수는 없다. 또한, 자기 생활에 충실하며 허튼 생각을 품지 않는 사람은 대체로 건강하게 마련이다. 하지만 스탠리 블랙의 삶이 우리에게 주는 가장 큰 교훈은 아마도, 일 자체를 즐겨한다는 대목이 아닐까 싶다. 작곡이든 연주든 지휘든 간에, 그중 어떤 것을 더 좋아하거나 싫어하는 법 없이, 지금 당장 하고 있는 일 그 자체가 마냥 즐겁다고 말하고 있는 것이다. 일테면, 지금 무슨 일을 하고 있다는 것만으로도 즐겁다는 뜻이 된다.

똑같은 일이라도 즐거운 마음으로 하면 낙이 되지만 지겨운 마음으로 하면 노동이 된다는 사실을 우리는 흔하게 경험한다. 일의 결과도 엄청난 차이를 드러낸다. 버지니아 울프의 말이 생각난다. 어디선가 이 여류작가가 말하기를, 나이 40에 이르러서야 비로소 삶의 한 비밀을 깨쳤으니 그것은 바로, 일 자체가 즐겁다는 생각을 부단히 계속하는 것이라고 했다. 그녀가 말하는 일이란 물론 소설 쓰는 작업을 가리킨다. 우수로 가득 찬 그녀의 주옥같은 작품들은 그래서 태어날 수 있었다.

일 자체를 즐긴다—이는 결코 쉬운 노릇이 아니다. 아무나 흔히 흉내 낼 수 있는 게 못 된다. 우리 범인의 습성은 오히려 그 반대이기 쉽다. 일을 싫어해서 가급적 회피하곤 한다. 먹고살자니 죽지 못해 할 뿐이라고도 한다. 또는, 의무감 때문에 마지못해 움직일 따름이라고도 한다. 물론 이런 경우란 극단적인 예에 지나지 않을 테지만, 그러나 일 자체에 대한 순수한 즐거움을 대체로 잃어버렸다는 사실만은 부인하기 어렵다. 일에 대한 기대 때문에 가슴 설레며 집을 나서는 아침이 얼마나 되는가? 자기 일에 몰두한 나머지 잠조차 잊어버린 밤이 얼마나 되는가? 아침에는 좀 더 게으름 부릴 수 없음을 슬퍼하고 저녁엔 휴식의 시간이 더디게 옴을 우리는 일쑤 탓하게 마련인 것이다.

농부가 농사를 싫어하고, 선생이 가르치기를 마다하며, 공무원이 공무 수행에 성의가 없고, 군인이 국토 방위의 의무에 진저리를 친다면 그 사회는 어떻게 될까? 한마디로, 최악의 상황으로 굴러떨어질 게 뻔한 노릇이다. 그럴 수밖에! 그런데 놀랍게도, 나는 그렇지 않다고 장담할 수 없다.

사람이란 한결같을 수야 없으므로 이따금씩 게으름 부리고 싶은 거야 크게 나무랄 일이 못 된다. 쉬운 말로, 컨디션이 좋은 날도 나쁜 날도 있겠기 때문이다. 그러나 그것이 만성적일 때, 그래서 타성처럼 굳어져 있을 때 문제의 심각성이 있다. 그것은 결국 자기 삶에 대한 불성실이 되고, 자신의 생애 전체를 잿빛으로 물들이고 마는 결과를 빚는다. 마지못해서라거나 또는, 적당히 시간 땜질하는 식으로는 아무것도 이루지 못한다. 그런 식으로는 삶이 더 피곤하고 짜증스러울 따름이다. 급기야는 자기 연민에까지 떨어지게 마련이다.

일흔다섯의 노익장을 과시한 스탠리 블랙이 말했듯이 항상 열심히 일하고 깨끗한 마음을 지닐 일이다. 뿐만 아니라, 일 그 자체를 즐거

일이 즐겁다는 생각

워할 줄 알아야겠다. 아니, 버지니아 울프가 그랬듯이, 일이 즐겁다는 생각을 부단히 되풀이할 일이다. 우리의 삶이란 결국, 당신이 지금 하고 있는 바로 그런 일들로 채워지는 것이기 때문이다. (1990)

냉차 장수가 있는 풍경

　행인들이 많은 네거리 또는 시장통 입구 같은 곳이 제격이다. 시원한 가로수 그늘 아래 리어카가 있고 그 위에 오렌지 빛깔의 물이 가득 찬 유리 항아리가 있고, 또 그 물 속에는 수박, 사과, 복숭아, 자두 등 온갖 과일 조각들과 함께 큼직한 얼음덩이가 두어 개쯤 잠겨 있다. 항아리 안팎의 온도 차이 때문에 유리의 바깥쪽은 물방울들이 숭얼숭얼 맺혀 있어서, 땡볕 속을 걸어온 행인들로서는 그 냉차 항아리를 쳐다보기만 해도 목구멍이 다 시원해지기 마련이다. 주인은 흔히 밀짚모자를 뒤로 젖혀 쓰고 목에는 해진 타월을 느슨하게 두른 채다. 그러고는, 무연한 눈길을 행인들에게 던지고 있다가 이따금씩 나무 그늘로 들어서는 손님을 환한 웃음으로 맞곤 한다.

　"복더우 한다꼬 억시기 볶아댄다 아입니꺼. 이래 덥운데 어데 가시는 길잉교?"

　주인은 묻고 그러면 손님은 땀을 훔치며 대꾸한다.

　"와 아이라요. 날씨 한분 베라묵게 덥다 아입니꺼. 그 시언한 냉차 한 잔 퍼뜩 뽑아주소."

　일테면 지난 1950년대의 여름 풍경 중 한 장면이다. 다소 감상적인 스케치가 되었는지 모르겠다. 하지만 어쨌든, 여름철이면 대체로 이와 비슷한 풍경들을 우리 도시의 거리에서 흔하게 볼 수 있었다고 기억된다. 50년대만이 아니다. 대학을 다니던 60년대 후반 서울의 거리에서도 드물지 않게 대할 수 있었던 것이다.

　내가 이 냉차 장수를 처음으로 본 것은 열한두 살 적의 일이다. 초등학교 4학년이 되기까지 시골에서 살았기 때문에 그런 것을 보고 듣고 할 기회가 없었던 것이다. 그해 1학기가 끝나자마자 우리 가족은 이웃한 도시인 대구로 이사를 나왔다. 무더운 여름날의 일이었다. 세간들과 함께 트럭 위에 실려 50리 길을 달려온 나는 몹시 갈증을 느꼈다. 날씨도 문제거니와 아마도 고향을 등지는 안타까운 마음도 작용했으리라, 낯선 도시에 온 나는 차에서 내리기가 바쁘게 마실 물부터 찾았다. 하지만 어디서 물을 얻을 수 있는지 도무지 막연한 노릇이었다. 그때 아버지가 1원짜리 종이돈을 한 장 내 손에 쥐여주면서 냉차 장수가 있는 곳을 일러주셨던 것이다. 그러니까 나에게 있어 냉차 장수가 있는 풍경이란 곧 도시의 이물스런 풍물 중 하나였던 셈이다. 휴전 다음 해 여름의 이야기다. 그날 이후, 일테면 물 한 잔도 의당 값을 치러야만 하는 도시적 삶의 풍속에 힘겹게 적응해가면서 나로서는 그 냉차 한 잔이 아쉬웠던 때가 얼마나 많았는지 모른다.

　지금 눈으로 보면 영락없는 불량식품이다. 잘해야 수돗물이고, 더러는 펌프 물을 그대로 길어다 부었을 것이다. 거기다 몇 가지 과일 조각들과 함께 각자 제 깜냥대로 식용 물감을 타고, 사카린으로 단맛을 내고, 그리고 커다란 얼음덩이를 넣어놓은 게 고작이던 것이다. 그러나 나는 그 냉차 맛을 결코 잊어버릴 수가 없다. 더위와 갈증 속을 헤매다가 잠시 나무 그늘 아래서 땀 들이며 단숨에 들이켜던 그 냉차 한 잔의 맛을 나로서는 적절히 표현하기가 어렵다. 흡사 서릿발 같은 칼날로 정문을 쪼개는 듯한 느낌이던 것이다.

최근의 장마와 무더위 속에서 나는 두 권의 소설을 읽었다. 김원일의 『마당 깊은 집』과 김주영의 『고기잡이는 갈대를 꺾지 않는다』가 그것이다. 두 작품 다 저 50년대를 배경으로 한 자전적 성장소설이다. 따라서 가난의 체험이 공통화제였다. 굶주림의 이야기가 어찌나 실감나게 그려져 있는지 나로 하여금 다시 한번, 우리 세대가 허리 접고 지나온 저 전후 50년대를 되돌아보게 만들었다. 만성적인 허기를 그나마 달래주던 갖가지 조악한 먹을거리들—일테면 술지게미라든가 비지 또는 옥수수죽 따위—을 나는 다시 기억해냈고, 그리고 마침내 저 냉차 한 잔의 써늘한(?) 맛을 회상하기에 이르렀던 것이다.

이제 냉차 장수가 있는 풍경을 우리 주변에서 찾아내기가 어렵다. 우리네 사는 형편만큼이나 도시 환경도 엄청나게 변해버려서 더 이상 그런 장사치가 발붙일 곳이라곤 아예 남아 있지 않은 것이다. 그 대신 자판기가 곳곳에 등장하였다. 동전 몇 개만 집어넣으면 갖가지 청량음료가 얼음 조각들과 함께 죽죽 쏟아져 나온다. 참 편리한 세상이 되었다. 덕분에 나 또한 자주 그 자판기 신세를 진다. 그러나 그때보다 지금이 더 행복스럽다는 느낌은 없다. 갈증은 쉽게 끄지만 뒷맛은 매번 개운치 못하기 때문이다. 쇳내 같은 냉랭함이 늘 혀끝에 남는다.

(1991)

소 이야기

    소는 인류에게 가장 오래된 가축이다. 고고학자들의 연구에 의하면 신석기시대부터 이미 중동 등지를 중심으로 사육해온 흔적들을 찾아볼 수 있다고 하니 그야말로 우리 인간종과는 참으로 오랜 인연을 맺어왔던 셈이다. 우람한 덩치에다 힘이 센 동물로서, 특히 우리의 전통적 농경 사회에서는 없어서는 안 될 유익한 존재였던 것이다. 상머슴 열 사람 몫의 일을 황소 한 마리가 거뜬히 해주었다. 소가 귀한 시절에는 한 마리가 마을 농사를 다 지었고, 그래서 마을 사람 모두로부터 으레 융숭한 대접을 받곤 했었다. 그것만도 아니다. 소는 고기나 가죽이나 뼈는 물론이고, 하다못해 뿔이나 꼬리털까지도 다 소용에 닿는다. 무엇 한 점 버리는 것 없이 인간을 위해(?) 모든 것을 다 내주는 동물인 것이다.

    우리 속담 중에, 소한테 물렸다는 말이 있다. 생각지도 않게 엉뚱한 손재수를 입었다는 뜻으로 뒤집어 새겨보면 그만큼 소를 신뢰하고 있음을 나타내는 말이다. 정말 그렇다. 소는 되새김질하는 습성과 그

유순한 울음소리로 언제나 친근감을 주는 동물이다. 그래서 소에 얽힌 설화도 많다. 거의가 근면 성실과 우직한 봉사와 한정 없는 참을성 등을 상징하는 이야기들이다.

그러므로 옛 어른들에게는, 소는 단순히 하나의 가축이라기보다 차라리 한 식구 같은 존재였다고도 생각된다. 어릴 때 할머니나 할아버지로부터 자주 듣곤 하던, 소에 대한 갖가지 얘기들이 생각난다. 소를 장만하기까지의 힘겨웠던 내핍 생활, 첫배를 냈을 때의 기쁨, 이런저런 사정 때문에 팔아버릴 수밖에 없었을 때의 그 쓰라림 등등. 오밤중 잠에서 문득 깨어났을 때 외양간 쪽에서 들려오는 목방울 소리가 얼마나 마음을 푸근하게 만드는지, 쉭쉭 토해내는 콧숨소리가 매양 집 안을 꽉 채우는 느낌이라고들 하시었다. 말하자면 소야말로 빼놓을 수 없는, 착실한 하나의 식구였던 것이다.

슬프게도 그런 의식은 이제 남아 있지 않다. 소는 단지 가축에 지나지 않게 된 것이다. 굳이 가축이라고 할 것도 없다. 그것은 곧 출하할 상품일 따름이다. 그러므로 오직 경제적 가치가 중요할 뿐이다. 말하자면 단지 돈벌이의 도구일 뿐, 더 이상 마음과 정을 주고받는 대상이기는커녕 하나의 생명체라는 의식조차 발붙일 데가 없어진 것이다.

어느 해 여름에는 유독 끔찍한 소 도살극이 화제였다. 개도 예외가 아니었고, 심지어는 곰도 수난을 당하였다. 소에게 강제로 더러운 물을 먹이던 인면수심의 인간종들이 현장을 급습당하자 뿔뿔이 달아나던 광경, 하이타이 물에 담가져 있던 보신탕용 개들, 곰에게도 인격이 있느냐고 대들었다는 사육사 등 예를 들기조차 역겹고 부끄럽다. 언젠가 소값 파동이 났을 때 어느 목부는, 자신이 기른 소를 도끼로 쳐 죽인 다음 경운기에다 싣고 다니며 시위를 벌이기도 했던 것이다. 도대체 우리 사회가 얼마나 험악하고 또 세상이 어떻게 막되어가고 있길래 그렇듯 잔혹한 일들이, 그것도 예사로 일어날 수 있단 말인가?

하지만 그런 일에 비분강개하는 짓거리 자체가 난센스인지도 모른다. 혹은 인간의 가소로운 자기기만일 수도 있으리라. 왜냐하면, 가축을 오로지 돈벌이의 도구로만 치부하는 그런 의식이 인간에 대해서도 그대로 무차별 적용되고 있는 현상을 너무나 자주 그리고 충격적으로 목도해오고 있기 때문이다.

우리 사회에는 개인적인 한풀이로 불특정 다수를 살상하는 사건들이 연달아 일어났었다. 촌놈 운운하며 괄세한다고 대형 카바레에 불을 지른 사내가 있는가 하면, 혼자 죽기가 억울하다고 눈을 감고 자동차를 몰아 무고한 인명을 무더기로 앗아간 10대가 있었다. 이 지경에 이르면 인간관계란 갈등이나 적대 관계를 넘어서 숫제 무의미의 관계일 따름이다. 우연히 현장에 있었다는 것 때문에 끔찍한 죽음을 당해야 하는 그런 존재일 뿐, 하물며 따뜻한 체온과 정을 서로 나눌 수 있는 인격체와는 도무지 거리가 먼 것이다.

다시 소 이야기로 돌아가 생각해보면, 오늘의 우리야말로 참으로 소중한 것을 잃어가고 있음을 깨닫게 된다. 옛사람들에게서 발견되는, 생명 있는 것들에 대한 따뜻한 의식이 그것이다. 소와 같은 우매한 가축에게조차도 식구처럼 느끼고 생각하는 그런 의식 말이다. 경제적 대상물로 보기 이전에 하나의 생명체로, 이웃으로, 마침내는 한 식구로 생각하는 그 마음이야말로 지금 우리 사회가 안고 있는 심각한 질병을 치유할 수 있다고 믿어진다. 인간 존재마저도 돈벌이의 도구로밖에 치부하지 않는 참담한 현실 앞에서, 인간과 자연과의 참다운 관계 의식의 회복 같은 일을 이 세모에 생각해본다.　　(1991)

하늘 아래 한 가정

　내가 생텍쥐페리의 소설을 접한 것은 10대 후반의 일이다. 고등학교를 다니던 나이에 이런저런 사정을 핑계하여 골방에 처박힌 채 닥치는 대로 아무거나 읽어치우던 그럴 때였다. 이를테면 도스토옙스키와 사르트르와 이광수와 김래성을 아무렇지도 않게 뒤섞어 읽는 잡탕성 남독기였다. 그러면서 잡지류들도 눈에 띄는 대로, 이해가 되든 말든, 열심히 뒤적거리곤 했는데 그러다가 이 작가에 대한 글을 접했던 것이다.

　작고하신 김붕구 교수의 글이었다. 작가의 생애와 작품 세계를 소개하고 있는 이 글에서 나는 먼저 작가에게 반했다. 『어린 왕자』로 오늘의 우리 독자들에게도 너무나 잘 알려져 있는 이 프랑스 작가는 비행사였다. 열두 살 때 처음 비행기를 타본 이후 마흔넷의 짧은 생애를 마치기까지 그는 한결같이 하늘을 나는 일을 좋아했다.

　초기의 쌍발비행기에 몸을 싣고 창공을 날며 하늘의 별과 허공의 바람과 그리고 지상의 등불 속에서 고독한 존재로서의 인간을 가슴

벅차게 느끼곤 했던 것이다. 야간비행 시에는 특히 더 절실했다. 밤하늘에 무수히 반짝이는 그 많은 별들 중에서도 인간이 사는 별은 오직 하나뿐이며, 그 인간의 대지 위에서도 자신을 반겨 맞아줄 곳이라고는 오직 한 군데 내 나라, 그리고 나의 가정이 있는 작은 마을뿐이라는 사실을 절실히 깨닫는 것이다. 이러한 절대적인 고독과 인간애가 그의 소설의 한결같은 주제임을, 『남방우편기』, 『야간비행』, 『인간의 대지』 등을 통해 나는 확인할 수 있었다.

광대무변한 우주 속에서 인간은 절대적으로 고독한 존재다. 생텍쥐페리는 밤하늘을 나는 비행기 속에서, 때로는 불시착한 사막의 모래언덕과 전인미답의 깊은 산속에서 그것을 절감했고, 그럴 때마다 그는 따뜻한 불빛이 비치는 인간의 마을과 지친 심신을 편안하게 받아줄 가정을 사무치게 그리워했다.

인간의 생애란, 한순간 밤하늘의 귀퉁이를 긋고 사라지는 별똥별 같은 것에 지나지 않는지도 모른다. 그러나 그에게는 조국이 있고 가정이 있다―이 사실의 발견처럼 소중한 것은 달리 없으리라.

우주 공간에서 바라본 지구의 모습은 너무나 아름답다고 한다. 그러나 지상에는 전쟁이 끊이지 않는다. 가정이라는 것도 그런지 모른다. 멀리서 바라볼 때는 그리운 곳이지만 정작 안방에서는 크고 작은 갈등이 끊이지 않는 그런 곳일 수도 있는 것이다.

비극적 파탄 속에 내던져진 가정을 주위에서 종종 보게 됨도 그 때문이다. 혼자서는 가정이 이루어지지 않는다. 최소한 두 사람 이상의 공동체다. 따라서 갈등이 없을 수 없다. 한 인격 안에서도 서로 다른 두 개의 자아가 흔히 갈등을 일으키는 게 우리 인간의 본성이라면 가족 간의 갈등이란 너무나 당연한 것이 아니랴.

사랑과 혈연으로 맺어진 인간관계이므로 오히려 갈등이 더 잦고 또 심각한 측면도 있으리라. 하지만 대부분의 경우 그 갈등은 자연스럽게 해소되게 마련이다. 울화통이 터져서 대문을 박차고 나왔다가도 종당엔 되돌아가게 됨은 달리 갈 곳이 없어서가 아니다. 그러다 보면 어느새 그 울화증이 슬그머니 가라앉아버리는 것이다.

부부 갈등을 심하게 치르던 한 친구가 있었다. 이유란, 쉽게 말해 성격 탓이었다. 하나의 도피책으로 그 친구는 자청하여 해외 지사로 나갔다. 고작 3, 4개월 정도나 버티었던가? 거의 날마다 국제전화로 울먹이며 외로움을 호소하더니 결국 1년을 제대로 채우지 못한 채 돌아오고 말았다. 회사에 대해서는 체면 없이 되었지만, 그러나 가정적으로는 오랜 갈등에서 벗어나는 계기가 되었다.

우주 공간에서 바라보는 지구의 모습이 아름답듯이 집을 떠나 멀리 있는 사람에게는 가정이 더할 수 없이 그리운 곳이 된다. 남도 끝의 작은 도시 목포에 직장을 두고 살던 지난 10년 세월 동안 나는 새삼 그 점을 실감할 수 있었다. 서울 쪽의 가정과는 자그마치 천 리나 떨어져 있는 생활이었다.

주초 집을 나설 때만은 그래도 기분이 괜찮은 편이다. 무언가 홀가분하고 자유스러운 느낌이 없지 않는 것이다. 학기 초에는 더 그랬다. 이런저런 속박으로부터 풀려나 여행이라도 떠나는 기분이곤 했다. 고속버스로도 너댓 시간이나 걸리는 여정이 별로 지겹지 않았다. 이제부터 귀가하기까지 한 주일 내내 아무것도 거치적거릴 것 없이 생활할 수 있다는 사실에 괜스레 가슴이 설레기조차 하는 것이다.

하지만 현장에 도착하고 나면 그런 기분은 급전직하로 곤두박질치고 만다. 하숙방 문을 열고 들어서는 순간부터 우울해지고 마는 것이다. 을씨년스런 하숙방 풍경을 굳이 묘사할 필요는 없으리라. 가방을 내던지고 곧장 학교로 올라간다. 캠퍼스 풍경은 그래도 한결 위안이 된다. 연구실과 강의실을 한 차례 오가다 보면 일과가 끝난다. 이때부터가 또 문제인 것이다. 다들 귀가를 서두는 속에서 오직 나만 갈 곳이 없기 때문이다. 코앞에 있는 하숙방으로 서둘러 가야 할 이유란 조금치도 없다.

묽은 어둠이 깔릴 때쯤 해서야 나는 연구실을 나선다. 하지만 달리 갈 데가 있는 게 아니다. 고작 저녁밥을 찾아먹는 일뿐. 식욕과도 상관없는 일이다. 때를 놓치면 다음 날 아침상을 받을 때까지 다른 대책이 없으므로 무조건 위를 채워둘 수밖에. 그러고는 다시 연구실로 올라온다. 그나마 책이 있고 차가 있는 공간인 까닭에 하숙방보다는 훨씬 덜 외롭기 때문이다. 딱히 무얼 하는 것도 아니면서 마냥 시간만 죽이다가 이따금씩 창밖을 내다보면 텅 빈 캠퍼스 여기저기에 외등만 무슨 고독한 짐승처럼 웅크리고 서 있을 뿐이다. 그러고는 잠들기까지 꽤나 긴 시간 동안, 멀리 떨어져 있는 가정을 생각하고 가족들의 얼굴을 하나씩 떠올려보는 것이다. 그런 순간처럼 가정과 가족이란 존재가 가슴에 뜨겁게 와닿는 때가 달리 없다.

특별한 사정이 없는 한 금요일 강의가 끝나기가 바쁘게 귀갓길에

하늘 아래 한 가정

오른다. 고속버스에 올라앉자마자 거의 잠에 떨어졌다가 문득 깨어나 보면 차창 밖 풍경은 어둠 속에 묻혀 있곤 했다. 피곤이 짙게 느껴지는 시간이다. 어두운 들판 저쪽에서 몇 점 희미한 불빛들이 천천히 다가왔다가 지워지곤 한다. 그때마다 가슴이 뭉클해진다. 어둠 속의 그 희미한 불빛마다 하나의 가정이 있다는 생각에서다.

아무리 작고 초라해도 좋다. 무심한 하늘을 가릴 수 있는 지붕과 바람을 막을 수 있는 네 벽, 그리고 따뜻한 아랫목에 발 묻고 둘러앉은 식구들만 있다면 하늘 아래 얼마나 아름다운 모습이랴! 우리의 인생 여정에서 몹시 지치고 외로움을 탈 때마다 그러나, 매양 돌아가 쉴 수 있는 가정이 있다는 것을 거듭거듭 깨닫고 확인하는 순간처럼 기쁜 일이 어디 있을 것인가. 무한 천공에서 빛나는 무수한 별들 중에서도 인간의 대지는 오직 하나—지구라는 이름의 혹성뿐이라는 사실이 우주의 기적이듯, 지쳐 있는 나를 받아줄 곳도 하늘 아래 단 한곳 나의 가정뿐이라는 사실 또한 기적처럼 느껴지곤 하는 것이다.

(1993)

올렌카의 사랑법

그녀는 두 번 결혼했지만 두 번 다 남편을 사별하고 만다. 세 번째 사내에게는 본처와 아이가 있다―이렇게 요약해놓고 보면 그녀만큼 박복한 팔자도 없는 것 같다. 굽이굽이 눈물뿐인 인생 역정인 것이다. 그러나 사실은 전혀 그렇지 않다는 것을 안톤 체호프의 너무나 유명한 단편소설「귀여운 여인」은 보여주고 있다.

퇴직 공무원의 딸인 올렌카는 마음씨가 곱고 착하여 이웃들로부터 귀여움을 받는 아가씨다. 그녀의 첫 남자는 야외극장 지배인 쿠킨이다. 안색이 누렇고 고수머리에다 여윈 몸집, 게다가 키까지 작달막한, 그러니까 볼품없는 남자다.

그는 올렌카를 상대로 일쑤 자신의 불운을 푸념하곤 했는데 이런 그의 불행과 눈물이 드디어는 그녀의 마음속에 사랑의 감정을 싹트게 한 것이다. 두 사람은 즉시 결혼했고, 그리고 더할 나위 없이 행복한 나날을 보낸다. 올렌카는 잠시도 남편의 곁을 떠나지 않을뿐더러, 무엇보다 그의 일과 그의 생각을 존중하고 신뢰한다. 그래서 이웃들에게 곧잘, 남편의 일이 얼마나 중요한가를 역설하고 다닌다. 연극이야말로 인간 생활에서 가장 보람 있고 또 없어서는 안 될 중요한 것이라는 주장이었는데 이는 남편이 항시 그녀에게 들려주는 말이기도 하다. 그러나, 새 극단 초빙을 위해 출타했던 남편이 갑작스레 불귀의객이 됨으로써 이 행복한 삶은 끝장이 나고 만다.

말할 수 없는 비탄에 빠진 그녀를 종교적 경건성으로 위로하는 이웃이 있다. 프스토발로프라는 이름의 목재상을 하는 사내인데 올렌카는 금세 그를 사랑하게 되고, 그리고 결혼하여 다시 행복한 가정을 이룬다. 그녀의 관심도 바뀐다. 그녀는 이웃들에게, 목재야말로 인간 생활에서 얼마나 중요한 물건인가를 역설하고 다니는 것이다. 말투조차남편을 닮아간다. 그러나 운명은 또 한 번 그녀에게 비탄을 안겨준다. 하찮은 감기가 끝내 남편의 생명을 앗아가버린 것이다. 깊은 슬픔 속에서 그녀는 여섯 달 동안 교회와 무덤 사이만 오가며 수도사처럼 생활한다.

상복을 벗고 나자 올렌카는 다시 세 번째 사랑에 빠진다. 상대는군 수의관 스미르닌이다. 그 사내에게는 별거 중인 아내와 아들이 있었지만 어쨌거나 행복을 되찾은 그녀는 이웃들에게, 이제는 가축 관리의 중요성에 대해 곧잘 이야기를 늘어놓곤 한다. 하지만 스미르닌이 부대 이동을 따라 먼 곳으로 가버린 채 소식이 끊긴다. 다시 혼자가 된 그녀. 이제 행복이란 꿈도 꿀 수 없는 그늘진 나날뿐이다. 삶의의욕도, 세상일에 대한 관심도, 자기 나름의 생각이나 신념도 없는, 그야말로 텅 빈 가슴에 눈물뿐인 생활이다. 다시는 내 몸과 마음을 가득히 채워줄 사람은 없단 말인가 하고 그녀는 탄식한다.

어느 날 뜻밖에도 스미르닌이 희끗희끗한 머리를 하고 나타난다. 가족과 함께 이 고장에서 살 작정으로 방을 구하러 다니는 중이라고 한다. 올렌카는 자청하여 안방을 내주고 자신은 건넌방으로 옮긴다. 한 지붕 생활이 시작되자 그날부터 올렌카는 다시 삶의 기쁨을 되찾는다. 스미르닌이 아니라, 이번에는 그 아들 사샤 덕분이다. 약간 통통하고, 눈이 파랗고, 볼때기에 오목 파인 보조개가 있는 그 아이가 마치 제 자식처럼 사랑스러웠던 것이다. 정작 부모는 무심하였으므로 사샤를 돌보는 일은 은연중 그녀의 몫이 되고 만다. 아침 잠자리에서 아이를 깨우는 일서부터 밥을 챙겨 먹이고, 옷을 입혀 학교 앞까지 바래다주고, 돌아오기를 기다려 몸을 씻기고, 좋아하는 음식을 만들어 먹이고, 저녁에는 함께 숙제를 하고, 늦지 않게 잠자리에 들게 하는 등 그녀의 마음은 온통 사샤에게 기울어져버린다. 아이에 대한 사랑이 얼마나 깊고 헌신적인지! 그 아이만큼 충만한 기쁨을 가져다준 상대는 지금껏 없었다고 그녀는 생각하는 것이다. 화제도 당연히 달라져서 그녀는 이제, 학교며 선생이며 과제물에 대해 어느 새 어린 사샤의 말을 그대로 읊고 다닌다.

올해 『향장』 여성 문예 콩트 부문 심사를 통해서 새삼 느낄 수 있었던 것도 바로 이 사랑 문제였다. 알다시피 콩트란 갈등의 극적 반전을 묘미로 삼는 이야기 문학이다. 그런데 갈등의 내용이 주로 가족 구성원 사이에서 벌어지는 문제였다. 부부 또는 고부, 또는 형제자매가 갈

올렌카의 사랑법

등의 상대인 것이다. 따라서 사랑과 미움의 얽힘과 화해가 중심 스토리다. 물론 나름대로 갈등의 원인은 제시되고 있었고, 공감도 갔다. 그렇다고는 해도 지울 수 없는 하나의 물음이 강하게 떠올랐다. 우리는 과연 남을 사랑할 줄 아는가? 아니, 누군가를 진실로 사랑할 수 있는 능력을 지니고 있기는 한가?

「귀여운 여인」의 올렌카를 어떻게 이해하고 평가할 것인지는 다양한 관점에서 논의될 수 있으리라. 오늘의 여권운동가에게는 가장 타기해야 할 봉건적 여성의 전형으로 비칠는지도 모른다. 그러나 내가 굳이 그녀를 기억해낸 까닭은 그 탁월한 사랑의 능력 때문이다. 상대의 모든 것, 그의 일과 생각과 감정까지도 자기의 것으로 받아들이고 온전히 동화할 수 있는 능력 말이다. 거듭되는 불운에도 불구하고 매번 그녀를 구원해준 원동력은 바로 그녀의 이 탁월한 사랑의 능력이 아니겠는가 싶은 것이다.

올렌카에 견주면 우리의 사랑법은 너무 쩨쩨하고 인색한 것 같다. 또, 너무나 타산적이고, 언제나 조건부다. 아무리 사랑하는 사이라고 해도 역시 너는 너고 나는 나일 뿐이다. 그러므로 우리의 사랑타령은 결국 자기중심적인 것이고, 그 당연한 결과로서 갈등은 피할 길 없는 것이 된다. 콩트의 많은 이야기들이 사랑의 기술, 즉 갈등을 파국으로 치닫지 않게 요리하는 솜씨들에 관심을 두고 있음도 족히 이해가 되었다.

현대인들에게 올렌카와 같은 사랑법을 기대하는 것은 무리일지 모른다. 그러나 최소한 있는 그대로의 상대방을 사랑하고 소중히 여기는 노력은 가능하리라. 설사 남들은 하찮게 여길지라도 자기만은 그의 일, 그의 생각, 그의 감정까지도 소중히 여기고 존중하는 일 말이다. 어느 쪽에서건 사랑의 이름으로 함부로 나를 강요하지 않는다면, 우리들의 갈등 중 많은 부분을 해소할 수 있으리라고 믿는다. 이것이야말로 행복을 가꾸는 참된 자세의 하나가 아닐는지.   (1994)

일상의 작은 기쁨들

우리의 삶을 굳건히 지탱해주는 것은 무엇일까? 그것은 어쩌면, 일상생활 중에 무시로 경험하면서도 또한 무심히 지나치고 마는, 아주 자잘한 기쁨이나 즐거움들이 아닐까 싶다. 나의 경우, 날마다 신선한 새 아침을 맞이하는 기쁨이 그 하나이다.

요즘 같은 철에는 대체로 다섯 시 반쯤 잠이 깬다. 굳이 부지런을 떨어서라기보다, 그 시각쯤이면 남향 창이 환하게 트여오는 까닭에서다. 누운 채로 잠시 그 환한 빛을 바라보고 있노라면, 잠의 깊은 수렁으로부터 의식이 천천히 떠오른다. 그런 순간 문득 가슴에 와닿는 정서가 있다. 어떤 행복감 같은 것이다. 무엇보다, 나의 집 안방에서 새아침을 맞았다는 사실이 새삼 기쁘다. 비좁은 하숙방이나 낯선 여관방에서 잠이 깨는 경우가 얼마나 흔한가. 그런 날의 아침 기분이 어떠한가는 자주 겪어본 사람만이 안다.

별 탈 없이 건강한 몸으로 새로운 하루를 맞았다는 사실의 확인도 크나큰 기쁨이 된다. 병원 침대에서 맞는 아침이야 말할 것도 없고,

설사 내 집 안방이라고 해도 전날의 과로나 과음 또는 지나친 흡연 등
등으로 컨디션이 제로인 상태라면 얼마나 개떡 같은 기분이겠는가.
어제의 삶이 절제와 균형을 잃지 않았을 때 비로소 상쾌한 아침이 열
리는 것이다.

　대강 옷을 걸치고 아파트를 나서면 금세 가슴이 확 트인다. 시멘트
상자 속에 갇혀 있는 공기가 밤새 얼마나 부패했는가를 매양 실감하
는 것이다. 지금은 신록이 한창인 계절이라, 관악산과 청계산 자락의
아침 공기가 그렇게 신선하게 느껴질 수가 없다. 몇 차례 심호흡을 한
다. 이런 순간은 숨 쉬는 행위 자체가 곧 눈부신 기쁨이 된다.

　놀이터 모래밭엔 전날 아이들이 남겨놓은 발자국들이 온통 어지럽
다. 그 위를 비둘기 몇 마리가 과자 부스러기를 찾아 뚜릿뚜릿하고 있
다. 가까이 다가가도 전혀 경계심이 없다. 그만큼 낯익은 탓이다. 농
구장에서는 이 또한 낯이 익은 할아버지 할머니들이 벌써 게이트볼
게임에 열중하고 있다. 늙음이 오히려 여유와 홀가분함으로 느껴지는
광경이다. 맑은 날은 멀리 관악산 꼭대기의 연주암이 실루엣처럼 선
명하다.

　고작 20~30분의 아침 산책이지만, 나는 언제나 이 시간이 즐겁다.
이 세계와 그 안의 사물들이 가장 선명한 모습으로 다가오는 까닭에
서다. 우리의 일상은 적지 않게 모호하고 흐릿한 것이지만, 이 아침의
맑고 신선한 대기 속에서는 뭐랄까, 삼라만상이 꽤나 투명한 느낌으
로 밀착해오는 것이다.

　하루 중 처음 마시는 차의 맛도 분명 일상생활에서 발견하는 기쁨

의 하나다. 학교에 나가는 날은 연구실에서, 그렇지 않은 날은 식탁에서 이 순간을 즐기곤 한다. 오래전부터 아침 첫잔은 녹차로 정해두고 있다. 커피는 신경을 앙분시키지만, 녹차는 진정시키는 효과가 있다. 알맞게 우러난 녹차에는 은은한 빛과 향이 있다. 무슨 까다로운 다도 같은 것에는 관심이 없다. 내 식으로 쉽게 달여 편하게 마신다. 물컵 두 잔쯤은 마셔야 갈증이 누그러진다. 뿐더러 입안이 그렇게 개운할 수 없고, 심신이 더불어 청정해진 느낌이다. 차도 먹을거리임에는 분명하리라. 그럼에도 불구하고 칙칙함을 뒤에 남기지 않는다는 점에서 녹차만큼 정갈한 음식물도 달리 없으리라. 나는 비로소 그날의 일과를 담담하게 시작할 수 있다. 더러는 지겨운 반복이지만, 그러나 첫차의 맛과 향 덕분에 늘 새로운 하루일 수가 있는 것이다.

점심식사 후의 짧은 낮잠을 탐하는 것이 나의 오랜 습관 중 하나다. 집에서나 밖에서나 마찬가지다. 점심을 먹고 나면 거의 즉시 눈에 아지랑이가 낀다. 머릿속이 뿌옇게 황사가 일면서 사고하는 기계가 겉돌기 시작하는 것이다. 이런 때는 세상만사가 온통 모호해진다. 어떤 식으로든 잠시 눈을 붙이는 것 이상의 처방이 있을 수 없다. 장소가 어디든, 자리가 어떠하든 탓할 바 없다. 이 순간에 잠시 훔쳐내는 낮잠만큼 감칠맛 나는 일이 또 있을까. 짧을 때는 10분 남짓, 길어봤자 30~40분 정도다. 때로는 이 감칠맛 나는 낮잠을 훔쳐내는 즐거움 때문에 아침부터 부지런을 떨었던 것 같은 기분조차 들기도 한다. 그만큼 내 일상의 기쁨이요 즐거움 중의 하나인 것이다.

그러나 무엇보다 기쁘고 즐거운 시간은 다름 아닌 저녁식사 시간이다. 가족 전원 집합의 기쁨이 있고, 저마다 물어온 그날의 이야기를 두루 나누는 즐거움이 있는 까닭에서다.

나는 늘 세 가지의 기쁨을 느끼며 저녁 식탁에 앉는다. 첫째는, 전원 귀가의 기쁨이다. 식구가 많지 않은 핵가족이지만, 아니 그렇기 때문에 더 이 빠진 자리가 있어서는 안 된다. 외출했던 식구들이 다 돌아온 후의 홀가분함이란 결코 값싼 기분일 수가 없다. 흡사 원시의 들판 같은 이 거칠고 황량한 현대사회에서랴. 살벌한 삶의 터전으로부터 제때 돌아오지 못하는 사람들이 얼마나 많은가. 저녁식사 시간에 맞추어 전원 귀가한 날은 실상 축복받은 날이 아닐 수 없는 것이다.

두 번째는, 먹을거리에 대한 기쁨이다. 그렇다고 대단한 요리를 기대해서도 아니다. 우리 집 식탁에서 환영받는 단골 메뉴란 실상 평범한 것들이다. 된장찌개라거나 생선구이 또는 나물무침 등이 그것이다. 늘 대하는 것이기 때문에 가장 부담 없는 먹을거리이기도 하다. 식후에는 반드시, 누룽지와 함께 숭늉을 먹어야만 비로소 내 집에서 식사를 한 기분이 난다. 그것은 단순히 먹을거리를 함께 나눈 것 이상의, 깊은 가족 공동체의 유대감으로까지 우리의 의식을 끌어올리는 듯한 느낌을 준다.

하지만 무엇보다 푸짐한 메뉴는 각자가 밖에서 물어온 이야깃거리에 있다. 우리 식구들은 그날 밖에서 보고 겪은 일들을 저녁 식탁 앞에서 죄다 털어놓곤 한다. 누구도 예외는 없다. 스스럼없이 털어놓고 웃거나 핀잔 받거나 하는 것이다. 우리 식구들에게 있어서 저녁 식탁은 우리가 살고 있는 세계와 자기 삶을 되새김질하는 자리이기도 한 셈이다. 덕분에 나의 경우에는 글감을 얻거나 모티브를 발견하는 기회가 된다. 실제로 내가 쓴 소설의 상당 경우가 여기서 얻어진 것이다. 그러므로 내게 있어서 가족과 함께하는 저녁 식탁은 하루 생활 중 최대의 기쁨이요 즐거움이 아닐 수 없다.

석간신문을 뒤지다가 아홉 시 뉴스를 보는 즐거움은 일테면 보너스와 같은 것이다. 세상은 여전히 뒤죽박죽이고 시끌덤벙하다. 사건 사고는 날마다 왜 그렇게도 숱하게 터져 나오는 건지! 매번 짜증스럽지만, 뉴스를 끄고 나면 비로소 확인되는 것이 있다. 그럼에도 불구하고 우리의 하루는 무사하구나 싶은 것이다. 하루를 마감하는 기쁨이 그래서 새삼스러워지는 것이다.

인생은 고해라고 했다. 인생은 나그네라고도 했다. 필경 맞닥뜨리는 것은 죽음이고, 돌아갈 곳은 흙이라고 했다. 그렇다면 인생사 별나게 유세할 것이 없다. 크고 대단한 성취는 오히려 갈등과 그늘도 크다. 인생의 영욕고락의 무상감에도 불구하고, 허무의 깊은 수렁에도 불구하고, 그래도 결코 절망하거나 포기하지 않게 하는 것—그것은 바로, 우리의 일상적 삶 속에서 무시로 만나는 자잘한 기쁨과 즐거움들이 아닐까 싶은 것이다. (1995)

아내의 꿈과 나의 꿈

꿈이 없는 잠은 없다고 한다. 깨어난 후에 얼마나 기억하느냐의 차이만 있을 뿐, 잠에 드는 일은 곧 꿈나라로의 길 떠남과도 같다는 것이다. 하루라도 잠을 거를 수 없는 게 우리들이라면 꿈속에서의 삶도 생의 결코 적은 부분은 아니라는 생각이 든다.

결혼 초 일이다. 잠자다 말고 아내가 깔깔대고 웃었다. 꿈을 꾸고 있는 게 분명하였다. 나는 아내를 흔들어 깨우고, 도대체 무슨 꿈이기에 그렇게 소리 내어 웃는 거냐고 물어보았다. 아내의 대답인즉 이랬다. 어릴 때 살았던 시골집 광 속이었다고 한다. 어쩌다 밀가루 푸대를 열고 보니 그 안에서 대여섯 마리나 되는 새앙쥐들이 가루를 하얗게 뒤집어쓴 채로 일제히 머리를 쳐들고 빤히 바라보더라는 것이다. 흡사 장난질에 온통 정신을 팔고 있다가 불시에 엄마에게 들킨 개구쟁이들처럼 너무나 우습꽝스럽고 천진한 모습이었기 때문에 웃지 않을 수가 없었다는 얘기였다. 결혼까지 한 여자가 어린애들처럼 그런 꿈을 다 꾸느냐고 퉁박을 놓기는 했지만, 그러나 은연중 미소를 머금

게 하는 꿈 얘기가 아닐 수 없었다.

그 후에도 아내는 그와 유사한 꿈 이야기를 자주 들려주곤 하였다. 말하자면, 그녀의 꿈속에는 동물들이 자주 등장하였다. 그것도 소, 돼지, 닭 등 주로 가축들이기 십상이었다. 때로는 늑대나 호랑이 같은 맹수들이 등장하기도 하였다. 또, 뱀이나 개구리, 두꺼비 같은 것들도 더러 나타나는 모양이었다. 어쨌거나, 아내의 꿈나라는 흡사 동물 농장처럼 늘 그런 것들로 활기찬 세계를 연출하곤 했던 것이다. 그로부터 30년 가까운 세월이 흐른 요즘도 아내의 꿈 이야기는 그다지 달라진 게 없는 듯싶다. 꿈이 마음의 투사라면 신산한 세월도 사람의 마음만은 쉬 바꾸어놓지 못하는 모양이다.

나의 꿈들도 그다지 달라진 게 없기로는 마찬가지다. 그래서 하는 얘기지만, 옛날이나 지금이나 내가 변함없이 자주 되풀이하는 꿈이 있다. 그것은 나 또는 우리 가족이 기거하는 주거 공간과 관련된 꿈이다. 그런데 문제는, 제대로 지어진 건물인 경우가 거의 드물다는 점이다. 환경도 물론 불량하기 짝이 없다. 달동네만도 못한 그런 곳에 엉성하게 지어진 가건물이기 십상이다. 방 안 풍경은 더 한심하다. 도무지 네 귀가 반듯한 공간이 못 된다. 방바닥은 냉골이고 몹시 습기가 차서 엉덩이를 내려놓고 싶지 않다. 하지만 그런 건 약과다. 엉뚱하게도 구들장 아래로 시궁창 물이 흐르고 있거나 때로는 윗목에 재래식 변소가 입을 벌리고 있기도 한 것이다. 어쩌다 그런 꿈을 꾸는 게 아니라 너무나 자주, 그런 어처구니없이 초라하고 한심한 꿈을 꾸곤 한다. 아내의 꿈들이 밝고 풍요로운 것이라면 나의 그것은 너무나 남루한 꿈들이 아닐 수 없는 것이다.

꿈이 더러는 경험의 재생이라면 나의 남루한 꿈들은 어쩔 수 없이 나의 과거의 삶들과 관련이 있을 법하다. 그렇다면 나의 저 꿈들의 뿌리는 어디에 있는가? 아마도 그것은 저 50년대의 궁핍한 시대에 닿아 있는 것이 분명하다. 전쟁이 휩쓸고 간 그 폐허 위에서 살아내야 했던 우리 세대의 성장기적 체험이 바로 그것일 터이다. 휴전 직후 도시의 난민촌에서 보낸 그 궁핍한 삶에 대해 나는 이미 여러 편의 소설들을 통해 이야기한 바가 있으므로 여기서는 구체적 언급을 하지 않겠다. 하지만, 세상의 악과 생존의 냉엄한 법칙에 대해 가슴 깊이 새길 수밖에 없었던 순간들은 지금도 눈에 선하다. 때문에 나는 그 후 오랜 세월에 걸쳐 생존의 강박증을 안고 살아왔음을 고백하지 않을 수 없다.

하지만 그것이 어찌 나만의 경우일 것인가. 그것이야말로 오늘의 50대들이 평생토록 끌어안고 살아온 정신적 외상이 아니랴. 어느 세대보다 열심히 땀 흘려 일할 수밖에 없었던 까닭도 거기에 있었던 것. 잘못하면 식구들과 함께 차가운 길거리로 내몰릴지도 모른다는 생존에의 그 살벌한 강박 의식이야말로 정도의 차이는 있을망정 우리 동년배들이 공유해온 어두운 내면이 아닌가 생각된다. 그래서 열심히 땀 흘려 일하면서도 자신을 위해서는 단돈 1원도 허투루 쓰지 못하는 세대인 것이고, 바로 그런 토대 위에 오늘의 가정과 그리고 국가 발전이 이루어진 것이라고 해도 지나친 말은 아닐 터이다.

뜻하지 않은 아이엠에프 시대를 맞고 본즉 비로소 나의 꿈들을 더 잘 이해할 수 있게 되었다. 나의 꿈들이 여전히 헐벗고 남루한 것일

아내의 꿈과 나의 꿈

수밖에 없었던 까닭인즉 평생을 강박증에 내몰리며 열심히 일해왔고 그래서 이제는 웬만큼 살게 되었다고는 해도 그러나, 마음속 뿌리 깊은 강박증으로부터는 여전히 놓여나지 못하고 있기 때문인 것이다. 그 불안이 마침내 현실화한 것이 오늘의 사태라고 믿는다. 어쨌거나, 국가가 파산하면 가정도 온전할 수 없다는 것을 이제 우리는 실감나게 체험하고 있다.

그랬다. 어떻게 생각하면, 그동안에는 미처 이웃을 돌아볼 마음의 여유가 없었다. 오로지 자기 가정 또는 자기 집단 하나 일으켜 세우는 일에 저마다 정신을 팔았다. 그러나 더불어 사는 공동체적 의식 없이는 누구도 안정된 삶을 살아갈 수 없다는 그 당연한 진리를 깨우치는 데에 우리는 이제 너무나 값비싼 수업료를 물게 된 셈이다. 우리 사회에 만연해 있는 이기적 생활태도로부터 깨어나 이웃과 함께, 민족 전체와 함께, 그리하여 마침내는 온 인류와 함께 살아가는 자세로 다시 태어나야 한다. 그것이 오늘 우리에게 주어진 가장 큰 과제가 아니랴. 그런 정신적 성숙 없는 발전은 한갓 백일몽임을 두렵게 깨닫는 오늘이다.

(1998)

세월의 현기증

춘원 이광수의 소설 「꿈」을 읽은 때가 아마도 중학생 시절이었던 것 같다. 1947년에 초판이 나온 중편 분량의 이 소설은 나에게 커다란 감동을 주었다. 아니, 현기증이 날 정도로 엄청난 충격이었다. 나중에 영화화된 것을 보고도 역시 그랬다. 특히 마지막 장면이 인상적이었다. 불당 바닥에 머리를 떨구고 잠이 든 주인공 조신의 얼굴과 그 옆에 나뒹굴고 있는 둥그런 목탁의 자못 희화적인 대비가 그랬고, 그것을 내려다보는 용화 대선사의 너털웃음이 그랬다. 서슬 퍼런 원님의 딸이자 지체 높은 모례 화랑의 정혼녀인 달례와 야반도주를 감행, 산골마을에 숨어들어 아들딸 4남매를 낳기까지 알콩달콩 살아온 그 17년 세월이 실상은 하룻밤 꿈이었다니! 나는 멍해지고 말았다. 어찌 그런 삶이 있을 수 있단 말인가? 나는 한사코 도리질을 했고, 그러자 엉뚱하게도, 내가 발 딛고 있는 현실 세계라는 것이 오히려 수상쩍어져서 도무지 책을 덮을 수가 없었다. 장자의 '호접몽'을 알게 된 것은 훨씬 뒤의 일이다. 장자인 내가 나비가 된 꿈을 꾼 건지, 나비가 장자가 된 꿈을 지금 꾸고 있는 건지 도무지 헷갈린다던, 그 꿈과 현실의 지독한 착란을 나는 거기서도 접했던 것이다.

그 뒤, 아마 고교생 시절이 아니었나 싶은데, 미국 작가 W. 어빙의 단편소설 「립 밴 윙클」을 읽고 나서 나는 금방 춘원의 소설을 떠올렸다. 허드슨 강변에 사는 이 게으른 공처가의 이야기가 내게 준 충격은 앞의 경우와 매우 흡사했기 때문이다. 물론 이야기는 많이 다르다. 조신 스님의 경우는 문자 그대로 꿈이었지만 립의 경우는 꿈이 아닌 것이다. 그렇다고 현실이라고 말할 수도 없다. 아내의 지청구를 피해 사냥하러 갔다가 산중에서 이상한 난쟁이들을 만나 어울렸고, 그들과 공놀이를 하면서 얻어 마신 술이 좀 과해져서 그만 깜박 잠들었다가 깨어났을 뿐인데, 그새 20년 세월이 훌쩍 흘러갔다지 않은가 말이다. 도무지 황당하기 짝이 없는 이야기임에도 불구하고 이 또한, 우리가 철석같이 믿고 있는 이 세계가 실인즉 그다지 견고한 것이 아니라는 인식을 심어주기에 충분했던 것이다. 이 또한 나중 얘기지만, 아인슈타인의 상대성 원리를 설명하면서 뜬금없이 이 소설을 들먹이던 그 시절 어느 선생님이 기억난다. 그분은 아마도, 지극히 틀에 박힌 3차원적 사고밖에는 할 줄 모르는 우리들에게 머리 위 무한히 열린 우주의 4차원적 시간과 공간을 얘기하고 싶었는지도 모른다.

문학의 길로 들어선 탓에 나는 그 뒤로도 유사한 독서 체험들을 가질 수 있었다. 조선조의 김시습이 쓴 「만복사저포기」나 김만중의 『구운몽』 같은 소설을 읽고도 나는 매번 저 지독한 현기증에 곧잘 빠져들곤 했던 것이다. 그것은 물리적 세계의 견고성을 초극해보려는, 유한

한 인간의 꿈이 펼쳐 보이는 감동이라고 나는 이해했다. 그러고는 오랜 세월, 그만 까맣게 잊고 살았다.

해리 포터 시리즈 출판으로 돈방석에 올라앉은 후배가 놀랍기도, 이야기가 궁금하기도 해 영화를 보았다. 꽤 재미가 있었다. 아, 이래서 요즘 판타지가 다시 유행하는 거구나 싶어 내친김에 〈반지의 제왕〉도 보았다. 좀 지루한 대목들도 있었지만 화면 구성이 놀라웠다. 유행에 길이 든 걸까. 얼마 전 〈반지의 제왕〉 2편을 보았고, 남더러 가서 보라고 더러 권유도 한다. 스미골이라는 캐릭터나 신비한 자연 배경 등 환상의 세계가 놀랍도록 실감 나게 형상화돼 있는 까닭에서다. 컴퓨터 그래픽의 참으로 놀라운 효과 덕분에 환상과 현실의 경계가 아예 무너져버린 세계를 보여주고 있는 것이다.

영화를 이야기하자는 게 아니다. 우리네 현실을 압도하고 있는 과학기술에 대한 새삼스런 현기증을 말하고 싶다. 춘원과 어빙의 소설에서 느꼈던 충격과는 분명 다른 것이 있다는 생각에서다. 판타지의 실체는 인류의 케케묵은 꿈이고, 그것의 뿌리는 우리의 들끓는 욕망에 깊이 닿아 있다. 그래서 프로이트는 꿈을 '욕망의 간접적 해소'로 풀이한다. 인간은 온갖 금지되고 좌절된 욕망들을 꿈을 통해 간접 해소함으로써 내면의 갈등과 상처를 치유한다는 것이다. 소설 「꿈」의 주인공은 하룻밤 꿈을 통해 인생의 덧없음을 깨달음으로써 마침내 애욕의 번뇌를 벗어던지고(이때부터 그는 용맹정진하여 훗날 낙산사성으로 불리는 고승 중 한 분인 조신 대사가 된다), 「립 밴 윙클」의 주인공은 그 황당하고 불합리한 생을 그러나 현실로서 그대로 수락할 수밖에 없음을 보여준다(생각해보면, 우리네 삶이 바로 그런 것 아니던가!). 말하자면 이것이 환상예술, 곧 판타지 형식의 미학인 셈이다.

〈해리 포터〉나 〈반지의 제왕〉에도 물론 그런 것이 담겨 있다. 그러나 정작 관객을 압도하는 것은 꿈 또는 판타지라기보다 과학기술의 놀라운 구사가 아닐까? 그리고 보면 우리는 이미 가상현실이 실제 현실을 압도하는 엄청난 변화의 환경 속으로 깊이 들어선 느낌이다. 예컨대 영화나 인터넷의 세계가 그렇다. 그것은 이제 더 이상 가상의 공간이 아니다. 가상현실이라는 말이 의미하듯 환상과 현실의 접점은 이제 사라지고 없는 것이다. 꿈이 곧 현실이고 현실이 곧 꿈이다. 프로이트에 빗대어 보자면 꿈은 더 이상 욕망 해소가 아니다. 욕망의 실현이며 성취로서 꿈은 이제 우리 현실의 당당한 일부가 되어 있다. 아니, 가상현실이 실제 현실을 압도하고 있다는 생각이다. 머지않아 스미골이 스크린 밖으로 걸어 나와 우리와 함께 명동이나 강남을 어슬렁거리고, 뉴질랜드의 기암절벽을 누구나 안방에서 편히 등정할 수 있으리라 믿어진다. 인간 복제술이나 가상 섹스가 일상화되는 그런 세계 말이다.

너무 성급한 상상일까? 어쨌거나 생각이 여기에 이르면 판타지의 재미는커녕 문득 재를 한가득 입에 문 기분이 든다. 컴맹 세대의, 대책 없는 보수 성향 탓인가? 춘원의 소설 「꿈」과 영화 〈반지의 제왕〉 사이에서 나는 지금 몹시 색다른 현기증을 느끼고 있다.　　　　(2002)

흙장난과 전자오락

　다섯 살과 일곱 살 두 손자 중 큰 녀석이 열심히 한글 공부를 하고 있다. 나만 보면 "하찌, 이야기 하나만!" 하고 조르던 녀석이다. 더 어릴 적부터 이야기를 워낙 좋아해서 어떤 경우에도 '하나만'으로 끝나는 법이 없다. 또, 나중에는 동화책을 가져다 안기며 읽어달라고 떼를 쓴다. 어릴 때 이야기를 너무 밝히면 커서 가난하게 산다는 옛말이 있다. 얼마나 근거 있는 말인지는 모를 일이나 어쨌건, 이 녀석이 혹 내 뒤를 잇게 되는 건 아닌가 싶어 걱정 반 기대 반이곤 한다. 그런 녀석이라 한글 공부에도 목표가 분명하다. 자력으로 동화책을 읽겠다는 게 당장의 욕심인 것이다.

　5월 5일 어린이날을 앞두고 만들어 붙인 달력을 발견하고 선물 걱정을 한다. 녀석과 같이 재미있게 보았던 〈이웃집 토토로〉를 기억해 내고 그의 다른 작품을 사서 주었다. 하지만 녀석의 반응은 시큰둥하다. 그것은 거들떠보지도 않은 채 제 어미에게 달라붙어 칭얼댄다. 게임기 '닌텐도'를 사달라고 그런다면서 고민이라고.

내 아이를 키우던 때가 기억난다. 워키토키 때문에 벌어졌던 소동이다. 그러니 녀석에게 무조건 안 된다고 할 수도 없다. 그런다고 덜렁 안겨줄 일도 못 된다. 쉬 결론 나지 않는 일이라 기회 있는 대로 주변에 두루 자문을 구했다. 결론은 게임기를 사주되 조건을 분명히 해두고 엄격하게 통제하는 수밖에 없다고. 그래서 스스로 자제하는 힘을 길러주어야 한다는 것.

　우리 내외가 밤산골로 옮겨오기 전 일이니까 녀석이 너댓 살쯤 되던 해다. 텃밭 한 귀퉁이에 조그만 우거를 마련하고 주말마다 드나들던 때인데, 한번은 녀석을 데려왔다. 하지만 녀석은 차에서 내리려 하지 않았다. 오는 시간 내내 차 속에서 갑갑해하던 녀석이 말이다. 녀석에게는 너무나 낯선 환경이었던 거다. 그러던 녀석이 이제는 시골을 좋아한다. 지난겨울엔 함께 눈을 치우고, 썰매도 탔다. 마당에 쌓아놓은 흙무더기 위에서 한나절씩 신명나게 놀았다. "형아, 시골은 몽땅 재미있다. 그지?" 작은 녀석이 외친 말이다. 그렇게 흙 장아찌가 되어 뒹굴고 놀았다. 늘 집에 돌아가는 걸 싫어했을 정도였다.

　내 어린 시절이 그랬다. 놀이 도구가 따로 필요치 않았다. 자연의 사물 하나하나가 다 장난감이었고, 놀이 기구였던 거다. 가능하다면 손주 녀석들도 그렇게 키웠으면 싶으나 이는 시대착오적 욕망일 터이다. 현대인이 잃어버린 것 중 가장 큰 것은 무엇일까? 아마도 자연친화력이 아닐까. 자연과의 영적 교감 말이다. 전자오락에 빠진 아이들에게는 더욱 그렇다.

(2010)

맛의 기억

　'엿'은 전통 먹거리 중 하나다. 내남없이 궁하게 살던 소싯적에는 어쩌다 엿 한 토막 얻어 입에 물면 그보다 행복한 날이 없었다. 엿장수가 가위를 절겅거리며 골목길에 나타나면 금세 엿목판 주위로 아이들이 몰려들곤 했는데 그들 속에 어김없이 나도 끼어 있곤 했다. 하지만 그뿐, 대부분의 경우 아무런 대책 없이 침만 꼴깍꼴깍 삼키며 엿판을 들여다보다가 돌아서곤 했었다.

　전쟁(6 · 25)이 나기 전 기억이니까 1940년대 후반의 일이다. 그 시절, 어머니는 1년에 한 차례 엿을 고았다. 설(구정)을 닷새쯤 앞두고서였다. 지금 생각해보면 쌀엿이다. 자배기 한가득 쌀을 담글 때부터 내 입에는 벌써 침이 고이게 마련이었다. 다음 공정을 대강 알고 있었기 때문이다. 어머니는 물에 적당히 불린 쌀을 정갈하게 씻어 조리질한 다음 커다란 무쇠솥에다 지에밥을 지었다. 솥뚜껑을 열면 수증기와 함께 향긋한 냄새가 부엌을 꽉 채웠다. 한데, 어머니는 으레 첫 주걱 밥을 뭉쳐 내 손에 쥐여주었다. 쌀밥이 귀하던 때다. 겨우내 거친 보리밥이고, 특별한 날에나 쌀이 반에 반쯤 섞인 밥이곤 했다. 그런 판에 향긋한 이밥 맛이란! 딱 한 주걱만 더! 싶었지만 나는 잘 참았다. 다음 과정에 대한 기대에서였다.

주걱으로 대강 밥을 헤친 다음 엿기름 물을 붓는다. 그러고는 잿불의 은근한 열로 밥을 삭힌다. 꽤나 긴 시간이어서 이때부터는 인내심이 요구되었다. 목젖이 거의 내려앉을 때쯤 어머니는 솥뚜껑을 열어젖히고 국자로 휘저은 다음 맛을 본다. 이제부터는 삼베 자루에 퍼 담아 찌꺼기를 꼭 짜내야 한다. 이 대목에서도 어머니는 으레 엿감주를 밥공기에 퍼 담아 나에게 주곤 했다. 달착지근한 감주 맛! 게다가 이번에는 넉넉한 양이어서 나는 더 행복했다.

고작 일여덟 살짜리 어린애였던 나에게 정말 힘겨운 인내심을 요구하는 것은, 곱게 걸러낸 엿물을 긴 시간 겻불로 달여 마침내 조청을 얻어내는 마지막 과정이었다. 물엿이 따로 없던 시절, 설 전통음식 중 하나인 강정을 만들기 위해 조청이 필요했다. 조청에 버무린 콩강정, 깨강정, 쌀강정 따위는 정월 대보름 무렵까지도 아이들의 군것질거리가 되곤 했다. 돌멩이처럼 단단하게 굳은 콩강정을 입속에서 장시간 불려 먹던 맛을 잊을 수가 없다.

아침부터 시작된 작업은 흔히 오밤중에 이르러서야 끝이 나곤 했다. 때문에 어린 내가 정작 엿 맛을 보기까지는 한없이 참고 기다려야 했다. 솥전 칠 부 넘게 거득했던 말간 엿물이 몽근한 불길에 시나브로 졸아서 거의 솥바닥에까지 밭아져서야 비로소 단내 풍기는 조청이 되었기 때문이다. 어머니는 작은 오지항아리에 그것을 절반쯤 덜어낸 다음 다시 한 시간가량 더 달였다. 그러자 마침내 검은엿이 되었다. 어머니는 이번에도 나에게 먼저 맛을 보였다. 간장종지만 한 그릇에 고작 두어 숟갈 담아서 건네준 생엿! 나는 숟가락총으로 조금 찍어 입에 넣는다. 그 무겁고 다디단 맛, 금방 입안을 가득 채우는 감미로운 향기에 나는 마냥 행복해지곤 했던 것이다. 그것은 얼마든지 기다리고 또 기다릴 만한 값어치가 있는 일임에 분명했다.

지난해 문막의 작은 산골마을로 이사를 했다. 퇴직하고 두 해째, 그리고 무연고지에 땅 한 뙈기를 얻어 이른바 텃밭 농사를 시작한 지 7년 만이었다. 오랜 도시 생활, 그것도 아파트 생활에 길들여진 사람에게 그것은 생각만큼 쉬운 일은 아니었다. 한솥밥을 오래 먹다보면 겉도 속도 닮는다고, 우리 내외는 많고 많은 서로 다름에도 불구하고 이 일에만은 더없이 궁합이 잘 맞아서 아직은 후회 없이 잘 살고 있다. 나는 만성적인 디스크 환자고 아내는 유독 햇빛 알레르기에 민감하다. 그럼에도 불구하고 한나절씩 밭고랑에 엎어져서 살기는 나보다 아내 쪽이 더 잦다. 흙을 만지고 식물을 가꾸는 일이 그만큼 즐거운가. 모를 일이다. 아마도 우리 조상이 농사꾼이었기 때문은 아닐까. 오랜 농경민족의 피가 우리 안에 흐르고 있는 거라고 생각되는 것이다.

흔히 밥상에 오르는 푸성귀들을 심다 보면 금방 여남은 가지가 되어버리곤 한다. 하지만 우리 내외는 특히 고구마 농사를 즐겨 한다. 못살던 시절 구휼식물이기도 했던 고구마는 재배가 쉽고 건강식인 까닭에서다. 한번 식재하면 달리 손 가지 않아도 되고, 농약 칠 일도 없다. 우리 내외는 겨우내 아침 식사로 군고구마다. 헌 솥이나 생선구이용 쿠킹 포일에 담아 약한 불에 한 시간쯤 올려두면 정말 맛있는 군고구마가 된다. 동치미 한 가지만 곁들이면 한 끼 식사가 너끈하다. 지난해도 예외가 아니었다. 집을 짓고 이사를 하는 경황 속에서도 고구마가 잘되었다. 한데 보관에 문제가 있었다. 창고 안에 쌓아두고 보온에 신경을 썼는데도 불구하고 몽땅 얼어버린 것이다. 그만큼 겨울 추위가 유난했다. 돌덩이처럼 단단해진 고구마는 날씨가 풀리자 물컹물컹해지면서 석어들기 시작했다. 낭패였다. 궁리 끝에 고구마엿을 고아보기로 작정했다. 당연히 저 어린 시절의 일이 기억났다. 어쩌면 기억이 먼저였는지도 모른다.

진작부터 마당에 커다란 무쇠솥이 걸려 있었다. 물도 데우고 손님이 오면 더러 토종닭도 삶곤 하던 것이다. 땔감도 충분했다. 우리는 고구마를 한 솥 안치고 기왕이면 싶어 호박도 두어 덩이 썰어 넣었다. 그러고는 저 어린 날의 기억을 되새겨가면서 불을 댕겼다. 모처럼 우리 내외 둘이서 호젓하게 맞은 신정 첫날이었는데 아침에 시작한 작업은 늦은 밤까지 이어졌다. 삶고, 으깨고, 삭히고, 거르고, 달이는 저 길고 긴 과정을 착실히 좇아가며 우리 내외는 열심을 다했다. 미심쩍은 대목에서는 인터넷을 뒤지고, 서로 다투기도 하면서 말이다. 그러는 중에 하루해가 훌쩍 지고 밤이 깊어졌다. 낮 동안은 이따금 눈발이 비치던 날씨였으나 밤하늘은 더없이 맑았다. 머리 위 차가운 하늘에 북두칠성이 선연했다. 국자의 손잡이 쪽이 정동을 향하고 있었다. 저게 반대 방향으로 휙 틀어져야 쌀밥을 먹는다고 옛 어른들이 말했다며, 아내는 소싯적 일을 얘기했다. 그 시절로부터 우리는 참 멀리도 와 있구나 싶어 문득 마음 한구석이 애잔해졌다. 정읍 태생인 아내의 고향마을은 이름조차 '두전리'고, 나는 또 경북 경산의 두메산골이 고 향인 것이다.

타는 냄새 아니냐며, 겻불을 지피던 아내가 불에 익은 얼굴을 쳐들 고 소리쳤다. 혹 눌어붙을까 봐 팔 아프게 엿죽방망이를 젓고 있던 나 는 깜짝 놀라 솥 안을 들여다보았다. 전깃불 아래 검붉은 액체가 단내 를 풍기고 있었다. 나무젓가락으로 조심스레 찍어 맛을 보았다. 아, 이 맛! 그것은 저 어린 시절, 어머니가 고아낸 그 생엿의 맛이 분명하 였다. 미각처럼 생생한 기억이 달리 있으랴. 나는 뭉클한 감동 때문에 한동안 말을 잊었다. 흡사 꿀 먹은 벙어리처럼 말이다. 한참 후에야 나는 혼자 중얼거렸다. 이건 맛의 기억이 아니다. 그랬다. 그것은 너 무나 강렬한 향수의 쓰나미였다.

(2010)

별을 노래하는 마음으로

지난해에 이집트를 여행할 기회를 가졌다. 한—중동협회가 주관하는 행사에 묻어 주로 그림 그리는 분들과 함께한 8박 9일의 여정이었다. 그 짧은 기간에 이집트를 제대로 보았다고 말할 자신은 없다. 이집트가 어떤 나라인가? 오랜 역사, 넓은 국토, 그리고 다양한 민족으로 구성된 나라다. 특히 고대 문명이 남긴 빼어난 문화유산들에 대해서는 새삼 재론할 여지가 없으리라.

미술 전시회, 번역출판 기념회, 정경 포럼 등 행사들을 소화해가면서 틈틈이 카이로에서 룩소르까지 숨 가쁘게 돌아친 일정이었다. 그래서일까. 지금 내 머릿속에 이집트는 몇 개의 강렬한 이미지로만 남아 있다. 글쎄다. 내 머릿속 이 그림들은 어쩌면 아무런 준비 없이 나선 여행객의 단순한 감상에 지나지 않는지도 모르겠다.

카이로는 인구밀도가 세계에서 가장 높은 곳이다. 우리가 처음 관광한 곳은 그 도시의 외곽에 있는 피라미드와 스핑크스 상이었다. 이미 책이나 영상물들을 통해 너무나 낯익은 것임에도 불구하고 정작 그 실물들 앞에 섰을 때 나는 마음이 온통 압도당하는 것을 느낄 수 있었다. 그것은 아마도 4천 년을 헤아리는 긴 시간과의 싸움에서도 당당하게 살아남아 있는 것 앞에서 유한한 인간 존재가 느낄 수밖에 없는 감정이리라. 바쁜 일정에 등을 떠밀리면서도 쉽사리 발걸음이 떼어지지 않던 그런 순간이었다. 이렇듯 위대한 문화유산을 남긴 그들의 조상에 대해 찬탄을 금할 수 없었다.

그러나 카이로 시내 곳곳에 있는 공동묘지 마을을 보고는 마음이 착잡해졌다. 죽은 자와 산 사람이 동거한다는 그 마을의 외관은 흡사 우리나라의 50년대 피난민촌, 또는 60~70년대의 달동네를 연상시키는 풍경이었다. 원래는 제의 공간으로 무덤 위에 지은 거라는 그 초라한 건물들 안에 거주하고 있는 도시 빈민들의 숫자가 대략 20만 명쯤 된다는 가이드의 설명이었다. 그러니까 방바닥 아래에 유골을 두고 사는 셈인데, 수없이 쫓아내다 못해 정부도 어쩔 수 없이 허용하고 만 거라고 했다. 비로소 1인당 국민소득을 물어보았더니 4천 달러라는 답변이었다. 그나마 국가 부의 95퍼센트를 5퍼센트의 상위 계층이 차지하고 있으므로 그 수치마저 대다수 국민들에게는 허수에 지나지 않다는 가이드의 말 속에는 오랜 세월 억눌린 분노가 은연중 묻어났다.

연세어학당에서 한국어를 공부했다는 그 젊은 현지 가이드는 버스로 이동하는 틈틈이 이집트의 역사를 얘기해주었다. 그에 의하면, 이집트는 1952년 나세르 혁명 이래 지금까지 세 사람의 독재자가 피 묻은 손으로 움켜쥔 권력을 독점해왔는데 지금의 무바라크 대통령은 올해로 28년째 권좌를 지키고 있다고 했다. 상시 계엄 치하다. 그래서였

별을 노래하는 마음으로

는지 모르겠다. 술탄 하산 모스크며 왕가의 계곡 무덤들, 그리고 아부 심벨 대신전과 박물관 유물들을 둘러보는 내내 마음이 무거웠다. 가혹한 자연환경에 맞서 인류가 남긴 불후의 걸작품들임에 분명한데도 순수하게 감동만 할 수 없었다. 고대 이집트 왕조의 인구가 200만 정도로 추산된다고 했다. 불모의 사막 위에 이처럼 엄청난 구조물들을 축조하기까지 그들이 치렀을 피와 땀이 상상되었다. 신성불가침의 절대권력이 아니고는 결코 가능한 일이 아닐 터이다. 심지어, 당대 권력자는 오직 신전과 무덤을 만드는 일로만 세월을 보낸 것 같아 슬며시 분노가 치밀기까지 했다.

그런 나의 무겁고 착잡한 마음을 일거에 씻어준 것이 바흐리야사막 캠핑이었다. 모래 위에 드러누워 올려다본 밤하늘을 나는 지금도 잊을 수가 없다. 가기 전에 어느 시인은 내게 말했었다. 거기서 보면, 주먹만큼씩 커다란 별들이 손닿을 듯싶은 높이에서 흡사 포도송이처럼 주렁주렁 매달려 있고 또, 별똥별이 무시로 주룩주룩 쏟아진다고. 시인의 수사법이거니 했지만 정말 그런 실감이 났다. 나는 거기서 유년의 밤하늘을 발견했다. 어린 시절, 시골집 마당에 멍석을 펴고 드러누워 쳐다보던 여름밤 하늘이 거기 있었다. 그 순간 내가 진실로 감동한 까닭은 자연의 아름다움에만 있었던 건 아니다. 저토록 경이로운 밤하늘을 그동안 까맣게 잊고 살았다는 자각 때문이었다. 어찌 그럴 수 있었단 말인가.

어리석도다 인생이여! 그 원시의 하늘, 그 영겁회귀의 별빛 아래에서 나는 통증 같은 것을 느꼈다. 부질없는 욕망에 코를 처박은 채 때로는 몸 달아 하고 또 때로는 분노하고 갈등하면서 애면글면 살아온 내 삶이 부끄럽고 초라하게 뒤돌아보였다. 꼭 추위 때문만은 아니었으리라. 허술한 텐트 속으로 기어들면서 나는 문득 윤동주의 시 한 구절을 떠올렸다.

> 별을 노래하는 마음으로
> 모든 죽어가는 것을 사랑해야지
> 그리고 나한테 주어진 길을
> 걸어가야겠다.

인간은 지극히 나약하고 유한한 존재다. 그러나 그 마음속에는 저마다 하나의 사원, 하나의 신전을 품고 있는 존재인 것이다. 새봄을 맞으며 새삼 그 순간의 감동을 마음에 되새긴다. (2009)

내 앞의 생

장수(長壽)는 축복인가?

세계 최고령자로 알려진 베트남의 응우옌 티 트루 할머니가 얼마 전 호치민시에서 노환으로 별세했다는 뉴스를 접하고 내 머리에 불쑥 떠오른 의문이다. 그녀는 123세의 수를 누렸다. 메콩강 삼각주에서 태어나 호치민시 변두리에서 농사를 지으며 평생을 살았다고 한다. 남편과는 40여 년 전에 사별했고, 열한 명의 자녀 중 아홉을 먼저 보냈다.

그녀에게 장수는 무엇이었나? 확인할 길은 없다. 어쨌거나, 그녀가 살아낸 그 길고 긴 생이 축복이고 기쁨이었기를 바란다. 내 앞에 놓인 생이 만만치 않아서다.

우리나라 사람의 평균 수명이 남자 78.3세, 여자 85.5세다(세계보건기구, 2014). 주위를 둘러보면 80줄은 보통이고 90줄 노인도 흔하다. 조선시대에는 70 살기가 드물었다. 그래서 고희(古稀, 자고로 드물다는 뜻)다. 우리가 어릴 적만 해도 "저 어른은 환갑진갑 다 지난 상(上)노인이다"라는 말을 자주 들었다. 하지만 이제는 100세 이상 고령자가

2010년 1,835명에서 2015년 3,159명으로 5년새 70퍼센트 이상 늘었다고 한다. 세계 장수국 1위인 프랑스가 인구 10만 명당 100세 이상이 36명, 2위 일본이 20명인 것에 비해 우리나라는 6.6명으로 10위권 밖이긴 하지만, 국가별 행복지수 순위가 거의 바닥(여론조사 143개국 중 118위; 2015. 미국 갤럽)이라는 것을 생각하면 장수를 마냥 반길 일만도 아닐 듯싶다.

지난봄, 죽마고우 셋이 모처럼 만나 2박 3일간 서해안 쪽을 돌았다. 물론 마누라님들을 모시고서다. 모신다는 말이 뭣하다면, 보호 아래서다. 우리 셋은 1950년대 중반 대구시 변두리 판자촌에서부터 어울렸으니 그새 60여 년 세월이 흘러갔다. 그 당연한(?) 결과일까. 다들 몸이 성치 못하다. 한 사람은 폐 한 짝을 떼어냈고, 또 한 사람은 장 일부를 잘라냈다. 나머지 한 사람은 전설의 복서 무하마드 알리가 앓았던 병을 가지고 있다. 셋 다 4, 5년 안쪽에 당한 일이다.

70줄이란 나이가 그런 건가? 글쎄다. 우리 마누라님 중 하나가 말했다. 오직 머리 하나만 밑천 삼아 애면글면 여기까지 살아온 후유증 아니겠느냐고…….

온 길을 돌아보면 그 말이 명치에 와닿는다. 1940년대 초반에 태어나 전후의 폐허 속에서 사춘기를 보낸 세대인 까닭이다. 우리가 물려받은 건 영양 결핍의 허약한 몸뚱이밖에 없었다. 어깨의 짐은 무거웠다. 셋 중 둘은 서넛씩 동생이 딸린, 결손 가정의 장남이었다. 만성적인 허기에 시달리던 그 아이들이 70줄 중반의 오늘에 이르기까지 살

내 앞의 생

아온 도정은 결코 만만치 않았다. 정말 힘겨웠다고, 영화 〈국제시장〉의 주인공이 아버지의 사진 앞에서 토하던 대사가 생각난다.

　나로서는 힘겨웠다기보다 내내 긴장하고 살았다는 사실을 퇴직한 다음에야 깨달았다. 얼음판 위를 걷듯이 잠시도 긴장을 풀 수 없었던 거다. 큰일이건 작은 일이건 실수해서는 안 되고, 게을러서도 안 되고, 딴눈 팔아도 안 되고 등등…… 매양 경직된 자세로 쫓기듯 전전긍긍하며 살아온 게 아닌가 싶어 지금은 많이 후회된다. 얼마나 어리석고 허망한 노릇인가. 이만큼 살고 보니 알겠다. 인생이란 그저 그런 것, 매사 애면글면 죽자 살자 매달리는 것만 능사가 아니라는 걸 말이다. 파킨슨병 초기의 친구는 그 시절, 가난한 집 공부 잘하는 애들이 주로 가던 체신고등학교에 국비장학생으로 들어가 졸업 후 체신부 하급 공무원이 되었고, 주경야독으로 야간대학을 나와 행정고시를 치렀으며, 다시 공무원 연수차 도미 유학하여 석사, 박사 학위를 받고 돌아와 국책연구기관에서 정년이 되도록 일했다. 곁에서 보기에 그는 지독한 공부벌레였고, 영락없는 일 중독자였다. 이젠 좀 유유자적하며 살고 싶노라 푸념하면서도 아직 일을 놓지 못하고 있다.

　어찌 우리만의 처지랴. 조금은 회한에 젖어 있거나 또는 여전히 걱정을 안고 있거나…… 오늘을 살고 있는 우리 세대의 내면 풍경이 대체로 그런 게 아닐까 나는 생각한다.

　다시 장수 이야기다.

　응우옌 할머니는 평소 '장수 비결'을 물으면 곧잘 이렇게 답변했다고 한다. 화내지 말 것, 생각을 많이 하지 말 것, 유유히(물이 흘러가 듯?) 생활할 것, 많이 웃을 것, 치아를 잘 간수할 것⋯⋯.

옳은 말이다. 장수를 위해 누구나 마음에 새기어 실천해봄 직하다. 하지만 장수는 정말 축복일까? 솔직히 확신이 서지 않는다. 남은 인생 도정에서 어떤 복병을 만날지 알 수 없어서다. 요즘 세태를 보면 이런 저런 걱정들을 떨쳐버릴 수가 없다. 이러다 혹 나라가 결딴나는 건 아 닐까, 우리 2세들의 삶이 더 팍팍해지는 건 아닐까 불안한 것이다.

하지만 어쩌면 이런 걱정들이 죄다 노파심인지도 모를 일이다. 다 음 세대들은 더 잘살 거란 생각도 든다. 아무렴! 결핍뿐이던 우리보다 는 더 여유가 있는 세대라고 믿고 싶은 거다. 그렇다. 세계 무대 어디 에 내어놓아도 덩치로나 재주로나 꿀리지 않는 우리 2세들 아닌가 말 이다. 미래는 어차피 그들의 것일 터.

텃밭에서 봄에 움이 튼 식물은 계절을 좇아 꽃을 피우고 열매를 맺 은 후 겨울엔 눈 속에 묻힌다. 생명 있는 모든 것들이 그러하듯 우리 의 노년도 당연히 거쳐가야 할 과정일 뿐, 지나친 기대나 불안의식은 바람직하지 않다. 그렇다면 내 앞의 생을 겸허히 받아들이고 두려움 없이 걸어가는 일만 남은 셈이다. 앞길은 미지수다. 이 길이 언제 끝 날지, 어떤 상황과 맞닥뜨릴지 알 수 없는 거다. 그래서 조금은 흥미 롭기도 하다. 바라건대 가능한 한 남의 짐이 되지 않고 홀로 거뜬히 이 길을 주파하고 싶다. 강물이 흘러가서 마침내 바다에 닿듯 그렇게.

(2016)

내 앞의 생

등단 이후 지금까지 중단편소설집 여덟 권과 장편소설 다섯 권을 내놓은 것이 전부다. 50년 넘는 문필 생활이었지만 산문집 한 권 따로 묶은 적이 없다. 오직 소설 쓰기에만 전념했다기보다 남들처럼 부지런하지 못했던 탓이 더 크다. 하지만 그런 중에도 여기저기 조각 글들을 썼던 모양이다. 묵은 서랍 정리를 하다 본즉 그 양이 적지 않다. 그냥 내버리자니 미련이 남아 생각 끝에 일부나마 묶어두기로 했다. 글도 세월에 빛이 바래기 마련이라 독자의 공감 같은 것은 기대하지 않는다. 혹 관심 두는 독자가 있다면 허구로서의 소설의 세계와 그것을 빚어낸 작가의 삶과 시대와의 틈을 잠시 기웃거려보는 기회는 되지 않을까 생각해본다. 어언 팔순의 내가 지난 세월의 나를 만나는 자리임에는 분명하여 그것만으로 나는 만족한다.

계묘년 봄
이동하

1942년 12월 1일(음력) 일본 오사카에서 부 이득기, 모 김임조의 장남으로 태어남. 본
　　　　　명은 이용(勇). 아명은 윤.

1945년 해방되자 선친의 향리인 경북 경산군 남천면 대명동으로 돌아옴. (남천
　　　　　국민학교에 다니며 전쟁을 겪고, 4학년 1학기를 끝으로 대구로 이사함. 서부초등
　　　　　학교 가교사에 한 학기 다니다 중단, 그 후 천우성경구락부라는 이름의 천막학교
　　　　　[1955.3~56.2]에서 초등과정을 마침. 가정 형편 때문에 '학교 가기'가 순조롭지 못
　　　　　한 중에도 요행히 칠성중[1959.2], 대성고를 졸업[1963.2]함. 중학 시절, 태평로 난
　　　　　민촌에서 어머니를 잃음. 1957. 음 10.27. 38세.)

1965년 3월 김동리 선생이 계시는 서라벌예술초급대학 문예창작과에 때늦게 입학
　　　　　함. 작고한 임영조를 비롯, 김형영 마종하 박건한 김정례 나연숙 강철수
　　　　　등과 동문 수학함.

1966년 1월 단편소설 「전쟁과 다람쥐」로 『서울신문』 신춘문예에 당선. 이어 단편 「콤
　　　　　포지션 1」(『현대문학』), 「햇살이 부푸는 광장」(『세대』), 「하얀 풍경」(『문학』), 「이
　　　　　변」(『문학』) 발표.

1967년 3월 3학년에 편입(졸업은 1969.2. 연극영화과로). 단편 「겨울 비둘기」(나중에 「인
　　　　　동」으로 개제, 『현대문학』에 발표)로 공보부 신인상 받음. 이어 『우울한 귀향』
　　　　　이 현대문학사의 제1회 장편소설 모집에 당선함(7월호부터 연재 발표됨).

1969년 서라벌예대(학부) 졸업. 이문구 김형영과 함께 『월간문학』 창간부터 편집부
　　　　　에 근무함. 단편 「계산하기」(『월간문학』) 발표.

1970년 전북 정읍 출신의 심옥순과 결혼. 단편 「오늘의 초상」(『세대』), 「승객들」(『현
　　　　　대문학』), 「잠」(예술계), 「알프스를 넘는 법」(『현대문학』) 발표.

1971년 월간지『골프 다이제스트』,『지성』등 편집실을 전전함. 단편「돼지꿈」(『월간 문학』), 「휴가와 보너스」(『현대문학』), 「잊혀진 세대」(『세대』), 「하일」(『월간중앙』) 발표.

1972년 건국대학교 신문사로 직장을 옮김(이후 1981년까지 자리를 지키면서 동 대학 원 국문학과 석사과정을 이수함. 1978.2. 졸) 단편「돌」(『월간문학』) 발표. 문고본 『우울한 귀향』(삼성출판사) 출간.

1973년 단편「눈」(『문학사상』) 발표.

1974년 중편「실종」(『한국문학』), 「야생의 잠」(『현대문학』), 단편「새」(?) 발표.

1975년 단편「1박2일」(『한국문학』), 「공간의 유희」(『문학사상』), 「일상의 리듬」(『현대문 학』) 발표. 중편 소년소설「하늘이 낮다」(『학원』) 연재.

1976년 단편「열외」, 「손오공」, 「저당 잡힌 사내」(『소설문학』), 「상전 길들이기」(『현대 문학』), 중편 역사소설「서도의 일몰」, 소년소설「꽃샘바람」(『학원』) 연재.

1977년 단편「모래」(『한국문학』), 「10시 비행기」(『문학사상』), 「홍소」(『현대문학』) 발표. 「모래」로 한국소설가협회 제정 제3회 소설문학상 수상.『하늘이 낮다』(학원 출판사) 간행.

1978년 첫 작품집『모래』(태창문화사)와 장편『우울한 귀향』(표상사) 간행. 단편「딱 지」(『문학사상』), 「몰매」 발표. 장편『도시의 늪』(『현대문학』) 연재 시작.

1979년 '작단동인'에 참여, 두 번째 작품집『바람의 집』(집현전) 간행. 중편「저문 골 짜기」(『한국문학』), 「장난감 도시」(『신동아』), 단편「방뇨」, 「헹가래」(『작단』 2집) 발표. 신문 연재소설「바다 밑 응접실」(나중에「숲에는 새가 없다」로 개제)을 서울신문에 연재.

1980년 중편「굶주린 혼」(『한국문학』), 단편「이승의 비」(『문학사상』), 「번제」(『신동아』), 「땡볕」(『문예중앙』), 「귀가」(『작단』) 발표. 장편『도시의 늪』(평민사) 간행.

1981년 「굶주린 혼」으로 한국일보사 제정 제13회 한국창작문학상 수상. 신학기부 터 목포대학교 국문학과에 전임 자리 얻어 목포로 이사함.

1982년 중편「유다의 시간」(『문학사상』), 단편「파편」(『한국문학』), 「개사냥」(『소설문 학』), 「일몰을 보며」(『문학사상』), 「삼학도」(『문예중앙』), 「따뜻한 돌」(『소설문학』) 발표. 연작 중편소설집『장난감 도시』(문학과지성사) 간행. 제1회 한국문학

평론가협회상 수상.

1983년 「파편」으로 한국문학사 제정 제9회 한국문학작가상 수상. 단편 「땅끝에 갔더란다」(『현대문학』) 발표. 선집 『제3세대 한국문학 이동하권』(삼성출판사) 간행.

1984년 단편 「못질하기」(『한국문학』), 「밝고 따뜻한 날」(『문학사상』), 「큰 뿌리, 작은 절망」(『소설문학』), 「드러눕는 산」(『현대문학』) 발표. 12월에 경기도 과천으로 이사함.

1985년 단편 「표집반」(『문예중앙』), 「폭력연구」(『문학사상』), 「폭력요법」(『현대문학』), 「곶감」(문학과지성 신작소설집) 발표.

1986년 「폭력연구」 「폭력요법」으로 제31회 현대문학상 수상. 단편 「물 위에 쓰는 역사」(『한국문학』), 「가위 가위 가위」(『문예중앙』), 「숨어 있는 얼굴」(『문학사상』), 「풍뎅이의 춤」(『현대문학』), 「바다 이야기」(『문학정신』), 「갈채」(『한국문학』), 중편 「잠든 도시와 산하」(『현대문학』) 발표. 세 번째 소설집 『저문 골짜기』(정음사) 간행.

1987년 선집 『밝고 따뜻한 날』(나남), 네 번째 소설집 『폭력연구』(한겨레) 간행. 단편 「지붕 위의 산책」(『문학사상』), 「일상의 그늘」(『현대문학』), 「낯선 바다」(『소설문학』), 「빈강」(『문학정신』), 「성가신 죽음」(『한국문학』) 발표.

1988년 단편 「춘화도를 위하여」(『문예중앙』), 「과천에는 새가 많다」(『현대문학』), 「김씨에 대한 추측」(『문학과비평』) 발표. 『야생의 잠』(고려원) 문고판 간행.

1989년 다섯 번째 소설집 『삼학도』(동아) 출간.

1990년 단편 「땀」(『한길문학』), 「그때 그 아이들」(『현대문학』), 「네 개의 배역」(『문예중앙』) 발표. 장편 『우울한 귀향』(동서문학) 재간행.

1991년 중앙대학교 문예창작학과 교수로 옮겨 앉음.

1992년 장편 『냉혹한 혀』를 계간 『소설과 사상』에 분재함. 성남시 분당구로 이사.

1993년 중편 「문 앞에서」(『현대문학』) 발표. 울산신문사 제정 제1회 오영수문학상 수상.

1994년 단편 「가을볕 속 잠자리떼」(『문예중앙』), 「짧은 황혼」(『현대문학』) 발표. 『장난감 도시』(문학과지성) 재간행.

작가 연보

1995년 장편『냉혹한 혀』(고려원) 간행. 전집 한국소설문학대계 54『장난감 도시 외』(동아출판사) 간행. 단편「노크도 없이 문이 열리더니」(『창작과비평』), 「물풍선 던지기」(『작가세계』), 「엇길」(『동서문학』) 발표.

1996년 단편「젖은 옷을 말리다」(『문학동네』) 발표.

1997년 단편「그는 화가 났던가?」(『현대문학』) 발표. 여섯 번째 소설집『문 앞에서』(세계사) 간행.

1998년 단편「누가 그를 기억하랴」(『현대문학』), 「남루한 꿈」(『작가세계』) 발표.『작가세계』여름호에서 이동하 특집.

1999년 단편「앙앙불락」(『작가세계』) 발표.

2002년 영역 단편선집『Shrapnel And Other Stories』(White Pine Press, New York) 간행.

2003년 단편「우렁각시는 알까?」(『현대문학』) 발표. 중편 연작「장난감 도시」1부 영역판『A Toy City』(전경자 역, 지문당, 서울) 간행.

2004년 단편「사모곡」(『현대문학』), 「가없은 영혼」(『문학수첩』) 발표.

2005년 단편「너무 심심하고 허무한」(『현대문학』) 발표.

2006년 단편「팔각성냥」(『본질과 현상』), 「헐거운 인생」(『현대문학』), 「담배 한 대」(웹진 문장) 발표.

2007년 일곱 번째 소설집『우렁각시는 알까?』(현대문학) 간행. 영역판『Toy City』(Koryo Press, Minnesota) 간행. 단편「내 안의 슬픔」(『계간문예』가을호 이동하 특집), 「천수 아재를 추억함」(『현대문학』10) 발표.『우렁각시는 알까?』로 제24회 요산문학상(부산일보) 수상, 한국문화예술위원회에서 '올해의 소설'로 선정.

2008년 2월에 중앙대학교 교수직에서 정년퇴직. 단편「시인의 연보」(『문학의문학』봄) 발표. 4월, 『우렁각시는 알까?』로 제9회 무영문학상(동양일보) 수상. 대산재단 지원을 받아『Toy City』낭독 행사를 미네아폴리스와 엘에이에서 가짐. 단편「우는 개」(『문학수첩』겨울) 발표.『장난감 도시』가 이집트 국립번역원에서 아랍어로 간행됨. 한국중동협회 초청으로 이집트 방문.

2009년 단편「대복이네 가족」(『현대문학』1), 「매운 눈꽃」(『문학사상』1), 「시인과 농부」(『본질과 현장』가을) 발표.『장난감 도시』3판 간행. 요르단대학 주관『장난감 도시』독후감상문 대회 참석. 원주시 문막읍 밤산골로 이사.

세상살이와 소설쓰기

2010년 단편「감나무가 있는 풍경」(『현대문학』 1) 발표. 한국소설가협회 이사장에 피선.

2011년 단편「자망이 이야기」(『학산문학』 가을) 발표.

2012년 단편「아름다운, 그러나 조금은 쓸쓸한」(『현대문학』 10) 발표. 여덟 번째 소설집 『매운 눈꽃』(『현대문학』) 간행.

2013년 보관문화훈장 받음. 단편「토종닭 사육기」(『현대문학』 4) 발표. 중국어판 『玩偶之城』(허연화 역, 浙江大学 출판부) 간행.

2017년 단편「풍금」(『대산문화』 겨울호) 발표.

2021년 성남시 분당으로 이사.

이동하 李東河

1942년 일본 오사카에서 태어나 해방과 함께 경북 경산으로 귀국했다. 서라벌예술대학과 건국대학교 대학원을 졸업하고 목포대학교 국어국문학과 교수를 거쳐 중앙대학교 문예창작과 교수로 정년 퇴직했다. 김동리선생기념사업회 회장과 한국소설가협회 이사장을 역임했다.

1966년 『서울신문』 신춘문예에 단편 「전쟁과 다람쥐」가 당선되며 작품 활동을 시작했다. 소설집으로 『모래』 『바람의 집』 『저문 골짜기』 『폭력연구』 『삼학도』 『문 앞에서』 『우렁각시는 알까?』 『매운 눈꽃』, 연작 중편으로 『장난감 도시』, 장편소설로 『우울한 귀향』 『도시의 늪』 『숲에는 새가 없다』 『냉혹한 혀』가 있으며, 영역 단편 선집 *Shrapnel And Other Stories*가 미국에서 간행된 것 외에, 『장난감 도시』가 영어, 아랍어, 중국어, 베트남어로 번역 출간된 바 있다.

한국소설문학상, 한국창작문학상, 한국문학평론가협회상, 한국문학작가상, 현대문학상, 오영수문학상, 요산문학상, 한국문화예술위원회 올해의 소설상, 무영문학상을 수상했다.

푸른사상 산문선

세상살이와
소설쓰기